# 雨月物語
# 冥途の飛脚
# 心中天の網島

日本の古典をよむ 19

高田衛・阪口弘之・山根為雄［校訂・訳］

小学館

# 冥途《めいど》の飛《ひ》脚《きゃく》 七行本（巻頭）

浄瑠璃《じょうるり》本は八行本、七行本などと一頁の行数によって呼ばれる。この本は、江戸時代中期、大坂高麗橋に店を構えた正本屋山本九右衛門版の七行本。阪口弘之氏蔵

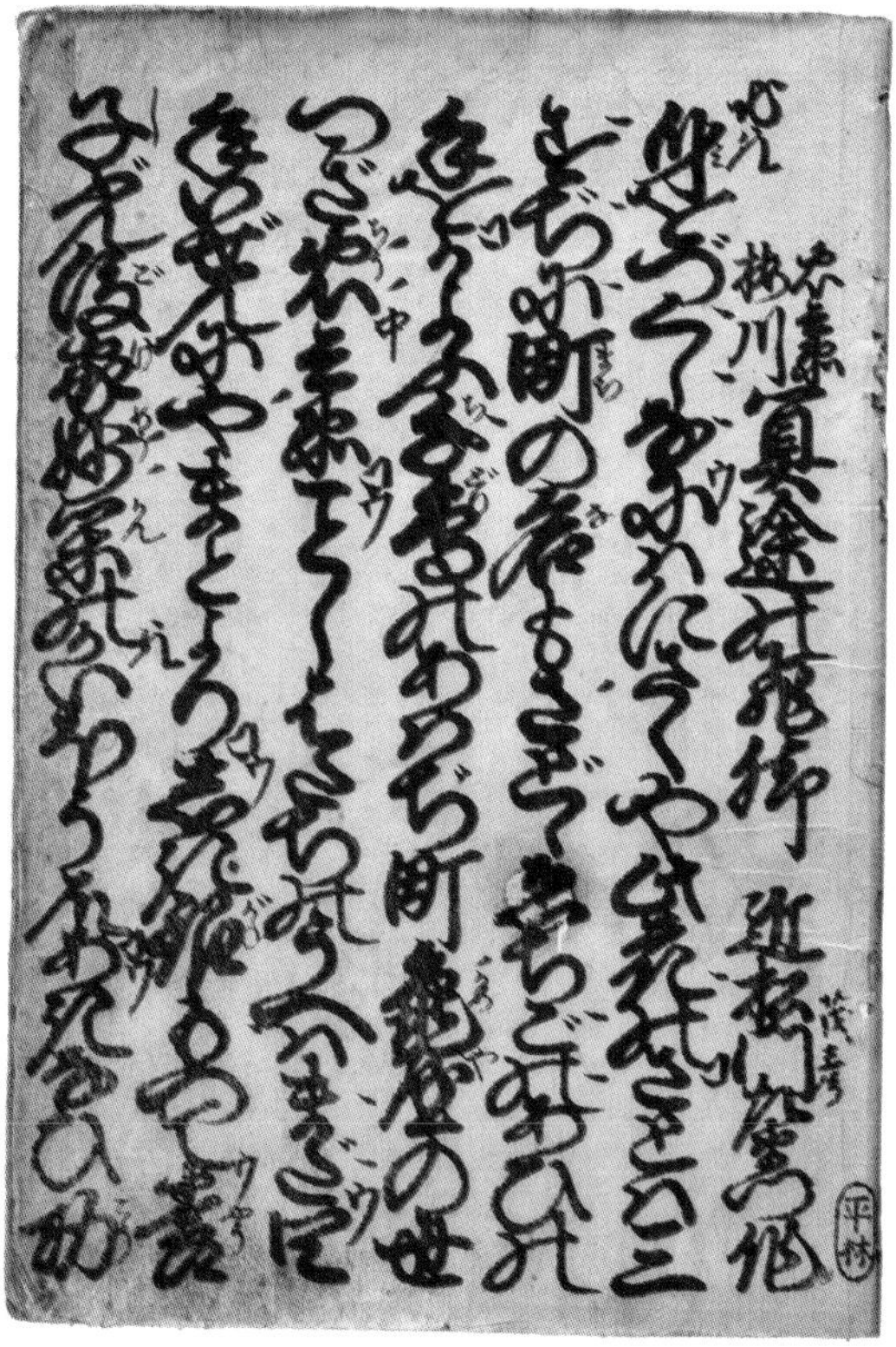

二〜四行の冒頭部本文を示す。

地ハル身をづくしなにはにさくや此花のさとは三すぢに町の名もさど、ゑちごのあひの手をかよふ千鳥のあはぢ町亀屋の世

語り物である浄瑠璃本には独特の記号（節章）が用いられる。「○」は息継ぎ箇所で、本書では「・」で代用した。「地」は節を付けて語る部分。「ハル」は張った音、「中」は沈んだ音、「ウ」は浮かした音をいう。「ヽ」の類はゴマ章と呼ばれ、声の抑揚や引き方、押し方などを示す。しかし本書ではこれら節章を略した。

書をよむ

# 近松《ちかまつ》と秋成《あきなり》、宣長《のりなが》

石川九楊《いしかわきゅうよう》

元禄《げんろく》期、近松門左衛門《ちかまつもんざえもん》の「歳旦《さいたん》」と題する狂歌短冊《きょうかたんざく》(1)は、「旦」「松竹」「海」字に明らかなように、正系の御家流《おいえりゅう》を基盤に書かれている。御家流とは、平安中期の三蹟《さんせき》(小野道風・藤原佐理・藤原行成)とりわけ筆画の肥瘦《ひそう》差の大きい洗練された行成を祖とする書法が様式化したもの。徳川幕府が公用の書体としたところからその名がある。次々と繋《つな》がる平仮名(女手《おんなで》)の書法が漢字に逆流し、漢字と仮名がなじみ合った日本独特の書法で、筆毫を傾けた側筆で一つの筆画を「ズー・スー・グー」となだらかな漸減《ざんげん》・漸増の階調で繋ぎ、くなくな・ぬるぬるとした婉曲《えんきょく》的な書きぶりを見せる。

歌題を上部に、また「三つ折り、半字かかり」と言われる位置から書き始めて上句と下句の間で改行し、かつ「蓬・園・海」と音数律に従って墨をつぐという短冊の書の常法に近松が何らのずれも見せず従っているのは、七五調の音数律になじみきっていたからだろう(歌舞伎《かぶき》や浄瑠璃《じょうるり》は音数律の化体《けたい》である)。時辞世《じせい》文(2)も江戸幕府流を基盤に書かれている。時代と過不足なく歩んでいる近松の文学は、新興町人の意識を根拠にした「町人からの」文学というよりも。いわば「町人への」文学であったと思われる。

近松より八十年ほど後に生れ、明和から文化期に活躍した上田秋成の「あらし山にて」と題する俳句短冊(3)となると、すっかり趣が異なる。異なるのみならず、息をのむほどの妖しくも不思議な表現が「川」の字に出現している。おたまじゃくし(蝌蚪《かと》)のような、あるいは火の玉のような第一・二画。蛭《ひる》のような、また火の玉のような第三画。類似の表現は「し」「人」「ゆ」「無」、また「秋成肖像」の自賛(4)の中にも確認できる。

一般的に表現の核心は、それと分かる特異な箇所にではなく、むしろ見逃してしまいがちなさりげない筆蝕《ひっしょく》の中に潜んでいる。とはいえ、これほどまでに特異な筆蝕を看過するわけにはいかない。反復的な筆画の筆蝕の中に、おたまじゃくしや蛭や火の玉を描き出すような微動が微粒子的に存在しているのである。中国の古代の文字に「蝌蚪文字」というものが

1

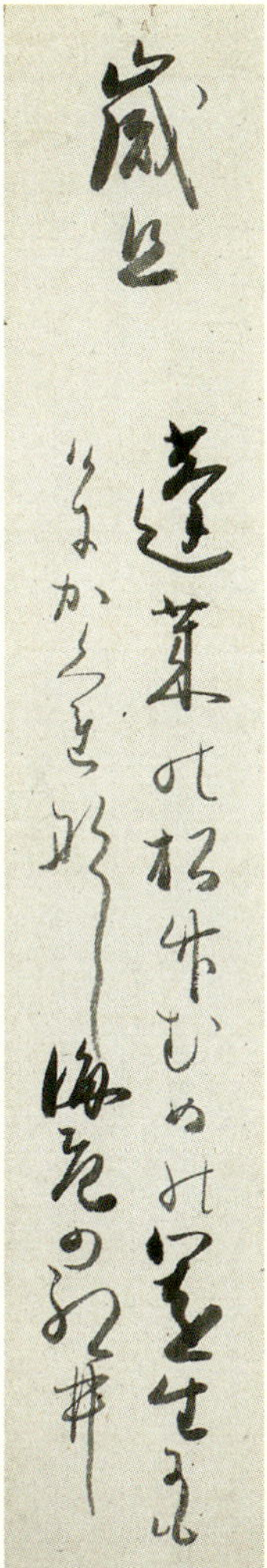

歳旦　蓬莱の松竹むめの園生にも／けにかくれなし海老の紅ゐ

3

あらし山にて　川おとや人香さめてのゆふ桜　無腸

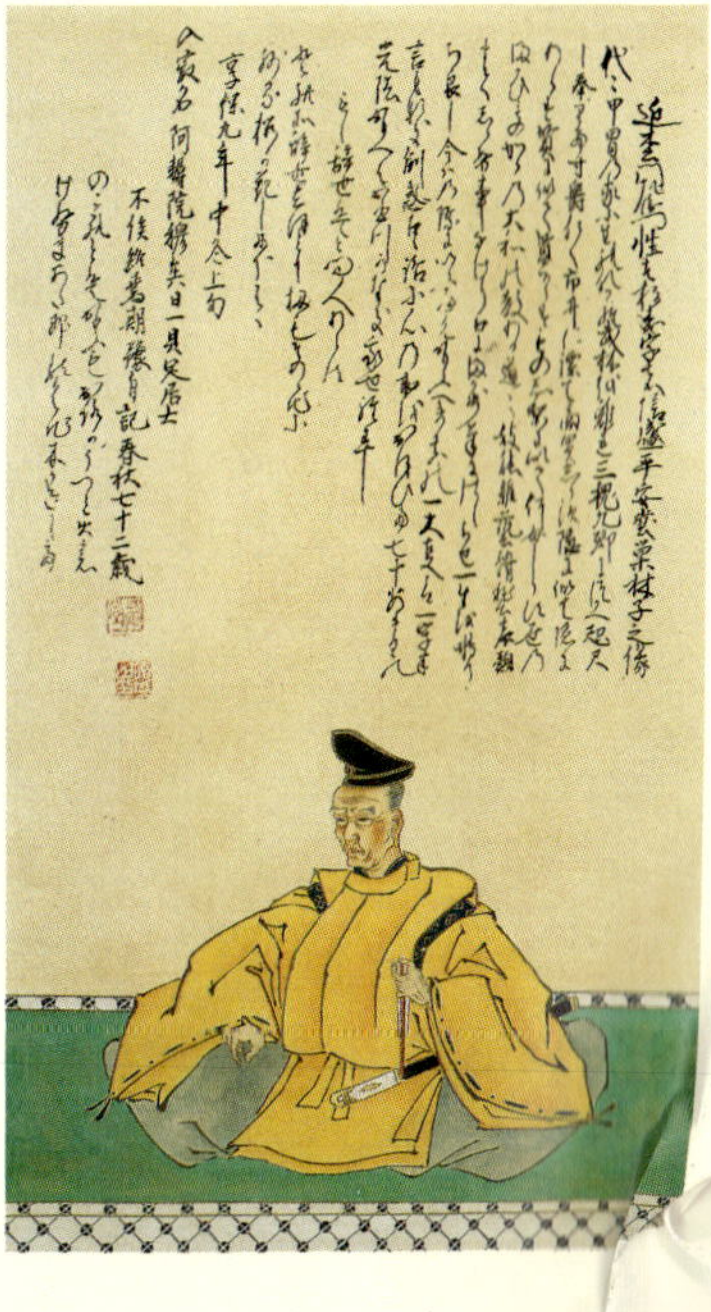

2

1——近松作筆狂歌短冊「歳旦」
柿衞文庫蔵

2—— 近松肖像・自筆辞世文
早稲田大学演劇博物館蔵　登録番号 00287

3—— 秋成作筆句短冊「あらし山」
長島弘明氏蔵

あるが、おたまじゃくしと書との因縁は深い。日本では平安初期の三筆《さんぴつ》（空海・嵯峨《さが》天皇・橘逸勢《はやなり》）、とりわけ空海は、蝌蚪など森羅万象を筆画に写し込んだ奇怪な雑書体を書いた。当時の中国の楷書《かいしょ》を典型とする政治的な文字と言語に対する異和感からである。

秋成の「川」の字は、御家流の筆蝕の肥痩差を拡張させることによって生れたものだが、そこには筆画を定着する（文字を書きつける）だけでは済ますことのできない秋成のスタイル――筆尖《ひっせん》を紙に突き込むようにして筆毫《ひつごう》を開き、紙をまさぐる手つきが見える。この手つきは、対象たる紙の未知をまさぐると同時に自己の未知の無意識層にまで筆尖を下ろし、それを明るみに出さんとする姿でもある。

文をつくることは、言葉以前の前意識や意識のいわば幽界や霊界から、その前意識や意識に言葉という姿と形を与えて現世に引き上げる営為、換言すれば、彼岸《ひがん》から此岸《しがん》をつむぎ出す作業である。一点一画を積み上げて文字となし、文をなす営為の果てに文学は生れる。点画を書くその筆蝕は、出来上がる文学のスタイルやストーリーや構成を決定づける。筆尖と対象（紙）との間で展開される力のやりとりの劇である筆蝕が昂じて文学となるという意味で、文学は書字（書＝筆蝕）の化体である。おそらくは、この川の字の蝌蚪や蛭や火の玉を思わせる筆蝕の化体として、『雨月物語』等の怪異小説が生れている。そして、この「川」の字には、深刻さというより、一種無邪気な俳諧味《はいかいみ》がある。おそらく『雨月物語』等にもそのスタイルは投影されているに違いない。

かの有名な「しき嶋《しま》のやまとこころを人とはば朝日ににほふ山さくら花」を詠《よ》み「やまとだましひ」を説いた本居宣長《もとおりのりなが》を、「どこの国でも其国《そのくに》のたましひが国の臭気《しゅうき》也」と秋成は一笑に付し、「い中人《なかびと》のふところおやじ（偏狭な田舎学者）」と『胆大小心録《たんだいしょうしんろく》』でからかった。国語学や古代精神をめぐって、秋成と論争を繰り広げたその宣長の書は、いかにも学者風の実直で丹念な書きぶりを見せている。

（書家）

5—— 宣長自画自賛肖像

本居宣長記念館蔵
歌の部分を拡大して左に掲載

4—— 秋成自賛肖像

天理大学附属天理図書館蔵

4

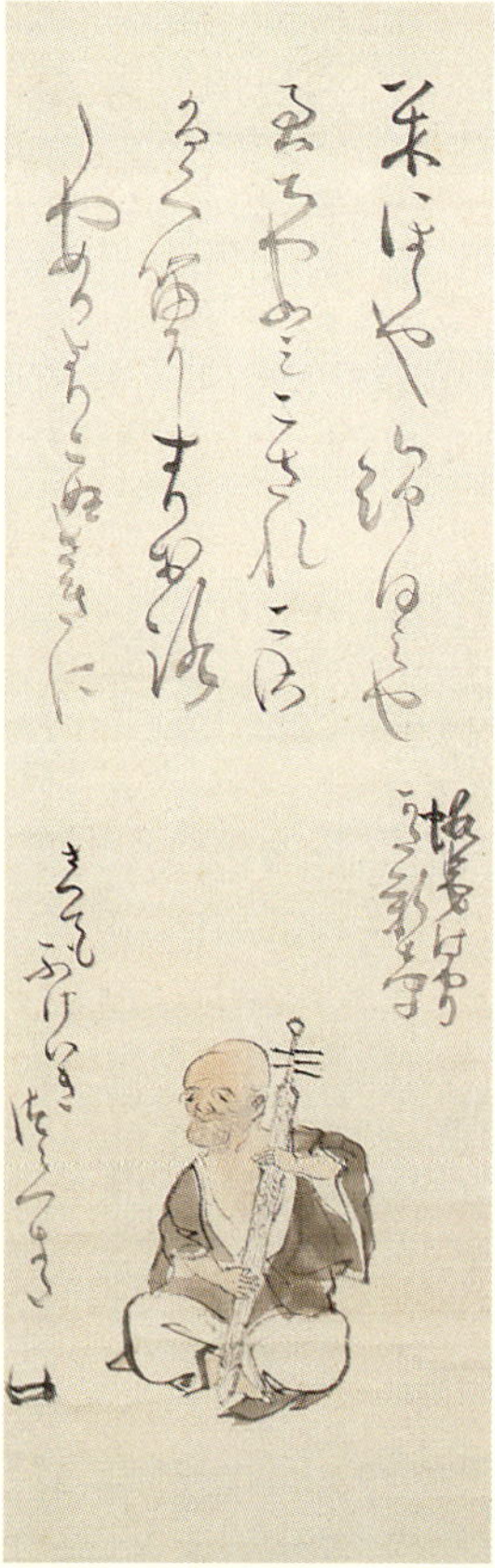

5

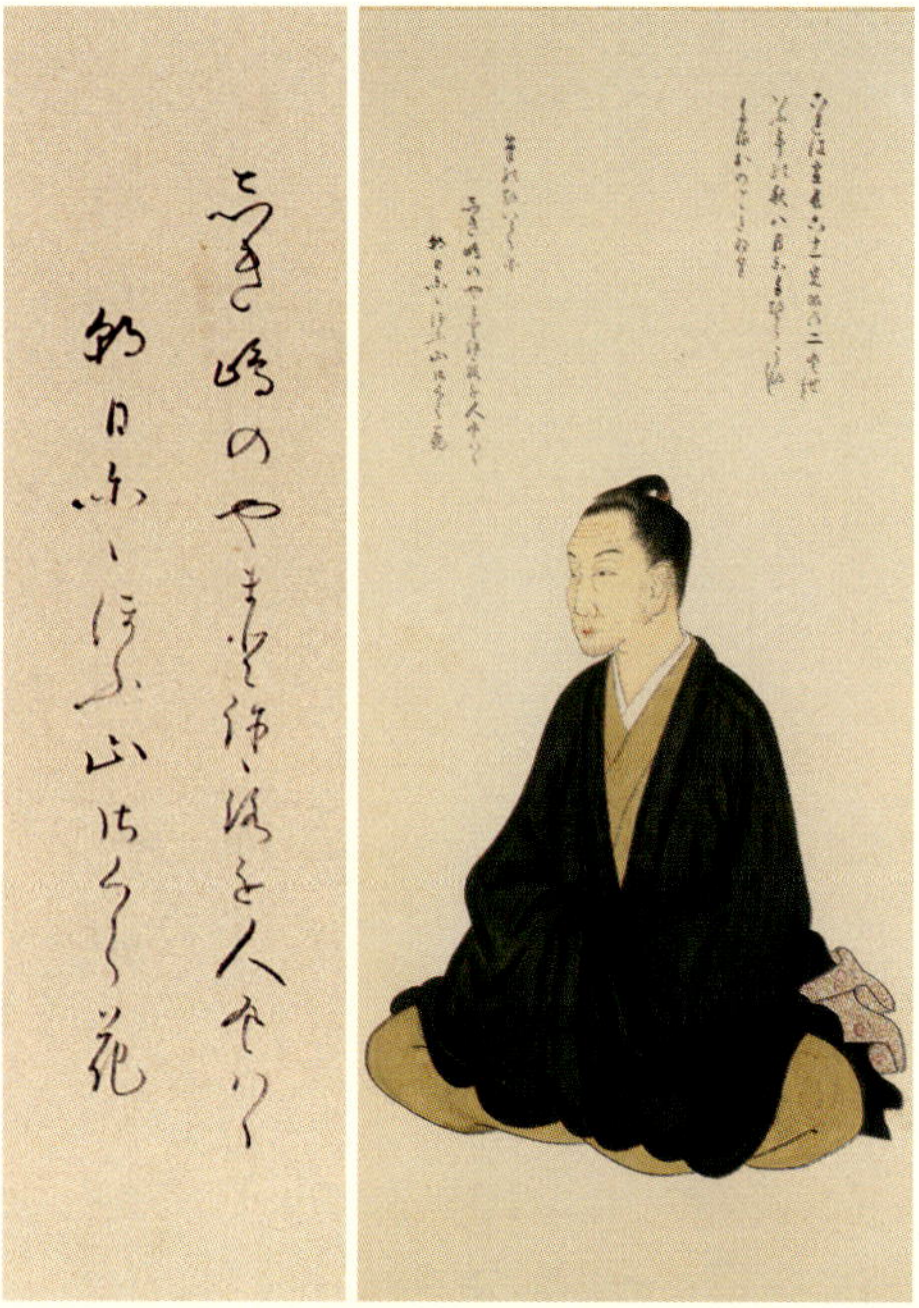

蝦夷はやり
うた新章
米ほしや綿ほしや
君ちやとこされこさ
ふく笛にすりおろ
しやめかよりこぬさきに
さつても
ふけいき
つらつきた　（花押）

これは宣長六十一寛政の二とせと
いふ年の秋八月に手つからうつし
たるおのかゝたなり
筆のついてに
しき嶋のやまとこゝろを人とはゝ
朝日にゝほふ山さくら花

美をよむ

# 「鬼」と「狂」と

島尾《しまお》 新《あらた》

　日本の古画を見ていると不思議に思うことがある。怪異の表現が怖《こわ》くないのだ。例《たと》えば「北野天神縁起《きたのてんじんえんぎ》絵巻《えまき》」に描かれた「鬼」。無実の罪により流されて、怨霊神《おんりょうしん》となった菅原道真《すがわらのみちざね》は、雷神《らいじん》と化して清涼殿《せいりょうでん》に雷を落とす。しかしその姿は恐ろしいどころか愛嬌《あいきょう》に満ちている(1)。鎌倉時代の人々も心からの恐怖を感じることはなかったろう。さまざまに描かれた地獄の情景にも、どことなくユーモラスなところがある。字面の上のおどろおどろしい物語と、そのヴィジュアルイメージとは、きれいに対応してはいないのだ。そんな流れは上田秋成《あきなり》の時代にも生きていて、曾我蕭白《そがしょうはく》の描く真っ青な鬼(2)は、パロディ化された釈迦《しゃか》の前世の物語のなかに、笑みを誘うおびえた表情を見せている。

　その蕭白は、なんともいえぬ表情の女も描いている(3)。恨み・悲しみに「狂う」一瞬。原因が恋であることは、口にくわえたぼろぼろの文《ふみ》から分かる。この感覚は、秋成の「青頭巾《あおずきん》」にも通じるだろう。「青頭巾」では、寵愛《ちょうあい》する美少年を病で失った僧が、死体に頬《ほお》ずりし手を握って暮らすうち、愛した体が腐乱してゆくのに堪えきれず、肉を喰《くら》い骨をしゃぶって「鬼」と化す。この「鬼」は、道真が死後に化した怨霊神とは違って生身の人間である。「鬼」となることは「狂う」ことであり、ホモセクシュアルの溺愛《できあい》を、少年の死が狂わせるプロセスの異様さが、読者のイメージを掻《か》き立てる。蕭白の絵も似たようなテーマを追求している。

　「青頭巾」の僧は、快庵禅師《かいあんぜんじ》に教えられた偈《げ》を唱え、最後には禅師との問答によって姿を消す。しかし僧が成仏したという雰囲気はない。禅という仏教による魂の救済のイメージではないのだ。ここには話法

1

2

1――「北野天神縁起絵巻」

第六巻・部分・国宝・北野天満宮蔵
承久元年(1219)頃に描かれた、現存最古の北野天神縁起絵巻。菅原道真の生涯と北野天満宮の霊験譚を、縦52㎝という大きな画面に描き出している。

2――曾我蕭白筆「雪山童子《せつさんどうじ》図」

継松寺蔵
本来は釈迦の前世の姿である雪山童子が、鬼に姿を変えた帝釈天から教えの本質を聞く「施身聞偈」という話なのだが、この絵では若い女性が鬼を威嚇しているようにしか見えない。

3—— 曾我蕭白筆「美人図」
部分・奈良県立美術館蔵

4—— 長澤蘆雪筆「幽霊図」
部分・奈良県立美術館蔵

を変えた「怪異」がある。「青頭巾」の下敷きとなった、謡曲の「黒塚《くろづか》」「安達原《あだちがはら》」にも人の肉を食う鬼女が登場するのだが、こちらは最初から鬼である。その鬼は「夜嵐《よあらし》の音に失《う》せにけり」と去ってゆく。語り口から見れば、「青頭巾」の結末も同じなのだが、読んだ後に生々しく不条理な感覚が残る。

その違いは「救い」が有るか無いかだろう。地獄を描くのは、極楽浄土への往生を願ってであり、怨霊神となった道真も結局は癒《いや》されて国を守ると宣言する。救われるべき者たちの表現が、末法の世のペシミズムをそのままリアルに表現したものであっていいはずはない。それが冒頭で見たような表現に繋《つな》がるのだと思う。そんな救いが、「狂」には保証されていないのだ。長澤《ながさわ》蘆《ろ》雪《せつ》が描いた幽霊(4)の、なんとも恨みがましい表情も、同様の雰囲気を感じさせる。様々な「狂」がもてはやされた時代、『雨月物語』は怪異と恐怖のメニューに新たな一つを加えている。

(美術史家)

雨月物語
冥途の飛脚
心中天の網島

装丁　川上成夫
装画　松尾たいこ
本文デザイン　川上成夫・千葉いずみ
解説執筆・協力　池山　晃（大東文化大学）
コラム執筆　佐々木和歌子
編集　土肥元子・師岡昭廣
編集協力　松本堯・兼古和昌・原八千代
校正　中島万紀・小学館クォリティーセンター
写真提供　安来市商工観光課・大阪城天守閣
国立文楽劇場・小学館写真資料室

# はじめに――「享保《きようほう》」という時期を手がかりに

上田《うえだ》秋成《あきなり》が生まれたのは、享保十九年（一七三四）です（没年は文化六年〈一八〇九〉）。この享保という時期を前に、上方《かみがた》を中心とした元禄《げんろく》期（一六八八―一七〇四）の経済の盛況は、かげりを見せていましたが、享保元年（一七一六）に将軍職についた徳川吉宗《よしむね》は、「享保の改革」によって行政改革、財政再建、倹約奨励などを行いました。一方で吉宗は、学問奨励も行っています。町人出資の漢学学問所である懐徳堂《かいとくどう》が享保十一年に半官立化されるのが、その好例です。しかしこれにしても、諸分野の「体制化」が進行した、という動向のなかに含まれます。また、いわゆる封建道徳も浸透していった時期でした。秋成の生まれたのは、閉塞《へいそく》、固定化といった語が想起される、このような時期でした。

秋成の父は不詳、母は大和国《やまとのくに》の人でしたが、大坂の富裕な紙・油商の養子となります。青年期の秋成はよく遊びつつ、よく学んだようで、俳諧《はいかい》・漢学・国学などを身につけます。前記の懐徳堂にも学びました。そして彼は文芸活動に入り、明和《めいわ》三年（一七六六）に『諸《しょ》道聴耳世間狙《どうきききみみせけんざる》』、翌四年に『世間妾形気《せけんてかけかたぎ》』という、浮世草子《うきよぞうし》の二作を公刊しました。浮世草子というジャンルは、井原西鶴《いはらさいかく》が執筆した天和《てんな》二年（一六八二）『好色一代男』に始まり、その後、江島其磧《えじまきせき》を代表作者とする気質物《かたぎもの》（人々の行動や性格の類型を忠実に、あるいは誇張して描写した作品群）が人気を得ました。右の二作はこの系列上の作品と言えます。しかしこの時期、浮世草子はすでに衰えを見せはじめていました。

ところが、続く明和五年（一七六八）の序を持ち、安永《あんえい》五年（一七七六）に刊行された秋成の作品は、その性格から前期読本《よみほん》というジャンルに分類されるもので、これが『雨月物語』です。このジャンルは、都賀庭鐘《つがていしょう》が寛延《かんえん》二年（一七四九）に著した『英草紙《はなぶさぞうし》』に始まるとされ、享保期から知識人の間で流行した白話《はくわ》小説（中国の口語体小説）を、舞台を日本へと翻案しつつ、その作品構成や人間描写を学びとったものです。秋成は古いジャンルから新しいジャンルへと乗り換えたように見えますが、享保以降の気風のなかで学問を積んだ彼が、同時期の人々がおかれた体制順応的、閉鎖的な状況を前提に、鋭く人間を見つめた点ではその前の作品と通底しており、それを描写するために、より有効な手段を選びとったものです。

いっぽう、近松門左衛門《ちかまつもんざえもん》が生まれたのは、承応《じょうおう》二年（一六五三）です。彼は越前国吉江《えちぜんのくによしえ》藩士の次男に生まれました。十代の頃《ころ》、父が何らかの理由で浪人したのに伴って京都へ出て公家《くげ》の雑掌《ざつしょう》（下働き）をつとめ、その後芸能界に身を投じ、浄瑠璃《じょうるり》作者となりました。

浄瑠璃は、平曲《へいきょく》（琵琶《びわ》法師による『平家物語』の語り）をアレンジして十五世紀半ば頃に成立した語り物の芸能で、これに人形操りの芸能を合体させたのが人形浄瑠璃です。

近松は、貞享《じょうきょう》二年（一六八五）には大坂の竹本義太夫《たけもとぎだゆう》に『出世景清《しゅっせかげきよ》』を書き与えましたが、この時競合する一座に作品を提供していたのは、前記の浮世草子作者西鶴でした。近松は、元禄の中後期には、京都の名優坂田藤十郎《さかたとうじゅうろう》と提携して歌舞伎作者として活躍しますが、元禄十六年（一七〇三）には浄瑠璃『曾根崎心中《そねざきしんじゅう》』を執筆し、新境地を開拓します。浄瑠璃はその成り立ちからもわかるように、遠い過去の大きな出来事を叙事詩的に語るものでしたが、この作品では、観客に身近な当時の庶民の恋愛と悲劇的末路を題材としたのです。これが大当りをとって同様の作品が多く書かれるようになり、「世話物《せわもの》」というジャンルが形成されたのです（これに対して、従来の歴史物を「時代物」と呼びます）。

井原西鶴・松尾芭蕉《まつおばしょう》とともに、元禄期の三文人としてしばしば一括《ひとくく》りにされる近松ですが、他の二人より十歳ほど若く、また二十年ほど長生きしています（享保九年没、七十二歳）。その結果、元禄六年（一六九三）に没した西鶴の作品と比べて、近松の描く庶民のうえに投じられた享保期の「かげり」が、色濃いものとなっています。

「享保」という時期をはさんで、ジャンルの異なる二人の作者がそれぞれの手法でどのように「人間」を描こうとしたか、鑑賞していただきたいと思います。

（池山 晃）

# 目次

## 心中天の網島



雨月物語の風景――



浄瑠璃の風景――

# 凡例

◎本書は、新編日本古典文学全集『英草紙・西山物語・雨月物語・春雨物語』および『近松門左衛門集』①～③（小学館刊）より、『雨月物語』『冥途の飛脚』『心中天の網島』の現代語訳と原文を掲載したものである。

◎『雨月物語』は全九編より、「菊花の約」「浅茅が宿」「吉備津の釜」「青頭巾」の四編の全文を掲載した。

◎『冥途の飛脚』『心中天の網島』は全文を掲載した。

◎掲載にあたっては、現代語訳を先に、原文を後に掲載した。

◎現代語訳でわかりにくい部分には、（　）内に注を入れて簡略に解説した。

◎『冥途の飛脚』『心中天の網島』の改行は、新編日本古典文学全集本による。また、原文にある句読点を「・」で示し、文章として読みやすくするために「。」「、」を施したのも、新編日本古典文学全集のとおりである。ただし、原文の節章は、本書では省いた。

◎本文中に文学紀行コラム「雨月物語の風景」「浄瑠璃の風景」を設けた。

◎巻頭の「はじめに――「享保」という時期を手がかりに」、各作品冒頭の中の「あらすじ」、巻末の「解説」は、池山晃（大東文化大学）の書き下ろしによる。

# 雨月物語

髙田衛〔校訂・訳〕

# 雨月物語

## ❖ あらすじ

上田秋成《うえだあきなり》は、明和《めいわ》三年（一七六六）、翌四年に二作の浮世草子《うきよぞうし》を手がけたが、次に著したのが、この『雨月物語』であった。明和五年の序を持つが、刊行されたのは八年後の安永《あんえい》五年（一七七六）である。五巻九話構成（各巻二話、巻之四のみ一話）で、本書にはこのうち四話を収録した。この四話の時代設定はいずれも十五世紀後半頃《ごろ》、世の戦乱が激しくなる時期となっている。

**菊花《きくか》の約《ちぎり》**　播磨国《はりまのくに》の学者丈部《はせべ》左門《さもん》は、知人の家で病床に臥《ふ》す旅人に出会う。左門の手厚い看病によって、その男赤穴宗右衛門《あかなそうえもん》は回復、二人は学問の話で意気投合し、義兄弟の契りを結ぶ。左門は、母のもとへ赤穴を連れ帰る。赤穴はしばらく滞在するが、城主を討たれた生国出雲《いずも》の動静をうかがうために、初夏に出立、九月九日の重陽《ちょうよう》の節句に左門のもとへ戻ると約束する。重陽の当日、夜更けになってようやく赤穴は到着するが、自分は死者であると言う。出雲の現城主尼子《あまこ》経久《つねひさ》が、赤穴の従弟《いとこ》丹治《たんじ》に命じて彼を幽閉した。そのため、左門との約束を守るべく自刃《じじん》して魂となってやって来たのだ、と告白すると、赤穴は消えてしまう。左門は出雲へ向かって丹治を糾弾《きゅうだん》し、討ち果たす。

**浅茅《あさじ》が宿《やど》**　下総国《しもうさのくに》で富農の家柄を零落《れいらく》させてしまった勝四郎《かつしろう》は、京で絹商人になろうとする。別れのつらさを語る妻の宮木《みやぎ》に対して、勝四郎は、秋には帰ると約束する。戦乱が勃発《ぼっぱつ》、激化するなか、宮木はひたすら待ち続けるが、勝四郎は帰途に強盗に遭ったのをきっかけに、京と近江《おうみ》を行き来する身となり、七年が経過してしまう。ようやく決心した勝四郎は家に帰り着き、やつれはてた宮木と涙の再会を果たす。ところが、明け方に目を覚ますと家は荒れ果てており、勝四郎は宮木の遺筆を見つけて、その死を悟る。そして、この土地に久しく住む漆間《うるま》の翁《おきな》に会い、勝四郎を待ち続けたまま死んだ宮木を葬ったことを聞かされる。二人は、宮木の塚の前で嘆きながら、念仏を唱えて夜を明かす。

**吉備津《きびつ》の釜《かま》**　吉備国《きびのくに》の富農の息子正太郎《しょうたろう》が酒色にふけるのを収めるために、縁談がもちあがる。相手方である吉備津神社の神官香央《かさだ》氏は御《み》釜祓《かまばら》いの神事で縁談の吉凶を占うが、結果は凶と出る。しかし婚儀は行われ、嫁の磯良《いそら》はたいへんよく仕える。ところが、正太郎は遊女袖《そで》とともに逃げ、磯良は重病となる。正太郎たちは袖の従弟彦六《ひころく》のいる播磨国に落ち着くが、袖は数日で死んでしまう。墓参した正太郎は、ある未亡人の家へと導かれるが、その正体は磯良の怨霊《おんりょう》であった。正太郎と彦六は、陰陽師《おんみょうじ》の指示で四十二日間家にこもる。しかし最後の夜、夜明けと錯覚をさせられて戸を開けてしまい、正太郎は大量の血と髻《もとどり》だけを遺して、姿を消してしまう。

**青頭巾《あおずきん》**　諸国を行脚《あんぎゃ》する快庵禅師《かいあんぜんじ》が下野国富田《しもつけのくにとみた》の里に入ると、里人に「鬼が来た」と騒がれる。誤解をわびて快庵を泊めた村人は、事情を語る。里の上の山寺の住職は、寵愛《ちょうあい》していた童児が病死したため、激しい悲嘆と愛情のあまり、その死体を食らってしまった。以後住職は、たびたび死体を食らって鬼と恐れられるようになり、快庵はそれと誤解されたのである。快庵はこの鬼を善心に戻らせようと、翌日山寺へ向かい、住職に宿を乞《こ》う。住職は夜更けに快庵を食らおうとするが、その姿が見えず、朝になって屈服する。快庵は、禅宗の証道歌《しょうどうか》二句を授けて去る。一年後に再びこの里に入った快庵は山寺を訪れる。二句を細々と唱える住職を一喝《いっかつ》して打つと、姿は消え、快庵が前年かぶせておいた青頭巾と骨だけが遺っていた。

# 菊花《きくか》の約《ちぎり》

青々とした春の楊柳《やなぎ》は、見た目には美しいが、わが家の庭には植えるべきではない。交わりは軽薄な人と結ぶべきではない。楊柳はすぐ茂るけれども、秋の初風が吹けばもうそれに耐えることができない。軽薄な人は親しみやすいが、交わりを絶つのもまた速やかである。楊柳はそれでも春がめぐってくるたびに、葉を美しく染めるが、軽薄な人との交わりは、いったん絶えてしまえば二度と訪ねて来ることはない。

播磨国加古《はりまのくにかこ》の宿《しゅく》（兵庫県加古川市）に丈部左門《はせべさもん》という学者がいた。濆貧に甘んじて、日夜親しむ書物のほかは、家財道具類一切を煩わしがって置かなかった。老母がいた。孟母《もうぼ》の節操にも劣らぬ賢母で、普段は、糸繰《いとく》り、機織《はたお》りをして、左門の高い理想の支えとなっていた。また一人の妹がいたが、これは同じ里の佐用《さよ》家に嫁いでいた。この佐用家は、非常に裕福であったが、丈部母子の立派な人柄を敬慕して、妹娘を嫁に迎えて親《しん》戚《せき》となったのであり、何かにかこつけては財貨を贈ろうとするのだが、左門は「暮し向きのことで他人の世話を受ける気はない」と、決して承知しなかった。

ある日、左門が、同じ里の某氏を訪ねて、古今の物語をして話に興がのってきた時、壁を隔てた隣室から、苦しげなうめき声が痛ましく聞えてきたので、主人に尋ねると、答えて、「ここより西の方の国の人と思われますが、道連れに遅れたとのことで、一夜の宿を求められ、見ればいかにも武士らしい風格があって、筋目正しい人柄だと、安心してお泊めしたのですが、その晩突然、悪性の高熱に冒《おか》されて、起き臥《ふ》しも思うにまかせぬというさまが気の毒で、今日まで三日四日とお泊めしてありますが、いずこの人だか身元もはっきりせず、私もとんだ失敗《あやまち》をしたと当惑しています」と言う。

これを聞いて、左門は、「それはお気の毒な話です。あなたのご不安ももっともだが、病苦に苦しんでいるその人は、知り合いもない旅の境涯で病気を患《わずら》いついて、さぞ切ない気持でいられるであろう。その様子なりと見てあげたいと思うが」と言うのを、主人は押し止《とど》めて、「流行病《はやりやまい》は人にうつるものと聞いているので、実は家の者などもあの部屋へ行かせていません。近づいてあなたの身体《からだ》を損なわれてはいけません」。左門は笑って、「『死生《しせい》、命《めい》あり』（人間の生死は天命の定めるところである〈論語〉）という言葉があります。天命でなくては、どんな病でも人にうつるものではありません。『瘟病《おんびょう》は人を過《あやま》つ（伝染病者は捨てておけ）』などというのは愚人の言葉で、私どもはとりません」と言い、戸を押し開けて中へ入り、その人を見ると、確かに主人の言ったとおり、気品のある人だが、病は重くみえ、顔色は黄ばみ、肌は黒ずんで痩《や》せ、古布団《ふるぶとん》の上にもがき臥している。人懐《ひとなつ》かしげに左門を見て、「湯を一杯いただきたいのだが」と言う。

左門は近くに寄り、「士《し》よ、心配なさることはない。拙者《せっしゃ》が看病して癒《なお》してさしあげよう」と言い、主人と相談して薬を選び、自分で処方を考え、手ずから煎《せん》じて飲ませ、更にお粥《かゆ》を食べさせるなど、その看病ぶりはまるで血を分けた兄弟のようで、まことに捨てがたいありさまであった。

---

青々《せいせい》たる春の柳、家園《みその》に種《うゆ》ることなかれ。交《まじは》りは軽薄《けいはく》の人と結ぶことなかれ。楊柳茂《やうりうしげ》りやすくとも、秋の初風《はつかぜ》の吹くに耐《たへ》めや。軽薄の人は交《まじ》はりやすくして亦速《またすみやか》なり。楊柳いくたび春に染《そむ》れども、軽薄の人は絶《たえ》て訪《とむら》ふ日なし。

播磨《はりま》の国加古《かこ》の駅《うまや》に丈部《はせべ》左門《さもん》といふ博士《はかせ》あり。清貧《せいひん》を憩《あまな》ひて、友とする書《ふみ》の外はすべて調度《てうど》の絮煩《わづらはしき》を厭《いと》ふ。老母《らうぼ》あり、孟氏《まうし》の操《みさを》にゆづらず。常に紡績《うみつむぎ》を事として左門がこころざしを助く。其《そ》の季女《いもうと》なるものは同じ里の佐《さ》用氏《ようぢ》に養《やしな》はる。此《こ》の佐用が家は頗富《すこぶるとみ》さかえて有りけるが、丈部《はせべ》母子の賢《かしこ》きを慕《した》ひ、娘子《をとめ》を娶《めと》りて親族となり、屢《しばしば》事に托《よせ》て物を餉《おく》るといへども、「口腹《こうふく》の為に人を累《わづらは》さんや」とて、敢《あへ》て承《うく》ることなし。

一日《あるひ》、左門同じ里の何某《なにがし》が許《もと》に訪《とふら》ひて、いにしへ今の物がたりして興ある時に、壁《かべ》を隔《へだて》て人の痛楚《くるしむ》声、いともあはれに聞えければ、主《あるじ》に尋ぬるに、あるじ答ふ。「これより西の国の人と見ゆるが、伴《とも》なひに後《おく》れしよしにて一宿《ひとよ》を求めらるるに、士家《しか》の風《ふう》ありて卑《いや》しからぬと見しままに、逗《とどめ》まゐらせしに、其の夜邪熱劇《じやねつはなはだ》しく、起臥《おきふし》も自《みづから》はまかせられぬを、いとほしさに、三日四日は過しぬれど、何地《いづち》の人ともさだかならぬに、主《あるじ》も思ひがけぬ過《あやまり》し出《い》でて、ここち惑《まど》ひ侍《はべ》りぬ」といふ。

左門聞きて、「かなしき物がたりにこそ。あるじの心安からぬもさる事にしあれど、病苦《びやうく》の人はしるべなき旅の空に此の疾《やまひ》を憂《うれ》ひ給《たま》ふは、わきて胸窮《むねくる》しくおはすべし。其のやうをも看《み》ばや」といふを、あるじとどめて、「瘟病《をんびやう》は人を過《あやま》つ物と聞ゆるから家童《わらべ》らもあへてかしこに行かしめず。立ちよりて身を害《がい》し給ふことなかれ」。左門笑ひていふ。「死生《しせい》、命《めい》あり。何の病か人に伝《つた》ふべき。これらは愚俗《ぐぞく》のことばにて吾儕《わがともがら》はとらず」とて、戸《と》を推《おし》て入りつも其の人を見るに、あるじがかたりしに違《たが》はで、倫《なみ》の人にはあらじを、病深きと見えて、面《おもて》は黄《き》に、肌黒《はだへくろ》く痩《やせ》、古き衾《ふすま》のうへに悶《もだ》へ臥《ふ》す。人なつかしげに左門を見て、「湯ひとつ恵《めぐ》み給へ」といふ。
　左門ちかくよりて、「士憂《しうれ》へ給ふことなかれ。必ず救《すく》ひまゐらすべし」とて、あるじと計《はか》りて、薬をえらみ、自《みづから》方《はう》を案《あん》じ、みづから煮《に》てあたへつつも、猶粥《なほかゆ》をすすめて、病を看《み》ること同胞《はらから》のごとく、まことに捨てがたきありさまなり。

この武士は、左門《さもん》の人情の手厚さに感激し、涙を流して、「これほどまで見ず知らずの旅人の私に尽してくださる。たとえ死んでも必ず、ご恩にお報いいたそう」と言った。

左門はそれを諌《いさ》めて、「気の弱いことを仰せになるな。およそ疫病《えきびょう》には一定の日数《ひかず》があるもの、その期間を過ぎてしまえば生命には障《さわ》りはござらぬ。私が毎日やって来てお世話いたすであろう」と、真心をこめて約束し、その後も細やかな心づかいで看病するうち、病気は快方に向い、気持も楽になったとみえ、その武士は主人に対して懇ろに礼を述べ、左門の陰徳に感謝して、その生業《しごと》を尋ね、自分の身の上などを次のように語った。

「私は、出雲国《いずものくに》松江（島根県松江市）の出身で、赤穴宗右衛門《あかなそうえもん》という者ですが、いくらか軍学の道に明るかったので、富田《とだ》（島根県安来市広瀬町）の城主、塩谷掃部介《えんやかもんのすけ》殿（佐木《さき》配下の武将。以下の戦乱はほぼ史実に基づく）の軍師となって仕えているうちに、近江《おうみ》の佐々木氏綱《うじつな》（近江を本拠とする佐々木氏嫡流の武将で出雲国守護職）への密使にえらばれて、佐々木の館に滞在中、前の富田城主尼子経久《あまこつねひさ》（出雲の豪族尼子氏の中でも乱世の小英雄として知られる）が、山中党（出雲豪族の一派）と組んで、大晦日《おおみそか》の夜（文明一七年〈一四八五〉のこと）、不意討ちに城を攻め取り、掃部介殿は討死《うちじに》なされたのです。もともと出雲は佐々木の領国、塩谷殿は守護代であったから、私は、『三沢《みざわ》、三刀屋《みとや》（尼子氏と対立していた出雲の小豪族）らを応援し、尼子経久を討つべきです』

と勧めたが、氏綱は外面《そとづら》は勇敢でも、内心は臆病《おくびょう》な愚将だったので、それを果さず、かえって私を足止めしたのです。理由のない所に長居は無用と、身体《からだ》ひとつで脱出して、故国へ帰る途中で、この病にかかり、思いがけずあなたのお世話になってしまいました。身にあまるご恩恵です。生涯をかけて必ずご恩にお報いいたしたい」。左門は答えて、「人の不幸を見るに忍びぬのは、人として当然のことです。そのようにご丁重な言葉をいただく理由《いわれ》はありません。なおゆっくり留《とど》まり療養なされよ」と言い、その実のこもった言葉に甘えて、日を過すうちに、赤穴はすっかり回復し、身体も心も元どおりになった。

この数日間、左門はよい友を得たと、昼となく夜となく交際し、話し合ってみると、赤穴も諸子百家のことなどぼつぼつ話し出して、応答は明快で、軍事の理論はすぐれて的確であったので、何一つ心の合わぬことがなく、感心したり喜んだりして、ついに義兄弟の盟約を結んだ。赤穴が五歳年長だったので、義兄として左門の礼義を受けて言った。「私は父母と別れて長いことになる。あなたの母君はすなわちわが母だから、改めてご挨拶《あいさつ》したいと思います。母君は私の気持を汲《く》んでくださるだろうか」。左門は大喜びで、「母は常に私の孤独を心配しています。あなたの真実《まこと》ある言葉を伝えたら、喜んで寿命も延びるでしょう」と、赤穴をわが家に連れて帰った。老母は喜び迎えて、「わが子は才がなく、また学問も時流に合わず、世に出る機会を失しております。どうかいつまでも兄として導いてやってください」。赤穴は老母を拝して、「男子たるものは義を重しとします。功名富貴《こうみようふうき》は言うに足りません。私は今ご母堂のご慈愛を得て、左門殿からは兄としての敬意を受けました。これ以上の望みはありません」と言って、喜び感激しつつも、また数日そこに留まった。

つい昨日今日《きのうきよう》まで咲いていたと思った尾上《おのえ》（桜で有名な加古川市尾上町）の桜も散り、爽《さわ》やかな風に吹き寄せられる波の色に問うまでもなく、くっきりとした初夏になった。ある日、赤穴は左門母子に向って、「私が近江を逃れて来たのも、出雲《いずも》の様子を見んがためです。ひとまず故郷へ帰ってすぐに引き返し、それから貧しいながらも懸命に、ご恩返しする所存です。しばしのお暇《いとま》をいただきたい」と言った。左門は尋ねた。「それではは兄上は、いつお戻りになりますか」。赤穴は答えた。「月日は往《ゆ》きやすいもの。遅くともこの秋までには必ず」。左門は言った。「秋の、何日《いつ》という日を定《き》めてお待ちすればよいのですか。どうかそれを定めてください」。赤穴は答えた。「では九月九日――この重陽《ちようよう》の節句（菊の節句）をもって帰り来る日といたしましょう」。左門は言った。「兄上、必ず、この日を間違えないでくださいね。私は一枝の菊と心ばかりの酒など用意して、お待ちしております」と、交す言葉にも互いの誠意をこめて、赤穴は西の国へ帰って行った。

かの武士《もののべ》、左門《さもん》が愛憐《あはれみ》の厚《あつ》きに泪《なみだ》を流して、「かくまで漂客《へうかく》を恵《めぐ》み給《たま》ふ。死すとも御心に報《むく》ひたてまつらん」といふ。左門諫《いさめ》て、「ちからなきことはな聞え給ひそ。凡《およ》そ疫《えき》は日数あり。其《そ》のほどを過《すぎ》ぬれば寿命《ことぶき》をあやまたず。吾《われ》、日々に詣《まうで》てつかへまゐらすべし」と、実《まめ》やかに約《ちぎ》りつつも、心をもちゐて助《たす》けけるに、病漸減《やまひややげん》じてここち清《すず》しくおぼえければ、あるじにも念比《ねんごろ》に詞《ことば》をつくし、左門が陰徳《いんとく》をたふとみて、其の生業《なりはひ》をもたづね、己《おの》が身の上をもかたりていふ。

「故出雲《もといづも》の国松江《まつえ》の郷《さと》に生長《ひととなり》て、赤穴宗右衛門《あかなそうゑもん》といふ者なるが、わづかに兵書《へいしよ》の旨《むね》を察《あきらめ》しによりて、富田《とみた》の城主塩冶掃部介《えんやかもんのすけ》、吾《われ》を師として物学《まな》び給ひしに、近江《あふみ》の佐々木氏綱《ささきうぢつな》に密《みそか》の使《つかひ》にえらばれて、かの館《みたち》にとどまるうち、前《さき》の城主尼子経久《あまこつねひさ》、山中党《やまなかたう》をかたらひて大三十日《おほみそか》の夜不慮《すずろ》に城を乗《のり》とりしかば、掃部殿《かもんどの》も討死《うちじに》ありしなり。もとより雲州《うんしう》は佐々木の持国《もちぐに》にて、塩冶《えんや》は守護代《しゆごだい》なれば、『三沢三刀屋《みざはみとや》を助けて、経久を亡《ほろ》ぼし給へ』とすすむれども、氏綱は外勇《ほかゆう》にして内怯《うちおびえ》たる愚将《ぐしやう》なれば果《はた》さず。かへりて吾を国に逗《とど》む。故《ゆゑ》なき所に永く居《を》らじと、己《おの》が身ひとつを窃《ぬす》みて国に還《かへ》る路《みち》に、此《こ》の疾《やまひ》にかかりて、思ひがけずも師《し》を労《わづら》はしむるは、身にあまりたる御恩《めぐみ》にこそ。吾半生《はんせい》の命《いのち》をもて必ず報《むく》ひたてまつらん」。左門いふ。「見る所を忍びざるは人たるものの心なるべければ、厚き詞《ことば》をさむるに故《ゆゑ》なし。猶逗《なほとど》まりていたはり給へ」と、実《まこと》ある詞を便りにて日比経《ひごろふ》るままに、物みな平生《つね》に邇《ちか》くぞなりにける。

此の日比《ひごろ》左門はよき友もとめたりとて、日夜交《ひるよるまじ》はりて物がたりするに、赤穴《あかな》も諸子百家《しよしひやくか》の事おろおろかたり出《い》でて、問ひわきまふる心愚《おろか》ならず、兵機《へいき》のことわりはをさをさしく聞えければ、ひとつとして相《あひ》ともにたがふ心もなく、かつ感《めで》、かつよろこびて、終《つひ》に兄弟の盟《ちかひ》をなす。赤穴《あかな》五歳長《ちやう》じたれば、伯氏《あに》たるべき礼義をさめて、左門にむかひていふ。「吾《われ》父母に離《わか》れまゐらせていとも久し。賢弟《けんてい》が老母は即吾《やがてわが》母なれば、あらたに拝《をが》みたてまつらんことを願ふ。老母あはれみてをさなき心を肯《うけ》給はんや」。左門、歓《よろこ》びに堪《たへ》ず、「母なる者、常に我が孤独《こどく》を憂《うれ》ふ。信《まこと》ある言《ことば》を告《つげ》なば齢《よはひ》も延《のび》なんに」と、伴《ともな》ひて家に帰る。老母よろこび迎《むか》へて、「吾子《わがこ》不才にて、学《まな》ぶ所時にあはず、青雲《せいうん》の便りを失《うし》なふ。ねがふは捨てずして伯氏《あに》たる教《をしへ》を施《ほどこ》し給へ」。赤穴《あかな》拝していふ。「大丈夫は義を重《おも》しとす。功名富貴《こうめいふうき》はいふに足《たら》ず。吾《われ》いま母公《ぼこう》の慈愛《めぐみ》をかうむり、賢弟《けんてい》の敬《ゐや》を納《をさ》むる、何の望《のぞみ》かこれに過ぐべき」と、よろこびうれしみつつ、又日来《ひごろ》をとどまりける。

きのふけふ咲きぬると見し尾上《をのへ》の花も散りはてて、涼しき風による浪に、とはでもしるき夏の初《はじめ》になりぬ。赤穴、母子《おやこ》にむかひて、「吾《わが》近江を遁来《のがれきた》りしも、雲州《うんしう》の動静《やうす》を見んためなれば、一たび下向《くだり》てやがて帰来り、菽水《しゆくすい》の奴《つぶね》に御恩《めぐみ》をかへしたてまつるべし。今のわかれを給へ」といふ。左門いふ。「さあらば兄長《このかみ》いつの時にか帰り給ふべき」。赤穴《あかな》いふ。「月日は逝《ゆき》やすし。おそくとも此《こ》の秋は過《すご》さじ」。左門云《い》ふ。「秋はいつの日を定《さだめ》て待つべきや。ねがふは約《やく》し給へ」。赤穴《あかな》云ふ。「重陽《ここぬか》の佳節《かせつ》をもて帰り来る日とすべし」。左門いふ。「兄長《このかみ》必ず此の日をあやまり給ふな。一枝の菊花に薄酒《うすきさけ》を備《そな》へて待ちたてまつらん」と、互《たがひ》に情《まこと》をつくして赤穴《あかな》は西に帰りけり。

月日はたちまちのうちに過ぎ去り、下枝の茱萸《ぐみ》が赤く色づき、垣根の野菊が美しく咲き、九月ともなった。

約束の九日の日は、左門《さもん》はいつもより早く起き、質素な家を清らかに掃ききよめ、黄菊白菊の二、三本を小瓶に飾り、乏しい財布をかたむけて酒食の用意をした。老母は「あの八雲《やくも》立つ（出雲《いずも》の枕詞《まくらことば》）出雲は、山陰道の果てにあって、ここから百里（約三九〇キロ）ものかなただということだから、帰着の日がずれることもあろうし、その人が来てから用意しても間に合うのに」と言うのだが、左門は、「赤穴《あかな》は信義ある武士ですから、決して約束を破ることはありません。赤穴の姿を見てから、あわただしく用意するのでは、先方がどう思うか、恥ずかしいことです」と言って、美酒を買い、鮮魚を料理して台所に備えるのであった。

この日は空も晴れ上がって、見わたすかぎり雲の一片もなく、群れをなして旅人たちが通るが、なかには「今日は誰《だれ》それが都入りする日だが、結構な日柄だ。きっと今度の商売《あきない》でよい利を取る前兆だろう」と語って行くのもいる。五十歳あまりの武士が、連れの二十代の同じ服装《いでたち》の武士に向って、「海面《うなづら》はこんなに穏やかではないか――。明石《あかし》から早出の朝船に乗っていたら、今頃は牛窓《うしまど》の港（岡山県瀬戸内市）に差しかかっていただろうに――。若い男のほうがかえって物おじして、無駄金《むだがね》を費《つか》ってしまうことよ」と愚痴《ぐち》を言い、「殿がご上洛《じょうらく》なさった時は、小豆島《しょうどしま》から室津《むろづ》（兵庫県たつの市）へ船旅なさったが、海が荒れて大変な目に遭われたと、随伴《おとも》の者から聞いたことを思うと、このあたりの船旅は誰だって恐れて当然です。そんなにお怨《うら》みになるな。魚が橋（兵庫県高砂市にあった宿駅）で蕎麦《そば》をご馳走《ちそう》しますから」と、若い武士が慰めながら通り過ぎる。また馬方が、腹立たしげに、「このくたばり馬めが。居眠りでもしているのか」と、荒々しく荷鞍《にぐら》を押し直し、怒鳴りちらして行く。こうして昼もだいぶ過ぎたものの、左門の待っている人はまだ来なかった。日が西に沈みかけ、宿りを急ぐ旅人たちの足取りが気忙《きぜわ》しくなるのを見るにつけて、左門は外の方に目がひきつけられ、心はまるで酔ったようであった。

老母は左門を呼んで、「あの人の心変りでさえなければ、再会を約束した菊の色濃く美しい日は、なにも今日に限らないではありませんか。帰るという誠意があるならば、たとえ時雨空《しぐれぞら》の頃になったとしてもよいではありませんか。家へ入って横になり、明日を待ちなさい」とさとすのを拒みかねて、母を言いなだめて先に寝《やす》ませ、しかし万一にもと、戸外へ出てみると天の河の星影も薄れがちで、月は自分ひとりを照らして淋《さび》しい上に、どこかの番犬の吼《ほ》える声が澄みわたって聞え、海岸の波の音は、すぐ足もとまで押し寄せて来るかのようである。

月の光も山の端《は》に入って暗くなったので、「今はこれまで」と、戸を閉《た》てて家に入ろうとしたその時、目に入ったのである、ぼんやりした影の中に人の姿が見えて、風に吹き送られるようにやって来るのが――。奇怪なこととよく見ると、それこそ赤穴宗右衛《そうえ》門《もん》であった。

---

あら玉の月日はやく経《へ》ゆきて、下枝《したえ》の茱萸《ぐみ》色づき、垣根の野ら菊艶《にほ》ひやかに、九月《ながづき》にもなりぬ。九日《ここぬか》はいつよりも蚤《はや》く起出《おきいで》て、草の屋の席《むしろ》をはらひ、黄菊しら菊二枝三枝小瓶《こがめ》に挿《さし》、嚢《ふくろ》をかたふけて酒飯《しゆはん》の設《まうけ》をす。老母云《い》ふ。「かの八雲《やくも》たつ国

は山陰《やまぎた》の果《はて》にありて、ここには百里を隔《へだ》つると聞けば、けふとも定めがたきに、其《そ》の来《こ》しを見ても物《もの》すとも遅《おそ》からじ」。左門《さもん》云ふ。「赤穴《あかな》は信《まこと》ある武《もの》士《のべ》なれば必ず約《ちぎり》を誤《あやま》らじ。其《そ》の人を見てあわただしからんは思はんことの恥かし」とて、美酒《よきさけ》を沽《か》ひ、鮮魚《あさらけき》を宰《に》て厨《くりや》に備《そな》ふ。

此《こ》の日や天晴《そらはれ》て、千里《ちさと》に雲のたちゐもなく、草枕《くさまくら》旅ゆく人の群々《むれむれ》かたりゆくは、「けふは誰某《たれがし》がよき京入《みやこいり》なる。此の度《たび》の商物《あきもの》によき徳とるべき祥《さが》になん」とて過ぐ。五十《いそぢ》あまりの武士《もののべ》、廿《はたち》あまりの同じ出立《いでたち》なる、「日和《には》はかばかりよかりしものを、明石《あかし》より船もとめなば、この朝びらきに牛窓《うしまど》の門《と》の泊《とま》りは追《おふ》べき。若き男《をのこ》は却物怯《けくものおびえ》して、銭おほく費《つひ》やすことよ」といふに、「殿《との》の上《のぼ》らせ給《たま》ふ時、小豆島《あづきじま》より室津《むろづ》のわたりし給ふに、なまからきめにあはせ給ふを、従《みとも》に侍《はべ》りしもののかたりしを思へば、このほとりの渡りは必ず怯《おびゆ》べし。な恚《ふくつみ》給ひそ。魚が橋の蕎麦《くろむぎ》ふるまひまをさんに」といひなぐさめて行く。口とる男《をのこ》の腹《はら》だたしげに、「此の死馬《しにうま》は眼《まなこ》をもはたけぬか」と、荷鞍《にぐら》おしなほして追ひもて行く。午時《ひる》もややかたふきぬれど、待ちつる人は来らず。西に沈《しづ》む日に、宿り急《いそ》ぐ足のせはしげなるを見るにも、外《と》の方《かた》のみまもられて心酔《ゑへ》るが如《ごと》し。

老母左門をよびて、「人の心の秋にはあらずとも、菊の色こきはけふのみかは。帰りくる信《まこと》だにあらば、空《そら》は時雨《しぐれ》にうつりゆくとも何を怨《うらむ》べき。入りて臥《ふし》もして、又翌《あす》の日を待つべし」とあるに、否《いな》みがたく、母をすかして前に臥《ふさ》しめ、もしや戸《と》の外《そと》に出《い》でて見れば、銀河《ぎんが》影きえぎえに、氷輪《りん》我のみを照《てら》して淋《さび》しきに、軒守《のきも》る犬の吼《ほゆ》る声すみわたり、浦浪《うらなみ》の音ぞここもとにたちくるやうなり。

月の光も山の際《は》に陰《くら》くなれば、今はとて戸《と》を閉《たて》て入らんとするに、ただ看《みる》、おぼろなる黒影《かげろひ》の中に人ありて、風の随《まにまに》来《く》るをあやしと見れば赤穴《あかな》宗右衛門《そうゑもん》なり。

---

左門《さもん》は躍り上がる思いで、「私は朝早くから今までお待ちしていました。約束を違《たが》えずおいでになってうれしく思います。どうぞお入りください」と言ったけれど、赤穴《あかな》はただ首肯《うなず》くばかりで一言も口をきかない。左門は先に立って、客室の窓下の正席に案

内して席に着かせ、「兄上のおいでが遅かったので、母も待ちわびて、明日であろうと寝所に入っています。起してまいります」と言うと、赤穴はまた首を振って止めながらも、物ひとつ言おうとしない。左門が、「夜を日に継いで来られたからには、さぞかし身も心もお疲れのことでしょう。願わくば一杯召し上がった上でごゆるりとご休息ください」と、酒を温《あたた》め、肴《さかな》を並べてすすめると、意外や赤穴は袖《そで》で顔を覆《おお》い、まるでその臭《にお》いを嫌い避けるかの様子である。

左門は言った。「貧しい手料理ですから、お口に合わないかもしれません。しかし、私の気持をこめたつもりです。どうかお蔑《さげす》みくださるな」。しかし、赤穴はなおも答えないまま、長い嘆息をついて、しばらくしてやっと口をきった。「賢弟《あなた》の心のこもったおもてなしを、どうして拒む道理がありましょう。それを欺《あざむ》く言葉もないままに、事実をありのまま申し上げますが、どうか驚き疑ってくださるな。自分は実はこの世の人間ではないのです。穢《けが》れた死霊《しりょう》の身で、仮に人の姿を借りてきたのです」。左門は驚き魂《たま》消《げ》て、「兄上、どうしてそんな奇怪なことをおっしゃるのですか。私には夢の中のこととも思われませんが――」と言った。

赤穴は言った。「あなたと別れて本国に下りましたが、郷里《くに》の人々は大半尼子《あまこ》の威勢に従っていて、昔の塩谷《えんや》の恩義を顧みる者はいませんでした。赤穴丹治《あかなたんじ》という従兄《いとこ》が、富田《とだ》の城中に仕えているのを訪ねた時、彼は利害打算を説き、私を経久《つねひさ》に逢わせました。表面上《うわべ》はその説得に従うふりをして、よくよく経久の所業を見たところ、万夫に匹敵する雄々しさは人に抜きんで、よく軍兵《ぐんぴょう》を統率してもいるが、智略の面では、疑い深い性質で、そのため腹心となり手足となる家臣もいません。仕えるべき所ではないと判断して、あなたとの菊の節句の約束の事を申し述べ、城を去ろうといたしますと、経久には私を怨《うら》み疑う様子があって、丹治に命じて、富田城内に閉じ込めて、ついに今日という日に至らしめたのです。あの約束を違《たが》えるものなら、あなたが私をどんな人間と考えるだろうと、ひたすら思い沈みましたが、逃れ去る方策がありません。古人の言葉に『人は一日に千里を行くことはできない。しかし魂は一日によく千里をも行くことができる』とあります。この道理を思い出して、自刃《じじん》し、今夜、陰風《かぜ》に乗って、はるばると菊の節句の再会の約束を果しに参じました。この気持をお察しください」と言い終って、とめどなく涙を流すのであった。「これで永《なが》のお別れです。どうぞご母堂によくお仕えください」と言って座を立つと見えたが、そのままかき消えて見えなくなってしまった。

踊《をど》りあがるここちして、「小弟《せうてい》蚤《はや》くより待ちて今にいたりぬる。盟《ちかひ》たがはで来《きた》り給《たま》ふことのうれしさよ。いざ入らせ給へ」といふめれど、只点頭《ただうなづき》て物をもいはである。左門前《さもんさき》にすすみて、南の窓《まど》の下《もと》にむかへ座につかしめ、「兄長《このかみ》来り給ふことの遅《おそ》かりしに、老母も待ちわびて、翌《あす》こそと臥所《ふしど》に入らせ給ふ。寤《さま》させまゐらせん」といへるを、赤穴《あかな》又頭《かしら》を揺《ふり》てとどめつも、更《さら》に物をもいはでぞある。左門云《い》ふ。「既に夜を続《つぎ》て来《こ》し給ふに、心も倦《うみ》足も労《つか》れ給ふべし。幸《さいはひ》に一杯《はい》を酌《くみ》て歇息《やすませ》給へ」とて、酒をあたため、下物《さかな》を列《つら》ねてすすむるに、赤穴袖《そで》をもて面《おもて》を掩《おほ》ひ其《そ》の臭《にほ》ひを嫌放《いみさく》るに似たり。

左門いふ。「井臼《せいきう》の力《つとめ》はた款《もてな》すに足《たら》ざれども、己《おの》が心なり。いやしみ給ふことなかれ」。赤穴猶《なほ》答へもせで、長嘘《ながきいき》をつぎつつ、しばししていふ。「賢弟が信《まこと》ある饗応《あるじぶり》をなどいなむべきことわりやあらん。欺《あざむ》くに詞《ことば》なければ、実《じつ》をもて告《つぐ》るなり。必ずしもあやしみ給ひそ。吾《われ》は陽世《うつせみ》の人にあらず、きたなき霊《たま》のかりに形《かたち》を見えつるなり」。左門大《おほ》いに驚きて、「兄長《このかみ》何ゆゑにこのあやしきをかたり出《い》で給ふや。更に夢ともおぼえ侍《はべ》らず」。

赤穴いふ。「賢弟とわかれて国にくだりしが、国人《くにびと》大《おほ》かた経久《つねひさ》が勢《いきほ》ひに服《つき》て、塩冶《えんや》の恩《めぐみ》を顧《かへりみ》るものなし。従弟《いとこ》なる赤穴丹治《あかなたんぢ》、富田《とみた》の城にあるを訪《とむ》らひしに、利害《りがい》を説《とき》て吾を経久に見《まみ》えしむ。仮《かり》に其の詞を容《いれ》て、つらつら経久がなす所を見るに、万夫《ばんふ》の雄《ゆう》人に勝《すぐ》れ、よく士卒《いくさ》を習練《たならす》といへども、智を用《もち》うるに狐疑《こぎ》の心おほくして、腹心爪牙《ふくしんさうが》の家の子なし。永《なが》く居《を》りて益《やう》なきを思ひて、賢弟が菊花《きくくわ》の約《ちぎり》ある事をかたりて去《さら》んとすれば、経久怨《うら》める色ありて、丹治に令《れい》し、吾を大城《おほぎ》の外にはなたずして、遂《つひ》にけふにいたらしむ。此《こ》の約《ちかひ》にたがふものならば、賢弟吾を何ものとかせんと、ひたすら思ひ沈《しづ》めども遁《のが》るるに方《すべ》なし。いにしへの人のいふ。『人一日に千里《ちさと》をゆくことあたはず。魂《たま》よく一日に千里をもゆく』と。此のことわりを思ひ出でて、みづから刃《やいば》に伏《ふし》、今夜《こよひ》陰風《かぜ》に乗《のり》てはるばる来《きた》り菊花の約《ちかひ》に赴《つ》く。この心をあはれみ給へ」といひをはりて泪《なみだ》わき出《いづ》るが如し。「今は永きわかれなり。只母公《ぼこう》によくつかへ給へ」とて、座を立つと見しがかき消《きえ》て見えずなりにける。

左門《さもん》は慌《あわ》てて止《とど》めようとしたが、陰風《かぜ》のために目がくらみ、赤穴《あかな》の姿が見えない。うつ伏せにつまずき倒れたまま、大声を上げて泣いた。その声に老母が目を覚まし、左門の居所を見ると、客席のあたりに酒瓶《さかがめ》や魚を盛りつけた皿などがたくさん並べてある中に、泣き倒れているので、急いで抱き起して、「どうしたのか」と問うが、左門はただ声をかみ殺して泣き続けるだけで何も言わない。母は問いただして言った。「兄と定めた赤穴が約《ちかい》を違《たが》えたことを恨みに思うのならば、明日にでももし来た時は、言うべき言葉もないではないか。おまえはこんなにも幼く愚かだったのか」と強い語気で諌《いさ》めると、左門はやっとのことで答えた。

「兄上は、今夜、菊花の約《ちかい》を果すためにわざわざ見えました。酒肴《しゆこう》でもてなし迎えますと、再三それを拒んで言われるには、しかじかのわけで約に背《そむ》くことになるがため、自刃して亡魂となり遠く百里を越えて来たとのこと、言い終ってそのまま消えられたのです。そういうわけで、母上の眠りをも驚かせてしまいました。ただお許しください」と、更にさめざめと泣き沈む。母は重ねて言った。「昔から『牢に繋《つな》がれている人は、夢にも赦免されることを見るし、水に渇《かっ》している人は夢の中で飲み水を飲む』と言います。おまえもそれに類した夢を見たのであろう。よく心を静めなさい」。しかし左門は首を振って、「真実《ほんと》に夢のような不確かな事ではないのです。兄上は確かにこの席におられたのです」と、また声を上げて泣き倒れた。老婆ももはや疑わず、母子共に声を放ってその夜は泣き明かした。

翌日、左門は礼儀正しく、母に願い出た。「私は幼い時から学問の道に身を寄せてきましたが、国に忠義を尽したという名声もなく、家にあって親に孝を尽すこともならず、ただいたずらに、この世に生きていただけです。それにひきかえ、義兄赤穴は信義を貫き通して一生を終えました。私は今日から出雲《いずも》へ下り、せめて遺骨を葬って、義弟としての信義を全《まっと》うしたいと思います。母上はお身体《からだ》を大事になさって、私にしばらくのお暇《いとま》をくださいませ」。母は答えた。「倅《せがれ》よ。出雲へ行っても早く戻って、この老母を安心させておくれ。向こうに長くいて、今日の別れを永《なが》の別れとしないでおくれ」。

左門は言った。「人の命は水に浮ぶ泡のように、朝に夕にいつ消えるか定めがたいものですが、私はすぐに帰ってまいります」と、涙をぬぐって家を出て、佐用《さよ》家に立ち寄って、懇ろに母の世話を頼み、出雲へ下る途中は、飢えても食をとろうとせず、寒い時にも衣を重ねることを忘れて、仮眠すれば夢に赤穴を見て泣き明かし、こうして十日後には富田《とだ》城に着いたのである。

左門《さもん》慌忙《あわて》とどめんとすれば、陰風《いんふう》に眼《まなこ》くらみて行方《ゆくへ》をしらず。俯向《うつぶし》につまづき倒《たふ》れたるままに、声を放《はなち》て大《おほ》いに哭《なげ》く。老母《らうぼ》目さめ驚《おどろ》き立ちて、左門がある所を見れば、座上《とこのべ》に酒瓶《さかがめ》魚《な》盛《もり》たる皿《さら》どもあまた列《なら》べたるが中に臥《ふし》倒《たふ》れたるを、いそがはしく扶起《たすけおこ》して、「いかに」ととへども、只《ただ》声を呑《のみ》て泣《なく》なくさらに言《ことば》なし。老母問ひていふ。「伯氏《あに》赤穴《あかな》が約《ちかひ》にたがふを怨《うらむ》るとならば、明日《あす》なんもし来《きた》るには言《ことば》なからんものを。汝かくまでをさなくも愚《おろか》なるか」とつよく諫《いさむ》るに、左門漸《やや》答へていふ。「兄長《このかみ》今夜《こよひ》菊花の約《ちかひ》に特《わざわざ》来《きた》る。酒殽《さかな》をもて迎《むか》ふるに、再三《あまたたび》辞《いなみ》給《たま》うて云《い》ふ。しかじかのやうにて約《ちかひ》に背《そむ》くがゆゑに、自《みづから》刃《やいば》に伏《ふし》て陰魂《なきたま》百里を来《きた》るといひて見えずなりぬ。それ故《ゆゑ》にこそは母の眠《ねむり》をも驚《おどろ》かしたてまつれ。只々赦《ゆる》し給へ」と潸然《さめざめ》と哭《なき》入るを、老母いふ。『牢裏《らうり》に繋《つな》がるる人は夢《ゆめ》にも赦《ゆる》さるるを見え、渇《かつ》するものは夢に漿水《しやうすい》を飲《の》む』といへり。汝も又さる類《たぐひ》にやあらん。よく心を静《しづ》むべし」とあれども、左門頭《かしら》を揺《ふり》て、「まことに夢の正《まさ》なきにあらず。兄長《このかみ》はここもとにこそありつれ」と、又声を放《あげ》て哭倒《なきたふ》る。老母も今は疑《うたが》はず、相叫《あひよび》て其《そ》の夜は哭《なき》あかしぬ。

明《あく》る日、左門母を拝していふ。「吾《われ》、幼《をさ》なきより身を翰墨《かんぼく》に托《よす》るといへども、国に忠義の聞えなく、家に孝信をつくすことあたはず、徒《いたづら》に天地のあひだに生《うま》るるのみ。兄長《このかみ》赤穴《あかな》は一生を信義の為に終《をは》る。小弟《せうてい》けふより出《いづ》雲に下《くだ》り、せめては骨《ほね》を蔵《をさ》めて信《しん》を全《まつた》うせん。公《きみ》尊体《おほんみ》を保《たもち》給うて、しばらくの暇《いとま》を給ふべし」。老母《らうぼ》云ふ。「吾児《わがこ》かしこに去るとも、はやく帰りて老《おい》が心を休めよ。永《なが》く逗《とど》まりてけふを旧《ひさ》しき日となすことなかれ」。

左門いふ。「生《しやう》は浮《うき》たる漚《あわ》のごとく、旦《あさ》にゆふべに定めがたくとも、やがて帰りまゐるべし」とて泪《なみだ》を振《ふる》うて家を出《い》づ。佐用《さよ》氏《うぢ》にゆきて老母の介《いた》抱《はり》を苦《ねんごろ》にあつらへ、出雲の国にまかる路《みち》に、飢《うゑ》て食《しよく》を思はず、寒きに衣をわすれて、まどろめば夢にも哭《なき》あかしつつ、十日を経《へ》て富田《とみた》の大城《おほぎ》にいたりぬ。

---

まず赤穴《あかな》丹治《たんじ》の家を訪ねて、姓名を名のり面会を求めると、丹治は迎え入れて、「飛ぶ鳥が告げ知らせたのでなければ、なんで赤穴の死を知っていらっしゃるのか。奇怪な

話だ」と、しきりにその不思議を問い尋ねた。左門《さもん》は述べた。「武士たる者は、富貴《ふうき》や盛衰については口にすべきではなく、ただ信義だけを重んずるものである。義兄の宗《そう》右衛門《えもん》は、一度口にしただけの約束を重んじて、むなしい亡魂となって、百里の道程《みちのり》を私の許《もと》まで来てくれましたが、私もその信義に報いようとして、日に夜を継いでここまで来たのです。今、私は平生学んでいることについて、貴殿に尋ね質《ただ》さねばならぬことがある。どうかはっきりとお答えいただきたい。昔、魏《ぎ》の宰相公叔座《さいしょうこうしゆくざ》が重病の床に臥《ふ》した時、魏王みずから見舞って、叔座の手を取りつつ、『もしその方に万一の事があったら、誰《だれ》に国事を任せたらよいか。わがために教えを残してほしい』と尋ねたのに対し、叔座は『商鞅《しょうおう》が若年ながらも、すぐれた才を持っております。もし王が、彼を登用なさらぬ時は、たとえ彼を殺しても国境の外へ出してはなりません。彼を他国へ行かせたら、必ず後にわが国の災いとなるでしょう』と、懇ろに教えたが、一方では商鞅をひそかに呼んで、『自分が死んだ後の国事について、私は君を推薦したが、王にはこれを聞き入れない様子があったので、重用《ちょうよう》するのでなければ逆に君を殺害しなさいと教えた。これは君主を先にし、臣を後にする道理に基づくのである。君は早く他国へ逃れて害を避けるとよい』と言ったという。この話を、あなたと宗右衛門の場合に比べてみるといかがであるか」。丹治はただ首を垂れて返す言葉もなかった。

左門は丹治ににじり寄って、「義兄宗右衛門が塩谷《えんや》氏の旧恩を思って尼子《あまこ》に仕えなかったのは、義士である。貴殿が旧主の塩谷氏を捨てて尼子に降《くだ》り仕えた上は、武士としての義はあり得ない。義兄が菊花《きくか》の再会の約《ちかい》を重んじ、一命を捨てて百里の道をやって来たのは、信義の極致である。貴殿は今尼子に媚《こ》び仕えて、血縁である赤穴を苦しめ、こうして横死《おうし》をなさしめた。朋友《ほうゆう》としての信義いずこにありや。経久《つねひさ》が無理に赤穴を止《とど》めたとしても、長い間の交わりを思えば、ひそかにあの商鞅と公叔座のように信義を尽すべきであったのに、ただ利欲にのみ走って武士としての風格のないのは、すなわち尼子氏の家風なのであろう。そうであれば義兄がどうしてこの国に足を止《とど》めようか。私は今、信義を重んじて、わざわざここまでやって来た。貴殿はまたここで不義のために汚名を残すがいい」と、言いも終らず抜打《ぬきう》ちに斬《き》りつけると、丹治は一刀のもとにその場に倒れた。家来どもが立ち騒ぐ間に、左門はいち早く逃れて行方をくらました。尼子経久はこの事を伝え聞いて、義兄弟の信義の篤《あつ》さに感じて、左門の跡をしいては追わせなかったということである。

ああ軽薄な人間と交わりを結ぶなというが、まことにそのとおりである。

先《ま》づ赤穴丹治《あかなたんぢ》が宅《いへ》にいきて姓名をもていひ入るるに、丹治迎《むか》へ請《しやう》じて、「翼《つばさ》ある物の告ぐるにあらで、いかでしらせ給《たま》ふべき。謂《いはれ》なし」としきりに問ひ尋《もと》む。左門《さもん》いふ。「士《し》たる者は富貴《ふうき》消息《せうそく》の事ともに論ずべからず。只《ただ》信義をもて重しとす。伯氏宗右衛門《あにそうゑもん》、一旦《ひとたび》の約《ちかひ》をおもんじ、むなしき魂《たま》の百里を来《きた》るに報《むく》ひすとて、日夜《ひるよる》を逐《おう》てここにくだりしなり。吾《われ》、学《まな》ぶ所について士に尋ねまゐらすべき旨《むね》あり。ねがふは明らかに答へ給へかし。昔魏《ぎ》の公叔座《こうしゆくざ》病《やまひ》の床《ゆか》にふしたるに、魏王《ぎわう》みづからまうでて手をとりつも告《つぐ》るは、『若諱《もしいむ》べからずのことあらば誰《たれ》をして社稷《くに》を守らしめんや。吾《わが》ために教《をしへ》を遺《のこ》せ』とあるに、叔座《しゆくざ》いふ。『商鞅《しやうあう》年少《わか》しといへども奇才《きさい》あり。王《きみ》若此《もしこ》の人を用ゐ給はずば、これを殺《ころ》しても境《さかひ》を出《いだ》すことなかれ。他の国にゆかしめば必ずも後《のち》の禍《わざはひ》となるべし』と、苦《ねんごろ》に教《をし》へて、又商鞅《しやうあう》を私《ひそか》にまねき、『吾《われ》、汝《なんぢ》をすすむれども王許《ゆる》さざる色あれば、用ゐずはかへりて汝を害《がい》し給へと教ふ。是《これ》、君を先にし、臣を後にするなり。汝速《はや》く他《ひと》の国に去《さり》て害《がい》を免《のが》るべし』といへり。此の事士《し》と宗右衛門に比《たぐへ》てはいかに」。丹治只頭《かしら》を低《たれ》て言《ことば》なし。

左門座をすすみて、「伯氏《あに》宗右衛門、塩冶《えんや》が旧交を思ひて尼子《あまこ》に仕へざるは義士なり。士《し》は旧主《きうしゆ》の塩冶を捨てて尼子に降《くだ》りしは士たる義なし。伯《あ》氏《に》は菊花の約《ちかひ》を重《おも》んじ、命を捨てて百里を来《こ》しは信《まこと》ある極《かぎり》なり。士は今尼子に媚《こび》て骨肉《こつにく》の人をくるしめ、此の横死《わうし》をなさしむるは友とする信《まこと》なし。経久強《つねひさしひ》てとどめ給ふとも、旧《ひさ》しき交《まじ》はりを思はば、私《ひそか》に商鞅《しやうあう》・叔座《しゆくざ》が信《まこと》をつくすべきに、只栄利《えいり》にのみ走《はし》りて士家《しか》の風《ふう》なきは、即《すなはち》尼子の家風《かふう》なるべし。さるから兄長何故《このかみなにゆゑ》此の国に足をとどむべき。吾《われ》今信義を重《おも》んじて態々《わざわざ》ここに来《きた》る。汝は又不義のために汚名《をめい》をのこせ」とて、いひもをはらず抜打《ぬきうち》に斬《きり》つくれば、一刀《ひとかたな》にてそこに倒《たふ》る。家眷《いへのこ》ども立ち騒《さわ》ぐ間《ひま》にはやく逃《のが》れ出《いで》て跡なし。尼子経久此のよしを伝《つた》へ聞きて、兄弟信義《しんぎ》の篤《あつ》きをあはれみ、左門が跡をも強《しひ》て逐《おは》せざるとなり。

咨《ああ》、軽薄《けいはく》の人と交はりは結《むす》ぶべからずとなん。

# 月山《がっさん》富田《とだ》城

①

城の跡に桜が植えられるのはどのような習いだろうか。花に降られながらしっとりと草木をいただく石垣の佇《たたず》まいは、歴史の亡骸《なきがら》を見たような思いになる。「山陰《さんいん》の雄」といわれた尼子《あまこ》氏の月山富田城も、力が強大であっただけに、その廃城の姿はいっそう胸に迫る。

鎌倉時代の佐々木氏以来、出雲《いずも》の守護が代々居城としてきた月山富田城は現在の島根県安来《やすぎ》市の勝日山《かつひやま》一帯を占め、十五世紀に守護代として尼子持久《もちひさ》が入城すると、巨大な山城《やまじろ》として発展する。文明《ぶんめい》十六年（一四八四）、孫の経久《つねひさ》が寺社所領を横取りし、段銭《たんせん》（土地に課された税）などを上納しなかったことによって追放されると、替わって塩谷《えんや》掃部介《かもんのすけ》が入城した。『雨月物語』では、この塩谷に架空の人物である赤穴宗右衛門《あかなそうえもん》が兵法を教えている。しかしその翌々年、『陰徳《いんとく》太平記』によると、山中党《やまなかとう》らと組んだ尼子経久は正月の祝賀を利用して富田城に打ち入り、城を奪回する。物語ではこの際に赤穴は経久によって幽閉されたのである。そののち経久は山陽の覇者大内氏とも戦って領地を伸ばし、中国地方十一カ国を制圧した。鉄の産出や銀山の開発、朝鮮半島との交易で財を蓄え、居城の富田城は戦国屈指の山城として知れ渡る。しかし永禄《えいろく》九年（一五六六）に毛《もう》利《り》元就《もとなり》の攻撃によって尼子氏は滅亡し、慶長《けいちょう》十六年（一六一一）に松江城が建立されると、富田城は廃されるに至った。石垣、石段、空《から》堀《ぼり》——つわものどもの足跡だけがいま残されている。

# 浅茅《あさじ》が宿《やど》

下総国葛飾郡《しもうさのくにかつしかのこおり》の真間《まま》の里（千葉県市川市真間）に勝四郎《かつしろう》という男がいた。祖父の代からこの村に住み着いて、多くの田畑を持ち伝えて裕福《ゆたか》に暮していたのだが、生来無頓《うまれつきむとん》着《ちゃく》な気性《たち》であったために、辛気《しんき》な農作業《のらしごと》を鬱陶《うっとう》しがって、いやいや暮しているうちに、その油断から、落ちぶれて貧家《ひんか》になってしまった。そうして親戚《しんせき》の大半《おおく》からも疎《うと》んじられてしまい、そうなってみると、さすがにしんから口惜《くちお》しい、無念だという気持が昂《こう》じて、どんなことをしても、家を再興しなければと、あれこれ思案をめぐらしていた。

その頃《ころ》、足利染《あしかがぞめ》の絹（栃木県足利市付近から産した染絹）の取引《しいれ》のために、毎年京《みやこ》からこの地方に下っている雀部曾次《ささべのそうじ》という商人がいた。縁者を訪ねて、しばしばこの里にも姿を見せており、以前から親しかったから、同じ商人《あきんど》になって京へ上りたいと同行を頼んでみたところ、雀部はあっさりと承知して、「いついつの頃には出立するつもりだ」と言った。意外に頼り甲斐《がい》があったのを喜んで、京へ行くその日のために、残っていたわずかな田畑を売り尽して元手《もとで》を作り、絹布を大量に買い込んで、用意を整えている。

勝四郎の妻は宮木《みやぎ》というのだが、人目をひくほどの器量よしの上に、心だてもしっかりしていた。このたび、勝四郎がにわかに商品《しなもの》を仕入れて、商売《あきない》に京へ上るということが気がかりでならず、思いとどまらせようと何やかやと諫《いさ》めたけれども、勝四郎のほうは、平常《つね》の気性の上に勇み立って意気込んでいるので、どうしようもない。留守の間の暮し向きもおぼつかない心細さの中にも、甲斐甲斐《かいがい》しく夫の旅支度を整えて、さてその夜は寝物語に別れのつらさのほどを訴える。

「ひとり取り残される身になりますと、弱々しい頼りない女心は、野や山にあてどなく放り出されたように心細く、途方に暮れるばかり、せつのうございます。どうぞ、朝夕に妻《わたくし》が待ちわびていることをお忘れにならず、早くお帰りください。命さえつつがなければとは思いますが、明日さえあてにならないこの世の定めのはかなさを、気丈なお心の片隅にでもおとどめくださいませ」と宮木が言うと、勝四郎も、「浮木に乗って漂うような不安な他国に、どうして長居などするものか。葛《くず》の裏葉が涼風に葉を翻《ひるがえ》すこの秋までにはきっと帰る。気を強く持って待っていなさい」と言い慰め、夜も明けたので、鶏《とり》の声と共にこの東国から出《い》で立って京《みやこ》に向って急いだのである。

さて、この年享徳《きようとく》四年（一四五五）の夏、鎌倉公方《くぼう》（室町幕府が東国統治のために置いた鎌倉府の長官）の足利成氏卿《あしかがしげうじきよう》と、管領《かんれい》（鎌倉公方の補佐役。上杉《うえすぎ》氏が世襲）上杉憲忠《のりただ》との主従の仲が破《わ》れ、御所《ごしよ》の館は戦火に焼き尽されて滅び、公方成氏は下総国の味方の所へ落ちのびられたのだが、これがきっかけでたちまち関東一帯は戦乱の巷《ちまた》と化し、諸国の領主もそれぞれ好き勝手なことをするという、乱世になった。年老いた者は山の中に逃げ隠れ、若い者は軍兵《ぐんぴよう》に駆り出され、「今日はここを焼き払う」「明日は敵が攻め寄せて来るぞ」と騒ぎ立て、女子供は東に西にと逃げ惑って、泣き悲しんだ。勝四郎の妻も、どこかへ逃げなくてはと思ったけれど、「秋の帰国を待て」と言い残した夫の言葉を信じて、不安な心を抱きながら、その日を指折り数えて、元の所に踏みとどまっていた。

そして、待ちわびた秋になったが、帰って来るどころか、そよとの風の便りもないという始末、世の乱れと同じように、頼りにならぬあの人の心だことと、夫の薄情への怨《うら》めしさやら悲しさやらですっかり気落ちして、

身のうさは人しも告《つげ》じあふ坂の夕《ゆふ》づけ鳥よ秋も暮れぬと

——この悲しみを誰《だれ》も夫に告げてはくれまい。「逢う」「告ぐ」という名を持つ、逢坂《おうさか》の夕《ゆう》告鳥《つげどり》よ、約束の秋も暮れたとあの人に伝えておくれ

こう詠《よ》んだけれど、多くの国を隔つ遠方の夫にはこれを言い送る手段《てだて》もない。

世の中が物騒《ぶっそう》になるにつれて、人の心も荒れて恐ろしくなった。稀《まれ》に訪ねて来る人は、宮木の美しい顔容《かおかたち》を見ると、いろいろに言い寄るのだが、「三貞の賢き操」（夫に殉ずる貞操）を固く守って、冷やかにあしらい、後には戸を閉めきって、会おうとしなかった。一人いた下女も逃げ去り、わずかな貯《たくわ》えも尽き、むなしくその年も暮れた。

新しい年にはなっても、戦乱は引き続き、その上、去年の秋から京の将軍家の指令とやらで、美濃国郡上《みののくにぐじょう》（岐阜県郡上市八幡町）領主の東下野守常縁《とうのしもつけのかみつねより》に官旗《みはた》（征東将軍の印の旗）が下賜され、下野《しもつけ》の知行地に下って、一族の千葉実胤《ちばのさねたね》と共に公方《くぼう》側を攻め立てる。公方側も固く守って防ぎ戦うという有様で、軍《いくさ》は広がる一方、いつ終るとも見えない。そのうち野武士・野盗の類《たぐい》が、ここかしこに山塞《さんさい》を構えては放火掠奪《ほうかりゃくだつ》し、関東八か国、安らかな所は一つもなく、まったくあさましいかぎりの世の崩壊であった。

下総《しもふさ》の国葛餝郡《かつしかのこほり》真間《まま》の郷《さと》に、勝四郎《かつしらう》といふ男ありけり。祖父《おほぢ》より旧《ひさ》しくここに住み、田畠《ばた》あまた主《ぬし》づきて家豊《ゆたか》に暮しけるが、生長《ひととなり》て物にかかはらぬ性《さが》より、農作《なりはひ》をうたてき物に厭《いと》ひけるままに、はた家貧《まづ》しくなりにけり。さるほどに親族《うから》おほくにも疎《うと》じられけるを、朽《くち》をしきことに思ひしみて、いかにもして家を興《おこ》しなんものをと左右《とかく》にはかりける。

其《そ》の比《ころ》雀部《ささべ》の曾次《そうじ》といふ人、足利染《あしかがぞめ》の絹を交易《かうえき》するために、年々京《みやこ》よりくだりけるが、此《こ》の郷《さと》に氏族《やから》のありけるを屢《しばしば》来《き》訪《とぶ》らひしかば、かねてより親《した》しかりけるままに、商人《あきびと》となりて京にまうのぼらんことを頼みしに、雀部《ささべ》いとやすく肯《うけ》がひて、「いつの比《ころ》はまかるべし」と聞えける。他《かれ》がたのもしきをよろこびて、残《のこ》る田をも販《うり》つくして金《かね》に代《かへ》、絹素《きぬ》あまた買積《かひつみ》て、京にゆく日をもよほしける。

勝四郎が妻《め》宮木《みやぎ》なるものは、人の目とむるばかりの容《かたち》に、心ばへも愚《おろか》ならずありけり。此の度《たび》勝四郎が商物買《あきものかひ》て京《みやこ》にゆくといふをうたてきことに思ひ、言《ことば》をつくして諫《いさ》むれども、常《つね》の心のはやりたるにせんかたなく、梓《あづき》弓末《ゆみすゑ》のたづきの心ぼそきにも、かひがひしく調《こし》らへて、其の夜はさりがたき別《わか》れをかたり、「かくてはたのみなき女心の、野にも山にも惑《まど》ふばかり、物うきかぎりに侍《はべ》り。朝《あした》に夕べにわすれ給《たま》はで、速《はや》く帰り給へ。命だにとは思ふものの、明《あす》をたのまれぬ世のことわりは、武《たけ》き御心《みこころ》にもあはれみ給へ」といふに、「いかで浮木《うきぎ》に乗《のり》つもしらぬ国に長居《ながゐ》せん。葛《くず》のうら葉のかへるは此の秋なるべし。心づよく待ち給へ」といひなぐさめて、夜も明けぬるに、鳥が啼《な》く東《あづま》を立ち出《い》でて京《みやこ》の方へ急ぎけり。

此年《ことし》享徳《きやうとく》の夏、鎌倉《かまくら》の御所《ごしよ》成氏朝臣《しげうぢあそん》、管領《くわんれい》の上杉《うへすぎ》と御中放《おんなかさけ》て、館《みたち》、兵火《ひやうくわ》に跡なく滅《ほろび》ければ、御所は総州《そうしう》の御味方《みかた》へ落ちさせ給ふより、関《せき》の東《ひがし》忽《たちま》ちに乱れて、心々《こころごころ》の世の中となりしほどに、老いたるは山に逃竄《にげかく》れ、弱《わか》きは軍民《いくさひと》にもよほされ、「けふは此所を焼《やき》はらふ」「明《あす》は敵《かたき》のよせ来るぞ」と、女わらべ等《ら》は東西《をちこち》に逃げまどひて泣きかなしむ。勝四郎が妻《め》なるものも、いづちへも遁《のが》れんものをと思ひしかど、「此の秋を待て」と聞えし夫《をつと》の言《ことば》を頼みつつも、安からぬ心に日をかぞへて暮しける。

秋にもなりしかど風《かぜ》の便《たよ》りもあらねば、世とともに憑《たの》みなき人心かなと、恨みかなしみおもひくづをれて、

身のうさは人しも告《つげ》じあふ坂の夕《ゆふ》づけ鳥よ秋も暮れぬと

かくよめれども、国あまた隔《へだて》ぬれば、いひおくるべき伝《つて》もなし。世の中騒《さわ》がしきにつれて、人の心も恐《おそろ》しくなりにたり。適間《たまたま》とふらふ人も、宮木《みやぎ》がかたちの愛《めで》たきを見ては、さまざまにすかしいざなへども、三貞《さんてい》の賢《かしこ》き操《みさを》を守りてつらくもてなし、後は戸を閉《たて》て見えざりけり。一人《ひとり》の婢女《はしため》も去《さり》て、すこしの貯《たくは》へもむなしく、其の年も暮れぬ。年あらたまりぬれども猶《なほ》をさまらず。あまさへ去年《こぞ》の秋京家《きやうけ》の下知《げち》として、美濃《みの》の国郡上《ぐじやう》の主《ぬし》、東《とう》の下野守常縁《しもつけのかみつねより》に御旗《みはた》を給《た》びて、下野の領所《しるところ》にくだり、氏族《しぞく》千葉《ちば》の実胤《さねたね》とはかりて責《せむ》るにより、御所方も固《かた》く守りて拒《ふせ》ぎ戦《たたか》ひけるほどに、いつ果《はつ》べきとも見えず。野伏《のぶしら》等はここかしこに寨《さい》をかまへ、火を放《はな》ちて財《たから》を奪《うば》ふ。八州《はつしう》すべて安き所もなく、浅ましき世の費《つひえ》なりけり。

勝四郎《かつしろう》のほうは雀部《ささべ》に従って京《みやこ》に着き、絹布などの品を残らず物と交換《とりひき》したのだが、ちょうどその頃《ころ》の京は華美なものが好まれた時世で、思いがけずよい利分を得ることができ、すぐに東国に帰る準備にとりかかったところ、今回《このたび》、管領《かんれい》上杉の軍勢が鎌倉御所を攻め落とし、更に公方《くぼう》を追って攻め込んだので、故郷下総《しもうさ》のあたりは、軍兵《ぐんぴょう》の振りかざす、干《たて》・戈《ほこ》などの武器で満ち満ちて、まったくの戦場になってしまったという噂《うわさ》があちこちに流れた。

目前のことでさえ嘘《うそ》の多いのが世間の話だから、まして白雲が八重に隔てる遠い故郷の恐ろしい噂に、気が気でなくて、勝四郎はとるものもとりあえず、八月初め京を出立したのだが、木曾の真坂《みさか》（岐阜県中津川市の馬籠峠《まごめとうげ》の古名）を一日がかりで越えた時、山賊どもに道を塞《ふさ》がれ、商いで得た荷物はすっかり掠《かす》め奪われてしまった。その上、人の話を聞くと、ここから東の方は要所要所に新関を構えて、旅人の通行すらいっさい許さないという。「これでは便りをする手段《てだて》もない。わが家も戦火で焼け失せたに違いない。万一にも妻は生きてはいまい。だとすれば、故郷といっても鬼の棲《す》む異郷にすぎない」と気を落とし、やむなく京に引っ返し、近江国《おうみのくに》（滋賀県）まで来て、にわかに気分が悪くなり高熱を発して病みついた。

武佐《むさ》という里（滋賀県近江八幡市武佐町）に、児玉嘉兵衛《こだまかへえ》という物持《ものもち》がいて、この人は雀部の妻女の実家であったので、わけを話して頼み込んだところ、親切にも窮状を憐《あわ》れみ、懇ろにいたわって、医師を迎え、ひたすら療養させたのだった。しばらくして気分がよくなったので、謹んで厚い恩義《めぐみ》のお礼を述べた。しかし、まだ歩むこともはかばかしくなかったので、そのまま好意に甘え、今年は思いがけなく、この地で新春を迎えた。いつの間にかこの里にも友ができて、生来のまっすぐな気性が認められて、児玉をはじめ他の人々とも心の通った交わりであった。その後は京へ出ては雀部を訪ね、近江へ帰っては児玉家に身を寄せ、七年の歳月はいつしか夢のように過ぎてしまった。

---

勝四郎《かつしらう》は雀部《ささべ》に従ひて京《みやこ》にゆき、絹ども残りなく交易《かうえき》せしほどに、当時《このごろ》都は花美《くわび》を好む節《とき》なれば、よき徳《とく》とりて東《あづま》に帰る用意《はかりこと》をなすに、今度《このたび》上杉の兵《つはもの》鎌倉の御所を陥《おと》し、なほ御跡《みあと》をしたうて責討《せめうて》ば、古郷《ふるさと》の辺《ほと》りは干戈《かんくわ》みちみちて、涿鹿《たくろく》の岐《ちまた》となりしよしをいひはやす。まのあたりなるさへ偽《いつはり》おほき世説《よがたり》なるを、ましてしら雲の八重《やへ》に隔《へだ》たりし国なれば、心も心ならず、八月《はづき》のはじめ京をたち出《い》でて、岐曾《きそ》の真坂《みさか》を

日ぐらしに踰《こえ》けるに、落草《ぬすびと》ども道を塞《ささ》へて、行李《にもつ》も残りなく奪《うば》はれしがうへに、人のかたるを聞けば、是より東《ひがし》の方《かた》は所々に新関《しんせき》を居《すゑ》て、旅客《たびびと》の往来《いきき》をだに宥《ゆる》さざるよし。さては消息《おとづれ》をすべきたづきもなし。家も兵火《ひやうくわ》にや亡《ほろ》びなん。妻《め》も世に生《いき》てあらじ。しからば古郷《ふるさと》とても鬼《おに》のすむ所なりとて、ここより又京《またみやこ》に引きかへすに、近江《あふみ》の国に入りて、にはかにここちあしく、熱《あつ》き病《やまひ》を憂《うれ》ふ。

武佐《むさ》といふ所に、児玉嘉兵衛《こだまかへゑ》とて富貴の人あり。是《こ》は雀部《ささべ》が妻の産所《さと》なりければ苦《ねんごろ》にたのみけるに、此《こ》の人見捨てずしていたはりつも、医《い》をむかへて薬の事専《もはら》なりし。ややここち清《すず》しくなりぬれば、篤《あつ》き恩《めぐみ》をかたじけなうす。されど歩《あゆ》む事はまだはかばかしからねば、今年は思ひがけずもここに春を迎ふるに、いつのほどか此の里にも友をもとめて、揉《ため》ざるに直《なほ》き志を賞《しやう》せられて、児玉《こだま》をはじめ誰々《たれたれ》も頼もしく交《まじ》はりけり。此の後は京に出でて雀部をとふらひ、又は近江に帰りて児玉に身を托《よせ》、七とせがほどは夢のごとくに過しぬ。

寛正《かんしょう》二年（一四六二）のこと、畿内《きない》の河内国《かわちのくに》（大阪府南部）で畠山《はたけやま》兄弟の、血で血を洗う合戦《いくさ》が果てしなく続き、京《みやこ》の近辺まで騒がしく、そのうえ春ごろから疫病が激しく流行《はや》り、行き倒れた死者の遺骸《いがい》が街路に積み重なるという有様で、人心《ひとごころ》も荒《すさ》み果て、互いに今こそこの世の終りであろうかと、はかない運命《さだめ》を悲しみ嘆いた。勝四郎《かつしろう》はよくよく思案して、「これほど落ちぶれて、なすこともなく過す身となりながら、いったい何の生甲斐《あて》があって遠いこの国に滞《とど》まり、親族でもない人に筋の通らぬ世話《めぐみ》を受けて生き永らえていたのだろう。故郷に捨てた妻《ひと》の消息《なりゆき》さえ知らず、忘れ草の生えた野辺をさまようように長い年月を過したのは、まことに不実な私の心であった。たとえあの世の人となっていたとしても、その亡き跡を探し求めて、塚を築かなくてはいけない」と思い定め、この気持を人々に語り、五月雨《さみだれ》の晴れ間に別れを告げて、十余日を経て故郷に戻り着いた。

その時、日ははや西に沈んで、雨雲《あまぐも》は落ちかかるばかり垂れ込めて闇《くら》かったが、古くから住み慣れた村里だから迷うはずもあるまいと、夏草茂る野をかき分けて歩いて行くと、古歌「足《あ》の音《おと》せず行かむ駒《こま》が葛飾《かつしか》の真間《まま》の継橋止《つぎはしや》まず通はむ」（万葉集）で名高い真間《まま》の継橋《つぎはし》も朽ちて川瀬に落ち、駒《こま》の足音が聞えるどころか、田も畑も荒れ放題に荒れ果てて昔の道もわからず、あったはずの人家も見当らぬ。稀々《まれまれ》にこちらあちらと家が残って人が住んでいるように見えはするが、それも昔とは似ても似つかぬ有様。いったいどこがわが家かと途方に暮れて立ちつくす。漆黒《しっこく》の夜ながら雲間から洩《も》れた星のわずかな光で、そこから二十間（約四〇メートル）ほど離れた所に、雷に砕かれた松が高くそびえ立つ影が見え、「ああ、わが家の門口の目印《めじるし》があった」と、とにかくうれしく歩み寄ると、意外、家は元のままそこにあり、誰か住んでいるとみえ、古戸の隙間《すきま》から、灯火《ともしび》の火影《ほかげ》がちらちら洩れる。「他人が住んでか、もしやその人が生きてか」と心はときめき、門に立って咳《せき》ばらいをする。耳ざとくそれを聞きつけ家の内から「どなた」と、咎《とが》める。たいそう老《ふ》けてしわがれていても、確かに宮木《みやぎ》の声であると知って、これは夢かと胸はやたらに高鳴り、「わたしだ。わたしが帰って来たのだよ。荒野の中に昔のまま住んでいるとは、何という不思議さだ」と勝四郎が言うのを、聞きなじんだ声だから、あわてて戸を開ける。見れば、黒く垢《あか》じみて目は深く落ちくぼみ、結った髪もくずれて背中にかかり、元の妻とも思えない。夫を見たまま物も言わず、たださめざめと泣いた。

勝四郎も心が動転し、しばらくは口もきけず、少したってやっと語った。

「そなたが生きていると知っていれば、どうしてこんなに遅くなどなるものか。先年、京《みやこ》にいた時、鎌倉の兵乱《いくさ》のことを聞くと、公方《くぼう》様の軍勢が潰滅《やぶれ》て、この下総《しもうさ》に逃げて防《ふ》戦《せ》ぎ、管領《かんれい》側が激しく攻撃《せめ》ているという。あわててその翌日雀部《ささべ》と別れ、八月の初めに京を旅立った。木曾路《きそじ》を来る途中《みち》で、大勢の山賊に襲われ、衣服《きるもの》も金銭もすべて奪い取られ、かろうじて命ひとつが助かった。また村人の言うのを聞けば、東海道・東山道とも至る所に新関を構えて人の通行を許さぬとか。また昨日は京から節度使《せつどし》（下野守東《しもつけのかみとうの》常縁《つねより》のこと）が下られ上杉《うえすぎ》側に加勢して、総州の陣《いくさ》に向われた。故国《ふるさと》のあたりはとうに焼き払われ、軍馬の蹄《ひづめ》に踏み躙《にじ》られぬ土地は少しもないという話、どう考えてもそなたが生き延びたとは考えられず、灰燼《かいじん》になったであろうか、海に入水《じゆすい》したであろうかと、一途《いちず》に思い定めて、再び京に引き返してからは、他人の寄食《せわ》になって七年を過してしまった。近ごろ、つくづく昔のことが思い出されて、せめてそなたの亡き跡だけでも見届けたい一心で帰って来たが、こう生きていようとは露ほども思わなかったよ。まさか巫《ふ》山《ざん》の雲、漢宮の幻という（夢とも現《うつつ》ともつかぬ男女の出逢いをさす故事）、あの夢ではないだろうね」と、話はとめどもな続くのであった。

――寛正《くわんしやう》二年、畿内河内《きだいかはち》の国に畠山《はたけやま》が同根《どうこん》の争ひ《あらそ》果さざれば、京《みやこ》ぢかくも騒《さわ》がしきに、春の頃《ころ》より瘟疫《えやみ》さかんに行《おこな》はれて、屍《かばね》は衢《ちまた》に畳《つみ》、人の心も今や一劫《いちごふ》の尽《つく》るならんと、はかなきかぎりを悲しみける。勝四郎《かつしらう》、熟思《つらつら》ふに、かく落魄《おちぶれ》てなす事もなき身の、何をたのみとて遠き国に逗《とど》まり、由縁《ゆゑ》なき人の恵《めぐ》みをうけて、いつまで生《いく》べき命なるぞ。古郷《ふるさと》に捨てし人の消息《せうそこ》をだにしらで、萱草《わすれぐさ》おひぬる野方《のべ》に長々しき年月を過しけるは、信《まこと》なき己《おの》が心なりける物を。たとへ泉下《せんか》の人となりて、ありつる世にはあらずとも、其《そ》のあとをももとめて壠《つか》をも築《つく》べけれと、人々に志を告《つげ》て、五月雨《さみだれ》のはれ間《ま》に手をわかちて、十日あまりを経《へ》て古郷《ふるさと》に帰り着きぬ。

此《こ》の時日《ひ》ははや西に沈《しづ》みて、雨雲《あまぐも》はおちかかるばかりに闇《くら》けれど、旧《ひさ》しく住みなれし里なれば迷《まよ》ふべうもあらじと、夏野わけ行くに、いにしへの継橋《つぎはし》も川瀬におちたれば、げに駒《こま》の足音《あおと》もせぬに、田畑は荒《あれ》たきままにすさみて旧《もと》の道もわからず、ありつる人居《いへゐ》もなし。たまたまここかしこに残る家に人の住むとは見ゆるもあれど、昔には似つつもあらね。いづれか我が住みし家ぞと立ち惑《まど》ふに、ここ二十歩《ほ》ばかりを去《さり》て、雷《らい》に摧《くだか》れし松の聳《そび》えて立《たて》るが、雲間《くもま》の星のひかりに見えたるを、げに我が軒《のき》の標《しるし》こそ見えつると、先喜《まづうれ》しきここちしてあゆむに、家は故《もと》にかはらであり。人も住むと見えて、古戸《ふるど》の間《すき》より灯火《ともしび》の影もれて輝々《きらきら》とするに、他人《ことひと》や住む、もし其の人や在《いま》すかと心躁《さわが》しく、門《かど》に立ちよりて咳《しはぶき》すれば、内《うち》にも速《はや》く聞きとりて、「誰《た》ぞ」と咎《とが》む。

いたうねびたれど正《まさ》しく妻《め》の声なるを聞きて、夢かと胸のみさわがれて、「我《われ》こそ帰りまゐりたり。かはらで独自浅茅《ひとりあさぢ》が原《はら》に住みつることの不思議さよ」といふを、聞きしりたればやがて戸を明くるに、いといたう黒く垢《あか》づきて、眼《まみ》はおち入りたるやうに、結《あげ》たる髪も背《せ》にかかりて、故《もと》の人《ひと》とも思はれず、夫《をとこ》を見て物をもいはで潸然《さめざめ》となく。

勝四郎も心くらみてしばし物をも聞えざりしが、ややしていふは、「今までかくおはすと思ひなば、など年月を過すべき。去《い》ぬる年京《みやこ》にありつる日、鎌倉の兵乱《ひやうらん》を聞き、御所の師潰《いくさつひえ》しかば、総州《そうしう》に避《さけ》て禦《ふせ》ぎ給《たま》ふ。管領《くわんれい》これを責《せ》むる事急《きふ》なりといふ。其の明雀部《あすさきべ》にわかれて、八月《はづき》のはじめ京《みやこ》を立ちく。木曾路《きそぢ》を来《く》るに、山賊《やまだち》あまたに取りこめられ、衣服《いふく》金銀残りなく掠《かす》められ、命ばかりを辛労《からう》じて助《たす》かりぬ。且《かつ》里人のかたるを聞けば、東海

・東山の道はすべて新関を居《すゑ》て人を駐《とど》むるよし。又《また》きのふ京より節刀使《せっとし》もくだり給ひて、上杉に与《くみ》し、総州の陣《いくさ》に向はせ給ふ。本国《ほんごく》の辺《ほと》りは疾《とく》に焼きはられ馬の蹄尺地《ひづめせきち》も間《ひま》なしとかたるによりて、今は灰塵《くわいぢん》とやなり給ひけん。海にや沈《しづ》み給ひけんとひたすらに思ひとどめて、又京《みやこ》にのぼりぬるより、人に餬口《くちもらひ》て七とせは過しけり。近曾《このごろ》すずろに物のなつかしくありしかば、せめて其の蹤《あと》をも見たきままに帰りぬれど、かくて世におはせんとは努々《ゆめゆめ》思はざりしなり。巫山《ふざん》の雲漢宮《かんきゆう》の幻《まぼろし》にもあらざるや」とくりごとはてしぞなき。

妻は涙をぬぐって、「お別れした後、頼みにした秋の前に、恐ろしい世の中に変り、村の人々は皆逃げ散り、家を捨てて海に漂い山に隠れして、稀々《まれまれ》に残ったのは、たいてい虎狼《ころう》の心を持った人、女の独居《ひとりずまい》を好都合《いいさいわい》とばかり、巧みな弁舌《くちさき》で言い寄るのです。たとえ玉と砕け散っても、不義をして瓦《かわら》のように醜く生命永《いのちなが》らえることだけはすまいと、幾度つらい目を耐え忍んだことか。天の河の星影が冴《さ》え、秋になったと知らせてくれても、旦那《だんな》様はお帰りにはならなかった。冬を待ち、春を迎えても、お便りひとつなかった。今は京《みやこ》へ上って探そうとさえ思いましたが、殿方の通行すら許さぬ関所の守りを、女の私がどうして越える術《すべ》があろうかと、軒端《のきば》の松を眺め、待ち甲斐《がい》のないこの家でむなしく待ちわび、狐《きつね》や梟《ふくろう》だけを相手に今日まで過してまいりました。お逢《あ》いできた今、長い悲しみも怨《うら》みも晴れ晴れとして、うれしゅう存じます。逢う日を待ち焦《こが》れながら、焦れ死《じに》に死んでしまえば、それこそ、古歌の人知らぬ恨み――ひたすらに待ちぬく女心を、知ってくれない相手の無情への怨み――が残るというもの」と言って、また、よよと泣くのを、言い慰め、「短夜《みじかよ》もだいぶふけた。寝《やす》むことにしよう」と促《うなが》し、一緒に床についた。

窓障子の破れ紙が松風にはためいて夜通し冷え冷えとしたが、長い旅路の疲れもあってぐっすり眠った。五更《ごこう》（午前四時～六時頃《ごろ》）の空が明けゆく時刻《ころ》、夢心地にもなんとなく寒く、夜具をかけようと手探る手先で、何かがさらさらと音を立て、はっと目が覚めた。顔に冷たくしたたる物があり、雨でも洩《も》るかと見上げると、なんと屋根は風にめくり取られていて、有明《ありあけ》の月が白く残っているのも見える。家は板戸もあるかないか、簀掻《すがき》の床《ゆか》（簀子《すのこ》状に竹や板を並べた床）が朽ち腐った隙間《すきま》から、荻《おぎ》・薄《すすき》が高く生い茂り、朝露がこぼれ落ち、絞《しぼ》ればしたたるほどに袖《そで》が濡《ぬ》れているのであった。壁には蔦《つた》・葛《かずら》など蔓草《つるくさ》がまつわりつき、庭は雑草《むぐら》に埋れて、夏なのに秋の荒野にひとしい廃居《いえ》であった。それにしても共寝した妻はどこに行ったやら姿も見えぬ。狐に誑《たぶら》かされたかと思ってみれば、こんなに荒れ果てていても、昔住んでいたわが家には違いなく、広く造りなした奥の間あたりから、端《はし》の方、稲倉まで、気に入っていた造りがそのまま残っている。

勝四郎《かつしろう》はあきれはて、足を踏み出すのも忘れて突っ立っていたが、よくよく考えてみれば思い当る。「妻は疾《と》うに死んで、この家は今や狐・狸《たぬき》の栖家《すみか》になり、野原同然の廃屋《あばらや》になって、昨夜、怪しい物怪《もののけ》が、生前の妻の姿で現れたのであろう。それとも、もし自分を慕う妻の亡魂が還《かえ》って来て、一夜を共にしたのであろうか。どちらにしても、予想したことは少しも違《たが》わなかった」と思うと、あらためて涙も出ぬ。「昔のままなのは、生き残った自分だけなのか」と、廃屋の中を見めぐって行くと、以前は寝所であった部屋の床板《すのこ》を取り払って土を盛り上げて作った土墓《つか》があり、雨露を防ぐ仕掛けもしてあった。昨夜の亡魂はここから訪れたのかと思えば、恐ろしくもあり、慕わしくもある。

置いてあった手向《たむ》け水の器《うつわ》の間に、墓標がわりに木片の端を削って、古びた那須野紙《なすのがみ》（栃木県那須野地方に産する丈夫な紙）を貼《は》り付けたものが見え、文字もところどころ薄れ消えて読み取りにくいそれを、よくよく見れば正《まさ》しく妻宮木《みやぎ》の筆跡であった。戒名のようなものも、死去の年月も書いてあるわけでなく、一首の歌に末期の心が悲しく述べてある。

さりともと思ふ心にはかられて世にもけふまでいける命か

——それでも、いつかはきっと帰って来ると待ちわびる、そのわが心に欺《あざむ》かれて、よくも今日という日まで生き永らえてきたものよ

これを見た瞬間《とき》、その悲しみが伝わって、初めて妻の死を如実に感受《さと》り、勝四郎は大きく叫び声を上げて哭《な》き倒れた。しかしながら、何の年何月の何日に死んだのかさえ知れぬ情けなさ。誰《だれ》か知っている人でもいないかと、涙をぬぐって廃居の外へ出たその折しも、日は高々と昇るのであった。

---

妻《め》涙をとどめて、「一たび離《わか》れまゐらせて後、たのむの秋より前《さき》に恐《おそろ》しき世の中となりて、里人は皆家を捨てて海に漂《ただよ》ひ山に隠《こも》れば、適《たまたま》に残りたる人は、多く虎狼《こらう》の心ありて、かく寡《やもめ》となりしを便《たよ》りよしとや、言《ことば》を巧《たく》み

ていざなへども玉と砕《くだけ》ても瓦《かはら》の全《また》きにはならはじものをと、幾たびか辛苦《からきめ》を忍《しの》びぬる。銀河《ぎんが》秋を告《つぐ》れども君は帰り給《たま》はず。冬を待ち、春を迎へても消息《おとづれ》なし。今は京《みやこ》にのぼりて尋ねまゐらせんと思ひしかど、丈夫《ますらを》さへ宥《ゆる》さざる関の鎖《とざし》を、いかで女の越《こゆ》べき道もあらじと、軒端《のきば》の松にかひなき宿に、狐《きつね》・鵂鶹《ふくろふ》を友として今日までは過しぬ。今は長き恨みもはればれとなりぬる事の喜《うれ》しく侍《はべ》り。逢《あふ》を待間《まつま》に恋《こ》ひ死なんは、人しらぬ恨みなるべし」と、又《また》よよと泣《なく》を、「夜こそ短きに」といひなぐさめてともに臥《ふし》ぬ。

窓《まど》の紙《かみ》、松風《まつかぜ》を啜《すす》りて夜もすがら涼しきに、途《みち》の長手《ながて》に労《つか》れ熟《うま》く寝《いね》たり。五更《ごかう》の天明《そらあけ》ゆく比《ころ》、現《うつつ》なき心にもすずろに寒かりければ、衾《ふすま》帔《かづか》んとさぐる手に、何物にや籟々《さやさや》と音するに目さめぬ。面《かほ》にひやひやと物のこぼるるを、雨や漏《もり》ぬるかと見れば、屋根は風にまくられてあれば有明月《ありあけづき》のしらみて残りたるも見ゆ。家は扉《と》もあるやなし。簀《す》垣朽頽《がきくちくづれ》たる間《ひま》より、荻《をぎ》・薄《すすき》高く生出《おひい》でて、朝露うちこぼるるに、袖湿《そでひぢ》てしぼるばかりなり。壁《かべ》には蔦《つた》・葛《くず》延《はひ》かかり、庭は葎《むぐら》に埋《うづ》もれて、秋ならねども野らなる宿《やど》なりけり。さてしも臥《ふし》たる妻はいづち行きけん見えず。狐などのしわざにやと思へば、かく荒れ果てぬれど故住《もと》みし家にたがはで、広く造《つく》り作《なせ》し奥わたりより、端《はし》の方、稲倉《いなぐら》まで好みたるままの形《さま》なり。

呆自《あきれ》て足の踏所《ふみど》さへ失《わす》れたるやうなりしが、熟《つらつら》おもふに、妻は既《すで》に死《まかり》て、今は狐狸《こり》の住みかはりて、かく野らなる宿となりたれば、怪《あや》しき鬼《もの》の化《け》してありし形《かたち》を見せつるにてぞあるべき。若《もし》又我《われ》を慕《した》ふ魂《たま》のかへり来《きた》りてかたりぬるものか。思ひし事の露たがはざりしよと、更に涙さへ出《い》でず。我《わ》が身ひとつは故《もと》の身にしてとあゆみ廻《めぐ》るに、むかし閨房《ふしど》にてありし所の簀子《すのこ》をはらひ、土《つち》を積みて壠《つか》とし、雨露《あめつゆ》をふせぐまうけもあり。夜《よべ》の霊《れい》はここもとよりやと恐しくも且《かつ》なつかし。

水向《みづむけ》の具《ぐ》物せし中に、木の端《はし》を刪《けづ》りたるに、那須野紙《なすのがみ》のいたう古《ふる》びて、文字もむら消《ぎえ》して所々見定めがたき、正《まさ》しく妻の筆の跡なり。法名《ほふみやう》といふものも年月もしるさで、三十一字に末期《いまは》の心を哀れにも展《のべ》たり。

さりともと思ふ心にはかられて世にもけふまでいける命か

ここにはじめて妻の死《しし》たるを覚《さと》りて、大《おほ》いに叫《さけ》びて倒《たふ》れ伏す。去《さり》とて何《なに》の年何《としなに》の月日《つきひ》に終《をは》りしさへしらぬ浅ましさよ。人はしりもやせんと、涙をとどめて立ち出づれば、日高くさし昇《のぼ》りぬ。

まず近くの家を訪ねて、当主《あるじ》と逢《あ》うと、昔住んでいた人ではない。かえって、「どこの国の方か」と聞き返される。勝四郎《かつしろう》は相応の辞儀《あいさつ》をして、「隣家の主人《あるじ》でしたが、渡世のために七年の間を京《みやこ》で暮し、昨夜帰って来たところ、家は既に荒廃して誰も住んでいません。妻も死去したとみえて、土墓《つか》が築いてあるけれど、いつの年のこととも知れず、いっそう悲しさも募《つの》ります。ご存じであれば教えてください」。

当主は言った。「それはお気の毒な話です。私もここに住んでまだ一年ばかりですが、それよりだいぶ以前《まえ》に亡くなられたらしく、住まれた方の生きておられた時のことは知りません。この村に古くから住んでいた人々はほとんど兵乱《いくさ》の初め頃《ごろ》に逃げ失《う》せて、今住んでいる人はたいてい、その後になって他《よそ》から移り住んだ人たちです。ただ一人の年寄りがいて、その人がこの土地に古くからいた人と思われます。時折、あの家へ行って、亡くなった方の菩提《ぼだい》を弔っておられます。この老人が、命日などを知っておられるでしょう」。勝四郎、「その年寄りの家はどちらでしょうか」。隣の当主、「ここから百間《けん》（約一八〇〓《メートル》）ほど浜へ寄った所に、麻をたくさん植えた畑を所有《も》っておられて、そこに小さい小屋を作って住んでおられます」と教える。

勝四郎が喜んでその家を訪ねてみると、あきれるほどに腰の屈《かが》み曲った七十歳ばかりの年寄りが、土間の竈《かまど》の前に円座を敷いて坐《すわ》り、茶をすすっていた。年寄りも勝四郎と見てとるや、「おぬし、どうしてこんなに遅く今ごろになって戻られたのじゃ」と言うのを見ると、古くからこの村に住み着いていた漆間《うるま》の翁《おきな》という人であった。勝四郎は年寄りの長寿を祝って、次に上京して心ならずも長滞在になったことから始めて、妖《あや》しい昨夜の出来事に至るまで事こまかに話し、また年寄りが土墓《つか》を築いて故人を弔ってくれた恩義を丁重に感謝しながら、涙を止めることができなかった。

年寄りは語った。「おぬしが遠くへ発《た》った後、この村は夏の頃から兵乱《いくさ》に巻き込まれ、人々は諸方《あちこち》へ逃げ去り、若者は軍兵《ぐんぴょう》に駆り出されて、美しかった田畑はあっという間に狐兎《こと》の棲《す》む藪原《やぶはら》になってしまった。ただ、気丈な宮木《みやぎ》どのだけが、おぬしが誓ったという秋の帰国の約束を信じて、どこにも逃げずに家を守り、わしもまた、足が萎《な》えて百歩も歩めなかったゆえに、家に固く閉じ籠《こも》っておったのじゃが、それにしても宮木どのが年若い女の身空で、たちまち樹神《こだま》などという恐ろしい魑魅魍魎《ちみもうりよう》の栖所《すみか》となったこの土地に、けなげに精いっぱい気をはりつめて待っておられたのこそ、わしが長い生涯に見聞きした中でも、とりわけ不憫《ふびん》なことであったぞ。秋が過ぎ翌年の春になり、そしてその年の秋の八月十日という日に亡くなられたぞ。気の毒さ、傷《いた》ましさのあまりに、わしの手で柩《ひつぎ》に納め、土を運んで、最期《いまわ》の際《きわ》に書き残された和歌を墓標がわりにして土墓《つか》を築き、心ばかりの手向《たむ》けや、お弔いもしたが、愚老《わし》はもともと文字を知らぬゆえ月日など書き付けたくもできず、近くに寺院もないことゆえ法名《ほうみよう》をもらってあげることもできずに、そのまま五年という歳月を過したのじゃ。今の話を聞くと、きっと宮木どのの亡魂がやって来て、永《なが》い間待ちわびたかなしみを訴えられたのじゃろう。もう一度そこへ行って懇ろにお弔いするのじゃ」と言って、杖《つえ》をついて前《さき》に立ち、二人して塚の前にひれ伏して声を上げて哭《な》きながら、その夜はそこに念仏をして明かしたのである。

---

先《ま》づちかき家に行きて主《あるじ》を見るに、昔見し人にあらず。かへりて「何国《いづく》の人ぞ」と咎《とが》む。勝四郎《かつしらう》礼《ゐや》まひていふ。「此《こ》の隣なる家の主《あるじ》なりしが、過活《わたらひ》のため京《みやこ》に七とせまでありて、昨《きそ》の夜帰りまゐりしに、既に荒廃《あれすさみ》て人

も住《すま》ひ侍《はべ》らず。妻《め》なるものも死しと見えて壠《つか》の設《まうけ》も見えつるが、いつの年にともなきにまさりて悲しく侍り。しらせ給《たま》はば教給《をしへ》へかし」。

主《あるじ》の男いふ。「哀《あは》れにも聞え給ふものかな。我《わが》ここに住むもいまだ一とせばかりの事なれば、それよりはるかの昔に亡《うせ》給ふと見えて、住み給ふ人のありつる世はしり侍らず。すべて此の里の旧《ふる》き人は兵乱《ひやうらん》の初《はじめ》に逃失《にげうせ》て、今住居する人は大《おほ》かた他《ほか》より移り来たる人なり。只一人《ただひとり》の翁《おきな》の侍《はべ》るが、所に旧《ひさ》しき人と見え給ふ。時々《をりをり》あの家にゆきて、亡《うせ》給ふ人の菩提《ぼだい》を弔《とぶら》はせ給ふなり。此の翁こそ月日をもしらせ給ふべし」といふ。勝四郎いふ。「さては其《そ》の翁の栖《すみ》給ふ家は何方《いづべ》にて侍るや」。主《あるじ》いふ。「ここより百歩ばかり浜の方に、麻《あさ》おほく種《うゑ》たる畑の主《ぬし》にて、其所《そこ》にちひさき庵《いほり》して住ませ給ふなり」と教ふ。

勝四郎よろこびてかの家にゆきて見れば、七十可《ななそぢばかり》の翁の、腰は浅ましきまで屈《かがま》りたるが、庭竈《にはかまど》の前に円座敷《わらうだしき》て茶を啜《すす》り居《を》る。翁も勝四郎と見るより、「吾主《わぬし》、何とて遅《おそ》く帰り給ふ」といふを見れば、此の里に久しき漆間《うるま》の翁《おきな》といふ人なり。勝四郎、翁が高齢《よはひ》をことぶきて、次に京《みやこ》に行きて心ならずも逗《とどま》りしより、前夜《さきのよ》のあやしきまでを詳《つばら》にかたりて、翁が壠《つか》を築《つき》て祭り給ふ恩《めぐみ》のかたじけなきを告《つげ》つつも涙とどめがたし。

翁いふ。「吾《わ》主《ぬし》遠《とほ》くゆき給ひて後は、夏の比《ころ》より干戈《かんくわ》を揮《ふる》ひ出《い》でて、里人は所々に遁《のが》れ、弱《わか》き者どもは軍民《いくさびと》に召《めさ》るるほどに、桑田《さうでん》にはかに狐兎《こと》の叢《くさむら》となる。只烈婦《さかしめ》のみ、主《ぬし》が秋を約《ちか》ひ給ふを守りて、家を出で給はず。翁《おきな》も又足蹇《あしなへぎ》て百歩《ほ》を難《かた》しとすれば、深く閉《たて》こもりて出でず。一旦《ひとたび》樹神《こたま》などいふおそろしき鬼《もの》の栖所《すむところ》となりたりしを、稚《わか》き女子《をんなご》の矢武《やたけ》におはするぞ、老が物見たる中のあはれなりし。秋去《さり》春来《きた》りて、其の年の八月《はづき》十日といふに死《まかり》給ふ。惆《いとほ》しさのあまりに、老が手づから土《つち》を運《はこ》びて柩《ひつぎ》を蔵《をさ》め、其の終焉《をはり》に残し給ひし筆の跡を壠《つか》のしるしとして蘋蘩行潦《みづむけ》の祭りも心ばかりにものしけるが、翁もとより筆とる事《わざ》をしもしらねば、其の年月を紀《しる》す事もえせず、寺《てら》院遠ければ贈号《おくりな》を求むる方《すべ》もなくて、五《いつ》とせを過し侍るなり。今の物がたりを聞くに、必ず烈婦《さかしめ》の魂《たま》の来り給ひて、旧《ひさ》しき恨みを聞え給ふなるべし。復《ふたた》びかしこに行きて念比《ねんごろ》にとぶらひ給へ」とて、杖を曳《ひき》て前《さき》に立ち、相《あひ》ともに壠《つか》のまへに俯《ふ》して、声を放《あげ》て歎《なげ》きつつも、其の夜はそこ

――に念仏して明かしける。

寝られぬままに年寄りはこんな話をした。

「愚老《わし》の祖父《じじ》のそのまた祖父《じじ》さえ生れていないという、はるか往古《いにしえ》のことよ。この里に真間《まま》の手児女《てごな》(『万葉集』にも詠《よ》まれた伝説的な女性)というとても美しい娘がおった。家が貧しくて、麻衣に青衿《あおえり》という粗末な身なりの上に、髪も櫛《くし》けずらず、履《くつ》さえ穿《は》かずにいたが、顔は満月のように清らかで、笑えば花の咲きにおうよう、その美しさは綾《あや》・錦《にしき》に身を飾りたてた都の姫様方にも勝るというわけで、土地の者はもちろん、京《みやこ》から来た防人《さきもり》たち、隣国の人々まで、恋い慕って言い寄らない者はなかった。多くの人に想《おも》われても身は一つ、手児女はそれを心苦しいことだと鬱《ふさ》ぎ込み、せめて死んで多くの人の心に報いようと、この入江の波間に身投げして死んだということじゃ。この話を世にも哀《あわ》れな悲しい女の例話《ためし》として、昔の人は和歌にも詠んだりして語り伝えておる。愚老《わし》がまだ幼い頃に、母者《ははじゃ》がおもしろく話してくれたのを、幼心《おさなごころ》にも悲しい話だと聞いたものだが、亡くなられた宮木《みやぎ》どのの心根《こころね》はその昔の手児女のいたいけな心に比べても、はるかに立ち勝《まさ》って、どんなにか悲しく傷《いた》ましかったことじゃろうのう」と、話しては涙ぐみ、泣いてはまた語り出すのは、年寄りの耐《こら》えきれない涙もろさであった。勝四郎の傷心は言いようもない。この悲しい物語を聞くにつけて、思いあまった悲情《こころ》の端を、田舎者のたどたどしい詠み口ながらも歌い上げた。

いにしへの真間《まま》の手児奈《てごな》をかくばかり恋ひてしあらん真間《まま》のてごなを

——こんなにもせつない亡き妻への私の慕情のように、昔の人たちは真間の手児女を恋い慕ったのであろうか

思い詰めた心の一端《はし》すらも、思うようには表せないのは、しかしながら上手に歌を詠む人の心に比べても、より深い気持がこもって哀れであるということができよう。下総国《しもうさのくに》にたびたびでかける商人が聞き伝えて語った話である。

寝られぬままに翁《おきな》かたりていふ。

「翁が祖父《おほぢ》の其《そ》の祖父すらも生《うま》れぬはるかの往古《いにしへ》の事よ。此《こ》の郷《さと》に真間《まま》の手児女《てごな》といふいと美《うつく》しき娘子《をとめ》ありけり。家貧《まづ》しければ身には麻衣《あさごろも》に青衿《あをえり》つ

けて、髪だも梳《けづ》らず、履《くつ》だも穿《はか》ずてあれど、面《かほ》は望《もち》の夜の月のごと、笑《ゑめ》ば花の艶《にほ》ふが如《ごと》、綾錦《あやにしき》に裹《つつ》める京女臈《みやこぢよらう》にも勝《まさ》りたれとて、この里人はもとより、京《みやこ》の防人等《さきもりたち》、国の隣の人までも、言《こと》をよせて恋ひ慕《しの》ばざるはなかりしを、手児女《てごな》物うき事に思ひ沈《しづ》みつつ、おほくの人の心に報《むく》ひすとて、此の浦回《うらわ》の波に身を投《なげ》しことを、世の哀《あはれ》なる例《ためし》とて、いにしへの人は歌にもよみ給《たま》ひてかたり伝へしを、翁が稚《をさな》かりしときに、母のおもしろく話《かた》り給ふをさへいと哀れなることに聞きしを、此の亡《なき》人の心は昔の手児女《てごな》がをさなき心に幾らをかまさりて悲しかりけん」と、かたるかたる涙さしぐみてとどめかぬるぞ、老は物えこらへぬなりけり。勝四郎が悲しみはいふべくもなし。此の物がたりを聞きて、おもふあまりを田舎人《ゐなかびと》の口鈍《くちにぶ》くもよみける。

いにしへの真間《まま》の手児奈《てごな》をかくばかり恋ひてしあらん真間《まま》のてごなを

思ふ心のはしばかりをもえいはぬぞ、よくいふ人の心にもまさりてあはれなりとやいはん。かの国にしばしばかよふ商人《あきびと》の聞き伝《つた》へてかたりけるなりき。

# 吉備津《きびつ》の釜《かま》

「嫉妬《しっと》深い女は手に負えないが、それでも年老いてみれば、それなりの功績がわかる」というが、ああ、いったい誰《だれ》がこんな愚かなことを言ったものか。嫉妬の害がそれほど酷《ひど》くなくてさえ、家業を妨げ器物を毀《こわ》し、隣近所の悪口を免れがたいが、その害悪が大きい場合は、家を破滅させ国を滅し、長く天下の笑いものになるのである。昔から、妬《と》婦《ふ》の毒に苦しんだ者は限りなく多かった。嫉妬のあまり、死後に大蛇になり、あるいは雷電を鳴らして男に恨みを報いる類《たぐい》の女は、その身を切り刻んで塩漬《しおづ》けにしても飽きたりるものではないが、さすがにそれほどひどい例は少ない。男が自ら行いを正しくし、女をよく教え導くならば、このような害も自然と避け得られるのに、うっかりした一時の浮気ごとなどから、女の狭くねじけた本性を募《つの》らせ、われとわが身の災いを招き寄せるものなのである。「樹上の鳥を射すくめるのは気合《きあい》である。妻を制するのはその夫の男らしさにある」といわれているが、まことにそのとおりであろう。

吉備国賀陽郡《きびのくにかやのこおり》の庭妹《にいせ》の里（岡山市庭瀬）に、井沢庄太夫《いざわしょうだゆう》という者がいた。祖父は播磨《はりま》（兵庫県西南部）の赤松《あかまつ》氏に仕えていたが、去る嘉吉《かきつ》元年の乱（一四四一年に赤松満祐《みつすけ》が将軍義教《よしのり》を謀殺した嘉吉の乱）の時に、赤松氏の居城を逃れ去ってこの地に至り、庄太夫に至るまで三代の間、春に耕し、秋に刈り入れて、家豊かに暮していた。

ひとり息子の正太郎《しょうたろう》という者は、家業の農業を嫌うあまりに、酒に乱れ女色にふけって、父の掟《おきて》を守ろうとしなかった。父母はこれを嘆いてひそかに相談し、「ああ、どうにかして、どこか良家の美しい娘を嫁としてあてがってやりたい。そうすれば正太郎の身持ちも自然におさまるであろう」と、広く国中を探し求めていたところ、さいわい仲人《なこうど》になる人がいて、「吉備津《きびつ》の宮（岡山市吉備津の吉備津神社）の神主《かんぬし》、香央造酒《かさだみき》の娘は、生れつき美しく、父母にもよく仕え、その上歌をよく詠《よ》み、琴にもすぐれています。もちろん、香央家は吉備鴨別命《きびのかもわけのみこと》の後裔《こうえい》であり、家系も正しいから、貴家にとってもこの縁組は、きっと吉運のしるしとなることでしょう。仲人としても、この事の成就は望むところでありますが、貴殿のお考えはいかがかな」と言う。

庄太夫はたいそう喜び、「よくぞ言ってくださった。この縁組は、わが家にとって家運長久のめでたい話です。しかし、香央家は国きっての名家であり、わが家は氏素姓《うじすじよう》のない百姓にすぎませぬ。とても家柄では匹敵しませんからには、先方がおそらく承知なさらぬでしょう」と答える。仲人の老人は笑って、「ご謙遜《けんそん》が過ぎます。私がきっと話をまとめ、めでたい祝いの歌を謡《うた》ってお目にかけよう」と言い、香央家へ行った。

こちらの方でも喜んでその妻に相談すると、妻もいさんで、「娘はもう十七歳になりますから、朝な夕な良い人に嫁がせたいものだと、おちおち心の安まる日もありませんでした。さっそく吉日を選んで結納を先方に納めなさいませ」と、気負いたってすすめる。早くも約はととのって、その旨《むね》井沢家に返事をする。まもなく結納を十分に整えて送り届け、吉日を選び婚儀を挙げることとなった。

---

「妬婦《とふ》の養《やしな》ひがたきも、老《おい》ての後其《その》功《こう》を知る」と、咨《ああ》これ何人の語《ことば》ぞや。害《わざは》ひの甚しからぬも商工《わたらひ》を妨《さまた》げ物を破《やぶ》りて、垣の隣の口をふせぎがたく、害《わざは》ひの大なるにおよびては、家を失《うしな》ひ国をほろぼして、天が下に笑を伝ふ。いにしへより此《こ》の毒《どく》にあたる人幾許《いくばく》といふ事をしらず。死《しし》て蟒《みづち》となり、或《あるい》

は霹靂《はたたがみ》を震《ふる》うて怨《うらみ》を報《むく》ふ類《たぐひ》は、其の肉を醢《ししびしほ》にするとも飽《あく》べからず。さるためしは希《まれ》なり。夫《をつと》のおのれをよく脩《をさ》めて教《をし》へなば、此の患《うれひ》おのづから避《さく》べきものを、只《ただ》かりそめなる徒《あだ》ことに、女の慳《かだま》しき性《さが》を募《つの》らしめて、其の身の憂《うれひ》をもとむるにぞありける。「禽《きん》を制《せい》するは気にあり。婦《ふ》を制《せい》するは其の夫《をつと》の雄《を》々《を》しきにあり」といふは、現《げ》にさることとぞかし。

吉備《きび》の国賀夜郡《かやのこほり》庭妹《にひせ》の郷《さと》に、井沢《ゐざは》庄太夫といふものあり。祖父《おほぢ》は播磨《はりま》の赤松《あかまつ》に仕へしが、去《さん》ぬる嘉吉《かきつ》元年の乱《みだれ》に、かの館《たち》を去りてここに来り、庄太夫にいたるまで三代《みよ》を経《へ》て、春耕《たがや》し、秋収《をさ》めて、家豊《ゆたか》にくらしけり。

一子正太郎《しやうたらう》なるもの農業《なりはひ》を厭《いと》ふあまりに、酒に乱れ色に耽《ふけ》りて、父が掟《おきて》を守らず。父母これを歎《なげ》きて私《ひそか》にはかるは、「あはれ良人《よきひと》の女子《むすめ》の顔《かほ》よきを娶《めと》りてあはせなば、渠《かれ》が身もおのづから脩《をさ》まりなん」とて、あまねく国《くに》中《なか》をもとむるに、幸に媒氏《なかうど》ありていふ。「吉備津《きびつ》の神主香央造酒《かんざねかさだみき》が女子《むすめ》は、うまれだち秀麗《みやびやか》にて、父母にもよく仕へ、かつ歌をよみ、箏《こと》に工《たく》みなり。従来《もとより》かの家は吉備の鴨別《かもわけ》が裔《すゑ》にて家系《すぢめ》も正《ただ》しければ、君が家に因《ちな》み給《たま》ふは果《はた》吉祥《よきさが》なるべし。此の事の就《なら》んは老が願ふ所なり。大人《うし》の御心《みこころ》いかにおぼさんや」といふ。
　庄太夫大《おほい》に怡《よろこ》び、「よくも説《とか》せ給ふものかな。此の事我《わ》が家にとりて千《ち》とせの計《はかりこと》なりといへども、香央《かさだ》は此の国の貴族にて、我《われ》は氏なき田夫《でんぶ》なり。門戸《もんこ》敵《てき》すべからねば、おそらくは肯《うけ》がひ給はじ」。媒氏《なかだち》の翁笑《ゑみ》をつくりて、「大人《うし》の謙《くだ》り給ふ事甚《はなはだ》し。我かならず万歳《ばんぜい》を諷《うた》ふべし」と、往《いき》て香央《かさだ》に説《とけ》ば、彼方《かなた》にもよろこびつつ、妻なるものにもかたらふに、妻《め》もいさみていふ。「我が女子《むすめ》既《すで》に十七歳になりぬれば、朝夕によき人がな娶《あは》せんものをと、心もおちゐ侍《はべ》らず。はやく日をえらみて聘礼《しるし》を納《いれ》給へ」と、強《あながち》にすすむれば、盟約《ちかひ》すでになりて井沢にかへりことす。即《やがて》聘礼《しるし》を厚くととのへて送り納《い》れ、よき日をとりて婚儀《ことぶき》をもよほしけり。

---

　更に幸運を神に祈るために、巫女《かんなぎ》や祝部《はふり》（禰宜《ねぎ》の下位の神職）を召し集めて御釜祓《みかまばら》いをした。そもそも、この吉備津《きびつ》の宮に参詣《さんけい》祈願する人は、多くの供物を供えて、御釜祓いの湯を奉り、吉兆凶兆を占うのである。巫女の祝詞《のりと》が終って湯が沸きたぎると、吉兆

ならば釜は牛の吼《ほ》えるがごとくに鳴り、凶兆ならば釜は音ひとつ立てない。これを「吉備津の御釜祓い」というのである。

ところが、香央《かさだ》家の今度の婚儀については、神がご嘉納《かのう》なさらなかったのか、釜は秋の虫が草むらですだくほどの小さな音さえ立てなかった。そこで香央造酒《みき》は疑念を抱《いだ》き、その凶兆を妻に告げた。

しかし妻は少しも気にせず、「お釜の音がなかったのは、祝部たちが身の清めが不充分だったからでしょう。もはや結納も取り交した上に、『夫婦《めおと》の縁をつなぎ結んだ以上は、たとえ仇敵《きゆうてき》の家、異国の人であってもそれを取り止め、変えることはできない』(『幽怪録』に見える故事)と聞いていますものを。ことに井沢家は由緒ある武家の末裔《まつえい》で、厳格な家風の家ということですから、今更《いまさら》断っても承知するはずがないでしょう。とりわけ婿君《むこぎみ》の美しい男ぶりをうすうす聞き知って、娘も嫁入りの日を指折り数えて待ちかねておりますのに、只今《ただいま》のような悪い話を聞けば、どんな無分別なことをしでかすかわかりません。その時、後悔しても、もう元に戻りませぬ」と、言葉を尽して諫《いさ》めるのは、これこそ道理よりも情を重んじる女の心意《こころばえ》というものであろう。

香央の父も、もともと願っていた縁組なので深く気にすることもなく、妻の言葉に従って、婚儀はつつがなく整えられ、両家の一門親族より集って、この二人の結婚を、「鶴の千歳《ちとせ》、亀の万代《よろずよ》まで」と、めでたく謡いはやし、祝ったのであった。

---

猶幸《なほさいはひ》を神に祈《いの》るとて、巫子《かんなぎ》・祝部《はふり》を召《めし》あつめて御湯《みゆ》をたてまつる。そもそも当社に祈誓《いのり》する人は、数の祓物《はらへつもの》を供《そな》へて御湯《みゆ》を奉り、吉祥凶祥《よきさがあしきさが》を占《うらな》ふ。巫子祝詞《かんなぎのつと》をはり、湯の沸上《わきあが》るにおよびて、吉祥《よきさが》には釜の鳴音《なるこゑ》牛の吼《ほゆ》るが如《ごと》し。凶《あし》きは釜に音なし。是を吉備津《きびつ》の御釜祓《みかまばらひ》といふ。

さるに香央《かさだ》が家の事は、神の祈《うけ》させ給はぬにや、只秋の虫の叢《くさむら》にすだくばかりの声もなし。ここに疑《うたが》ひをおこして、此《こ》の祥《さが》を妻にかたらふ。

妻、更に疑はず、「御釜《みかま》の音なかりしは祝部等《はふりたち》が身の清からぬにぞあらめ。既に聘礼《しるし》を納《をさ》めしうへ、かの赤縄《せきじよう》に繫《つな》ぎては、仇《あだ》ある家、異なる域《くに》なりとも易《かふ》べからずと聞くものを。ことに井沢《ゐざは》は弓の本末《もとすゑ》をもしりたる人の流《すゑ》にて、掟《おきて》ある家と聞けば、今否《いな》むとも承《うけ》がはじ。ことに佳婿《むこがね》の麗《あて》なるをほの聞きて、我《わ》が児《こ》も日をかぞへて待ちわぶる物を、今のよからぬ言《こと》を聞くものならば、不慮《すずろ》なる事をや仕出《しいだ》さん。其《そ》のとき悔《くゆ》るともかへらじ」と言《ことば》を尽《つく》して諫《いさ》むるは、まことに女の意《こころ》ばへなるべし。香央《かさだ》も従来《もとより》ねがふ因《ちな》みなれば深く疑はず、妻のことばに従て婚儀《ことぶき》ととのひ、両家の親族氏族《うからやから》、鶴の千とせ、亀の万代《よろづよ》をうたひことぶきけり。

---

香央《かさだ》の娘、磯良《いそら》は、井沢家に嫁いでからは、朝は早く起き、夜は遅く寝て、いつも舅　姑《しゅうとしゅうとめ》のそばを離れず、また夫の気性をよく心得て、誠意《こころ》をこめて仕えたので、井沢老夫婦はその孝行と貞節が気に入って、喜びを隠さず、また正太郎《しょうたろう》のほうも彼女のまじめさがかわゆく、むつまじい夫婦仲であった。しかし、生れついての浮気っぽい本性だけはどうしようもない。いつ頃《ごろ》からか、鞆《とも》の津《つ》（広島県福山市の港）の袖《そで》という遊女と、深く馴染《なじ》み合う仲となり、とうとう身請けして、近くの里に別宅を構え、昼も夜も居続けて家に帰らなくなった。

磯良はこれを恨んで、あるいは親たちの怒りにかこつけては諫《いさ》め、あるいはその軽薄な浮気心を怨《えん》じ嘆くのであったが、正太郎はまったくうわの空に聞き流すばかりか、のちには幾月にもわたって帰らないという始末。舅は磯良のいじらしい振舞いを見るに見かね、ついに正太郎をきつく叱《しか》りつけて、一室に監禁してしまった。

磯良はこのことを悲しんで、朝夕の身の回りの世話にもひときわ心を込め、また内緒で、袖《そで》のほうへも暮しの立つように物を届けなどして、真心の限りを尽した。ところがある日、父の不在《るす》の間に、正太郎は磯良を甘言で誑《たぶら》かし、次のように言った。

「そなたの信実のある操《みさお》を知って、今は自分の所行の罪深さを悔むばかりだ。あの女とはきっぱりと別れて故郷へ帰し、父上にも謝り、お気持に従おうと思う。彼女は播磨《はりま》の印南野《いなみの》（兵庫県の加古川の東、明石川の西に広がる平野）の者だが、不幸な孤児《みなしご》の身の上がたいそう不憫《ふびん》で、つい情をかけてしまったというわけだ。自分に捨てられれば、また船頭相手の港の遊女になるしかあるまい。同じあさましい遊女勤めでも、都は人の情もあつい所と聞いている。彼女を都へ送り出して、身分のよい人にでも奉公させたいと思うのだ。しかし自分はこのように押し込めの身だから、袖は万事《よろず》に不自由しているにちがいない。旅費、旅の衣類なども誰《だれ》が工面をして与えてくれよう。そなたがこのことを計らって恵み与えてやってくれないか」と、懇ろに頼み込んだ。

磯良にしてみれば、この申し出はこの上なくうれしく、「そのことでしたらご案じなさいますな」と、内緒でわが衣装や諸道具などを売り払って金をつくり、その上実家の母にも偽って金を請い受け、それを正太郎に渡したのであった。ところが、正太郎はこの金を手に入れるやいなや、ひそかに家を逃げ出て、袖を引き連れ、都の方へ出奔《かけおち》したのである。

これほどまで欺《あざむ》かれ、今は磯良はただ一途《いちず》に正太郎を恨み嘆くあまり、ついに重い病の床に臥《ふ》す身となった。井沢、香央の両家の人々も、正太郎を憎み磯良を憐《あわ》れみ、よい医師にかけて回復を祈るのだったが、病人は日に日に衰え、粥《かゆ》さえすすまず万事《よろず》生命もおぼつかない有様であった。

---

香央《かさだ》の女子《むすめ》磯良《いそら》かしこに往《いき》てより、夙《つと》に起《おき》、おそく臥《ふし》て、常に舅姑《おやおや》の傍《かたへ》を去《さら》ず、夫《をつと》が性《さが》をはかりて、心を尽《つく》して仕へければ、井沢《ゐざは》夫婦は孝節《かうせつ》を感《めで》たしとて歓《よろこ》びに耐《たへ》ねば、正太郎も其《そ》の志に愛《めで》てむつまじくかたらひけり。されどおのがままの奸《たはけ》たる性《さが》はいかにせん。いつの比《ころ》より鞆《とも》の津の袖といふ妓女《あそびもの》にふかくなじみて、遂《つひ》に贖《あがな》ひ出《い》だし、ちかき里に別荘《べつや》をしつらひ、かしこに日をかさねて家にかへらず。

磯良《いそら》これを怨《うら》みて、或《ある》は舅姑《おやおや》の忿《いかり》に托《よせ》て諫《いさ》め、或《ある》いは徒《あだ》なる心をうらみかこてども、大虚《おほぞら》にのみ聞きなして、後は月をわたりてかへり来らず。父は磯良《いそら》が切《せつ》なる行止《ふるまひ》を見るに忍びず、正太郎を責《せめ》て押籠《おしこめ》ける。

磯良これを悲《かな》しがりて、朝夕の奴《つぶね》も殊《こと》に実《まめ》やかに、かつ袖が方《かた》へも私《ひそか》に物を餉《おく》りて、信《まこと》のかぎりをつくしける。一日《あるひ》父が宿にあらぬ間《ひま》に、正太郎磯良をかたらひていふ。

「御許《おもと》の信《まこと》ある操《みさを》を見て、今はおのれが身の罪をくゆるばかりなり。かの女をも古郷《ふるさと》に送りてのち、父の面《おもて》を和《なご》め奉らん。渠《かれ》は播磨《はりま》の印南野《いなみの》の者なるが、親もなき身の浅ましくてあるを、いとかなしく思ひて憐《あはれ》をもかけつるなり。我《われ》に捨てられなば、はた船泊《ふなどま》りの妓女《うかれめ》となるべし。おなじ浅ましき奴《つぶね》なりとも、京《みやこ》は人の情もありと聞けば、渠《かれ》をば京に送りやりて、栄《よし》ある人に仕へさせたく思ふなり。我かくてあれば万《よろづ》に貧《まづ》しかりぬべし。路《みち》の代《しろ》、身にまとふ物も誰《た》がはかりことしてあたへん。御許《おもと》此《こ》の事をよくして渠《かれ》を恵《めぐ》み給《たま》へ」と、ねんごろにあつらへけるを、磯良いとも喜《うれ》しく、「此の事安くおぼし給へ」とて、私《ひそか》におのが衣服調度《いふくてうど》を金《かね》に貿《かへ》、猶香央《かさだ》の母が許《もと》へも偽《いつは》りて金を乞《こひ》、正太郎に与《あた》へける。此の金を得て密《ひそか》に家を脱《のが》れ出《い》で、

郵　便　は　が　き

料金受取人払郵便

神田支店承認

6841

差出有効期間
平成22年1月
29日まで

（切手は不要です）

101-8021

123

（受取人）
東京都神田支店郵便私書箱8号
小学館　マーケティング局
『日本の古典をよむ「⑲雨月物語・冥途の飛脚・心中天の網島」』
愛読者係行

| | | | |
|---|---|---|---|
| ご住所 | | | |
| 郵便No. □□□-□□□□ | | お電話 | （　　　） |
| ファックス | （　　　） | 携帯電話またはPHS | （　　　） |
| E-mailアドレス | | | |

| | | | |
|---|---|---|---|
| （フリガナ）<br>ご芳名 | 男・女 | 明・大・昭・平<br>年生まれ | 年齢<br>歳 |

■ご職業　1.学生〔小学・中学・高校・大学(院)・専門学校〕　2.会社員・公務員　3.会社・団体役員　4.教師（　　　）
5.自営業　6.医師　7.看護師　8.自由業（　　　）　9.主婦　10.無職　11.その他（　　　）

■ご関心のある読書分野　1.日本美術（絵画・浮世絵・陶芸・城郭・彫刻・庭園）　2.東洋美術　3.西洋美術
4.写真　5.書道　6.茶道　7.華道　8.園芸　9.料理　10.旅行　11.音楽（クラシック・ポピュラー）　12.文学
13.歴史　14.建築　15.科学　16.宗教　17.その他（　　　）

■小社PR誌『本の窓』（見本誌）をご希望の方は○をつけてください。　•希望する

小学館では、お客様のご了解を得た上で、ご記入いただいた、お名前、ご住所、ご連絡先、生年月日、ご職業等をご愛読者名簿に登録させていただいております。名簿は、小学館およびグループ関係会社の刊行物、企画、催しなどのご案内のために利用し、そのほかの目的では利用いたしません。
なお、下記にご記入がないものは「いいえ」として扱わせていただきます。

愛読者名簿に登録してよろしいですか。　□はい　□いいえ

お手数ですが裏面もお書きください。

『日本の古典をよむ「⑲雨月物語・冥途の飛脚・心中天の網島」』愛読者カード

小学館の出版物をお買い上げいただき、ありがとうございました。今後の編集の資料にさせていただきますので、下記の設問にお答えいただければ幸いです。ご協力をお願いいたします。なお、お答えいただきましたデータは編集資料以外には使用いたしません。

■本書を最初に何でお知りになりましたか。
1.新聞広告で(紙名　　　　　　　　) 2.雑誌広告で(誌名　　　　　　　　)
3.新聞・雑誌などの紹介記事で(紙誌名　　　　　　　　) 4.書店でみて
5.友人・知人にすすめられて 6.小学館ホームページで
7.その他(　　　　　　　　)

■本書をご購入いただいた理由をお聞かせください。
1.古典に興味がある 2.読みやすそうだから 3.授業で習っているから
4.カラー特集やコラムがあるから 5.装丁や帯を見て
6.広告を見て 7.書評・紹介記事を読んで
8.その他(　　　　　　　　)

■本書をお読みになってのご意見・ご感想をお寄せください。

■シリーズ巻立を巻末と帯裏面に掲載しています。本書以外にご購入済み・ご購入予定のものがございましたら、お教えください。

■お買い求めになった書店名をお聞かせください。

■定期購読している新聞・雑誌名をお書きください。
(新聞　　　　　　　　) (雑誌　　　　　　　　)

★ご協力ありがとうございました。

袖なるものを倶《ぐ》して、京《みやこ》の方へ逃《にげ》のぼりける。かくまでたばかられしかば、今はひたすらにうらみ歎《なげ》きて、遂《つひ》に重《おも》き病《やまひ》に臥《ふし》にけり。井沢・香央の人々、彼《かれ》を悪《にく》み此《これ》を哀《かなし》みて、専医《もはらい》の験《しるし》をもとむれども、粥《もの》さへ日々にすたりて、よろづにたのみなくぞ見えにけり。

さて、ここ播磨国印南郡《はりまのくにいなみのこおり》荒井の里（兵庫県高砂市荒井町）に、彦六という男がいた。この男は、袖《そで》とは従弟《いとこ》という近い関係だったので、二人はまずここを訪ねて、しばらく滞在した。彦六が言うには、「都だからといってすべての人が頼り甲斐《がい》があるわけもあるまい。いっそここに住みなされ。一つ釜《かま》の飯を分け合えば、互いに身過ぎの工夫も立とうというものだ」と。その頼もしい言葉に、正太郎もその気になり、この地に住むことにした。彦六は隣のあばら屋を借りて二人を住ませ、いい仲間ができたと喜んだ。

ところがその矢先、袖は初め風邪心地《かぜごこち》ということだったが、なんとなく病みついて、物怪《もののけ》が憑《つ》いたようにもの狂わしくなった。ここに辿《たど》り着いて幾日もたたないのに、この災厄《わざわい》にかかる悲しさに、正太郎は飲食《のみくい》も忘れ、付きっきりで介抱したが、袖はただ声を上げて泣くばかりで、胸が締めつけられて耐えがたげに悶《もだ》えながらも、熱さえ冷めれば、平常《ふだん》と変らないという様子である。「生霊《いきりよう》に憑《つ》かれたのだろうか。故郷に捨て去った人が、もしかしたら」と正太郎はひとり胸を痛めた。彦六がこれを力づけて、「どうしてそんなことがあるものか。疫病《はやりやまい》にかかった苦しみは、数多く見て知っている。少し熱が下がれば、夢の覚めたようによくなるだろうよ」と、気安げに言うのが心頼みであった。ところが少しの効目《ききめ》もあるどころか、袖はみるみるうちに病が重くなり、わずか七日にして死んでしまった。

天を仰ぎ、地をたたいて正太郎は泣き悲しみ、「共に死にたい」などと気も狂わんばかりなのを、彦六がいろいろに言い慰めて、このままでもおけないと、ついに亡骸《なきがら》を荒野で火にくすべたのであった。その骨を拾って、土塚を築いておさめ、卒塔婆《そとば》を立てて、僧に頼んで手厚く菩提《ぼだい》を弔った。

---

ここに播磨《はりま》の国印南郡《いなみのこほり》荒井《あらゐ》の里に、彦六といふ男あり。渠《かれ》は袖《そで》とちかき従弟《いとこ》の因《ちなみ》あれば、先《まづ》これを訪《とふ》らうて、しばらく足を休めける。彦六、正太郎にむかひて、「京《みやこ》なりとて人ごとにたのもしくもあらじ。ここに駐《とどま》ら

れよ。一飯《はん》をわけて、ともに過活《わたらひ》のはかりことあらん」と、たのみある詞に心おちゐて、ここに住むべきに定めける。彦六、我《わ》が住むとなりなる破屋《あれや》をかりて住ましめ、友得たりとて怡《よろこ》びけり。

しかるに袖、風のここちといひしが、何となく悩《なや》み出《い》でて、鬼化《もののけ》のやうに狂《くる》はしげなれば、ここに来りて幾日もあらず、此《こ》の禍《わざはひ》に係《かか》る悲《かな》しさに、みづからも食《もの》さへわすれて抱《いだ》き扶《たす》くれども、只音《ただね》をのみ泣きて、胸窮《むねせま》り堪《たへ》がたげに、さむれば常にかはるともなし。窮鬼《いきすだま》といふものにや、古郷《ふるさと》に捨《すて》し人のもしやと独《ひとり》むね苦《くる》し。彦六これを諫《いさ》めて、「いかでさる事のあらん。疫《えき》といふものの悩《なや》ましきはあまた見来りぬ。熱《あつ》き心少しさめたらんには、夢《ゆめ》わすれたるやうなるべし」と、やすげにいふぞたのみなる。看《みる》みる露ばかりのしるしもなく、七日にして空《むな》しくなりぬ。

天《そら》を仰《あふ》ぎ、地を敲《たた》きて哭悲《なきかな》しみ、ともにもと物狂はしきを、さまざまといひ和《なぐ》さめて、かくてはとて遂《つひ》に曠野《あらの》の烟《けふり》となしはてぬ。骨《ほね》をひろひ壠《つか》を築《つき》て塔婆《たふば》を営《いとな》み、僧を迎《むか》へて菩提《ぼだい》のことねんごろに弔《とふ》らひける。

一人になった正太郎は、地に伏して冥途《よみじ》の人を恋い慕ったが、亡き人の魂を招《よ》ぶ幻術が手にはいるわけもなく、空を振り仰いで故郷を思えば、かえって死者の住む地下の国よりも遠くに思われ、前に進むにも手だてはなく、後《あと》に帰る道もなく、昼は終日物思いして打ち臥《ふ》し、夕刻ごとに墓に詣《もう》でてみると、早くも塚には雑草が茂り、虫の声のなんと哀れにもの悲しいことか。「この秋のわびしさがこんなに身にしみるのは自分だけか」と沈み込んでいると、思いがけず同じ悲傷の秋がほかにもあるようで、袖《そで》の塚の隣に並んで一つの新塚《にいばか》ができた。世にも悲しげな様子で、花を手向け、水を灌《そそ》ぐ女性をそこに見かけて、「ああお気の毒です。まだ若いお身で、よくも淋《さび》しいこの荒野を往来《ゆきき》なさる」と声をかける。

女は振り返り、「宵《よい》ごとにこちらにお詣《まい》りを欠かしませんが、そのつどあなた様は必ず先にお詣りです。さぞ忘れがたいお方とお別れになったのでございましょう。お気持をお察しすると傷《いた》ましくて」とさめざめと泣く。

正太郎が答えて、「仰せのとおり。十日ほど前に愛《いと》しい妻を亡くしましたが、一人取り残された心細さのあまり、ここに詣ることをせめてもの心ばらしにしています。あなたもきっと同じ身の上でしょう」と言うと、女は「いえ、私がお詣りしますのは、ご主人様の墓でございまして、しかじかの日にここに埋葬《ほうむ》りました。家に残された奥方様があまりに悲しまれ、近頃では重いご病気になられましたので、このように私が代りまして、香や花を墓前にお供えいたしているのです」と言った。正太郎、「その奥方様がお患《わずら》いになるのも無理のないことです。いったい、亡くなられた方はどういうお方で、どちらにお住みですか」。女は答えて、「ご主人様は、この国では由緒ある家柄の方でしたが、他人の讒言《ざんげん》のために、領地を失われ、今はこの野の片隅で侘《わび》しくお暮しでした。奥方様は隣国までよく知られたお美しいお方でしたが、このお方を奥方にしたがためにご主人様は家も領地も失われたのでございます」と語った。

この物語を聞いて、なにやら心ひかれて、「それでは、その奥方がはかなくお住みになっているのは、この近くですか。でしたらお訪ねして、連添《つれあい》を亡くした同じ悲しみを互いに話して慰め合いたいものです。お連れください」と言った。「家はあなた様のおいでになった道を、少し引っ込んだ所です。奥方様は心細い身の上でいられますから、時々はお訪ねになってくださいさい。さぞお待ちでございましょう」と、女は前に立って正太郎を案内した。

二町（一町は約一〇九メートル《メートル》）ほども来た所に細い道があった。ここから一町ほど歩いて、薄暗い林の中に小さな茅葺《かやぶ》きの家があった。竹の編戸《あみど》もものさびしく、折しも七日過ぎの月の光が明るく差し込んで、広くもない庭の荒れ果てた様子がまじまじと見える。家の内のか細い灯のかげが、障子の紙越しに洩《も》れこぼれて、なんとなく淋しい風情《ふぜい》である。女は「ここでしばらくお待ちください」と言って、内へ入った。苔《こけ》むした古井戸のそばに立ち、家の中をのぞき込むと、襖《ふすま》の少し開《あ》いている隙間《すきま》から、風のために灯の光がちらちら動いて、黒棚がきらめいて見えるのも奥ゆかしく思われる。

女が出て来て、「あなた様のお訪ねのことを申し伝えましたら、『どうぞお入りくださ い。物を隔ててお話しいたしたい』と、ご病中ながらも、端《はし》近くまでお出になりました。どうぞこちらへお通りくださいませ」と、前庭の植込みを回って奥の方へ連れて行った。二間の表座敷を、人ひとり通れるばかり開けて、内には低い屏風《びょうぶ》を立ててある。古い布団《ふとん》の端がわずかにはみ出ていて、女主人はそこにいると思われた。

正太郎がそちらに向って、「ご不幸の上にご病気になられたとか。私も愛《いと》しい妻を亡くしたばかりですので、お互いの同じ悲しみなどをお話しもし、聞きも申し上げようと、厚かましさを押してお伺いした次第です」と言った。すると女主人は、屏風を少し引き開け、「不思議にもまたお逢《あ》いしましたね。これまでの辛《つら》いお仕打ちの報いがどんなものか、思い知らせないでおくものか」と言うのに驚いて、見直すと、なんとそれは故郷に捨てて来た磯良《いそら》であった。顔の色はまったく青ざめて、だるそうな目つきの凄《すさ》まじさ、正太郎を指さした手指の、青く痩《や》せ細っている恐ろしさに、「うわっ」と叫んで倒れ、気を失ってしまった。

正太郎、今は俯《ふ》して黄泉《よみぢ》をしたへども招魂《せうこん》の法をもとむる方《すべ》なく、仰《あふ》ぎて古郷《ふるさと》をおもへばかへりて地下よりも遠きここちせられ、前に渡《わた》りなく、後《うしろ》に途《みち》をうしなひ、昼はしみらに打臥《うちふし》て、夕々《よひよひ》ごとには壠《つか》のもとに詣《まうで》て見れば、小草《をぐさ》はやくも繁《しげ》りて、虫のこゑすずろに悲《かな》し。此《こ》の秋のわびしきは我《わ》が身ひとつぞと思ひつづくるに、天雲《あまくも》のよそにも同じなげきありて、ならびたる新壠《あらづか》あり。ここに詣《まうづ》る女の、世にも悲《かな》しげなる形《さま》して、花をたむけ水を灌《そそ》ぎたるを見て、「あな哀《あは》れ。わかき御許《おもと》のかく気疎《けうと》きあら野にさまよひ給《たま》ふよ」といふに、女かへり見て、「我が身夕々《よひよひ》ごとに詣で侍《はべ》るには、殿はかならず前《さき》に詣で給ふ。さりがたき御方に別れ給ふにてやまさん。御心のうちはかりまゐらせて悲し」と潸然《さめざめ》となく。

正太郎いふ。「さる事に侍《はべ》り。十日ばかりさきにかなしき婦《つま》を亡《うし》なひたるが、世に残りて憑《たの》みなく侍《はべ》れば、ここに詣づることをこそ心放《こころやり》にものし侍るなれ。御許《おもと》にもさこそましますなるべし」。

女いふ。「かく詣《まうで》つかうまつるは、憑《たの》みつる君の御跡《あと》にて、いついつの日ここに葬《はうむ》り奉る。家に残ります女君《をんなぎみ》のあまりに歎《なげ》かせ給ひて、此の頃《ころ》はむつかしき病《やまひ》にそませ給ふなれば、かくかはりまゐらせて、香花《かうげ》をはこび侍るなり」といふ。正太郎云《い》ふ。「刀自《とじ》の君の病み給ふもいとことわりなるものを。そも古人《ふるびと》は何人《なにびと》にて、家は何地《いづち》に住ませ給ふや」。女いふ。「憑《たの》みつる君は、此の国にては由縁《ゆゑ》ある御方なりしが、人の讒《さかしら》にあひて領所《しるところ》をも失《うしな》ひ、今は此の野の隈《くま》に侘《わび》しくて住ませ給ふ。女君は国のとなりまでも聞え給ふ美人《かほよびと》なるが、此の君によりてぞ家・所領《しよりやう》をも亡《なく》し給ひぬれ」とかたる。

此の物がたりに心のうつるとはなくて、「さてしもその君のはかなくて住ませ給ふはここちかきにや。訪《とふ》らひまゐらせて、同じ悲しみをもかたり和《なぐ》さまん。倶《ぐ》し給へ」といふ。「家は殿の来らせ給ふ道のすこし引き入りたる方なり。便りなくませば時々訪《をりをりとは》せ給へ。待ち侘《わび》給はんものを」と前《さき》に立ちてあゆむ。

二丁あまりを来てほそき径《みち》あり。ここよりも一丁ばかりをあゆみて、をぐらき林の裏《うち》にちひさき草屋《かやのや》あり。竹の扉《とぼそ》のわびしきに、七日あまりの月のあかくさし入りて、ほどなき庭の荒《あれ》たるさへ見ゆ。ほそき灯火《ともしび》の光り窓《まど》の紙をもりてうらさびし。「ここに待たせ給へ」とて内に入りぬ。苔《こけ》むしたる古井のもとに立ちて見入るに、唐紙《からかみ》すこし明けたる間《ひま》より、火影《ほかげ》吹きあふちて、黒棚のきらめきたるもゆかしく覚ゆ。

女出《い》で来りて、「御訪《とぶ》らひのよし申しつるに、『入らせ給へ。物隔《ものへだて》てかたりまゐらせん』と端《はし》の方へ膝行《いざり》出で給ふ。彼方《かしこ》に入らせ給へ」とて、前栽《せんざい》をめぐりて奥の方へともなひ行く。二間《ふたま》の客殿を人の入るばかり明けて、低《ひく》き屏風《びやうぶ》を立つ。古き衾《ふすま》の端《はし》出でて、主《あるじ》はここにありと見えたり。

正太郎かなたに向ひて、「はかなくて病にさへそませ給ふよし。おのれもいとほしき妻を亡《うし》なひて侍れば、おなじ悲しみをも問ひかはしまゐらせんとて推《おし》て詣で侍りぬ」といふ。あるじの女屏風すこし引きあけて、「めづらしくもあひ見奉るものかな。つらき報《むく》ひの程しらせまゐらせん」といふに、驚きて見れば、古郷《ふるさと》に残せし磯良《いそら》なり。顔の色いと青ざめて、たゆき眼《まなこ》すざましく、我を指《さし》たる手の青くほそりたる恐しさに、「あなや」と叫《さけ》んでたふれ死《し》す。

しばらくして息を吹き返し、目を細く開いて見ると、家と見たのは以前からあった荒野の中の三昧堂《さんまいどう》（墓地内の小堂）で、古びた黒い仏が立っているだけである。遠く村里の方から聞えてくる犬の声をたよりに、家に走り帰って、彦六に事の次第をこれこれと語り伝えると、「なに、それは狐《きつね》にでもだまされたのだよ。気の弱った時は必ず迷わし神が取りつくものよ。あんたのようにひ弱な人が、こうもくよくよと悲しみに沈んでいる時は、神仏に祈って心を静めなくてはいけない。刀田《とだ》の里（兵庫県加古川市の刀田山鶴林寺聖霊院の辺り）にありがたい陰陽師《おんみようじ》がおる。そこで身禊《みそぎ》をして、お守りをいただいてくるさ」と、正太郎を連れて陰陽師の所へ行き、事の初めから詳しく話して、占ってもらった。

陰陽師は占いを立て、判断して、「あなたの災厄《わざわい》は既にせっぱつまっており、容易なことでは逃れられない。先に女の命を奪って、まだ怨《うら》みは尽きず、あなたの命も今夜か明朝かというほど差し迫っている。この死霊《しりょう》が世を去ったのは七日前だから、今日から四十二日の間は、戸をかたく閉めて、重い物忌《ものい》みに籠《こも》らなくてはならぬ。私の戒めを守るなら九死に一生を得て生き永《なが》らえるかもしれぬ。わずかでも違《たが》えると死を免れることはできない」と、厳重に告げ教えて、筆を取って正太郎の背から手足に至るまで隙間《すきま》なく、古代漢字のような文字を書きつけた。更に朱で書いた護符《ごふ》をたくさんくれ、「この護符をすべての戸口に貼《は》り付け、神仏を念ずるのだ。やりそこなって命を奪《と》られてはならぬぞ」と教えるのを、正太郎はあらためて恐れおののきつつ、一方ではありがたくも思って家に帰り、さっそく護符を門に貼り、窓に貼り、厳重な物忌みに籠った。

その夜、真夜中を過ぎて、突然、恐ろしい声で、「ええ口惜《くちお》しい。ここへ尊いお符《ふだ》を貼りおったな」とつぶやくのが聞えたが、それきり何の音もしない。あまりの恐ろしさに正太郎は生きた心地もなく夜の長さを嘆いた。まもなく夜が明けたので生色を取り戻し、急いで彦六の家の壁をたたいて、昨夜のことを語った。それを聞いて彦六も初めて陰陽師の予言を霊妙《ふしぎ》な告示《しらせ》と認め、自分もその夜は眠らず三更《さんこう》の頃《ころ》（およそ午前零時〜二時）を待ち暮した。松に吹きつける風が物を吹き倒すかと思われるほど激しく、雨さえ降りまじって、ただ事ならぬ夜の様子だったが、壁越しに声を掛け合って、どうやら四更の頃（およそ午前二時〜四時）になった。突然、この下屋《しもや》の窓にさっと赤い光が差して、「えい憎たらしい奴《やつ》めが。ここにも護符《ごふ》が貼《は》ってあるよ」と言う声、この深夜にはひときわ恐ろしく、髪も身の毛も総毛立《そうけだ》って、二人共しばらくは気を失ってしまった。

---

　時うつりて生出《いきい》づ。眼《め》をほそくひらき見るに、家と見しはもとありし荒《あら》野《の》の三昧堂《さんまいだう》にて、黒き仏のみぞ立たせまします。里遠き犬の声を力に、家に走りかへりて、彦六にしかじかのよしをかたりければ、「なでふ狐《きつね》に欺《あざむ》かれしなるべし。心の臆《おく》れたるときはかならず迷《まよ》はし神の魘《おそ》ふものぞ。足《そ》下《こ》のごとく虚弱《たよわき》人のかく患《うれひ》に沈《しづ》みしは、神仏に祈りて心を収《をさ》めつべし。刀《と》田《だ》の里にたふとき陰陽師《おんやうじ》のいます。身禊《みそぎ》して厭符《えんふ》をも戴《いただ》き給《たま》へ」と、いざなひて陰陽師の許《もと》にゆき、はじめより詳《つばら》にかたりて此《こ》の占《うら》をもとむ。

　陰陽師占《うら》べ考《かうが》へていふ。「災《わざはひ》すでに窮《せま》りて易《やす》からず。さきに女の命をうばひ、怨《うら》み猶尽《つき》ず。足下《そこ》の命も旦夕《あさゆふ》にせまる。此の鬼、世をさりぬるは七日前《さき》なれば、今日より四十二日が間、戸を閉《たて》ておもき物斎《ものいみ》すべし。我が禁《いま》しめを守らば九死を出でて全《まつた》からんか。一時を過《あやま》るともまぬがるべからず」と、かたくをしへて、筆をとり、正太郎が背《せ》より手足におよぶまで、篆籀《てんりう》のごとき文字を書く。猶朱符《しゆふ》あまた紙にしるして与《あた》へ、「此の呪《じゆ》を戸《と》毎《ごと》に貼《おし》て神仏を念ずべし。あやまちして身を亡《ほろ》ぶることなかれ」と教ふるに、恐《おそ》れみかつよろこびて家にかへり、朱符を門《かど》に貼《おし》、窓《まど》に貼《おし》て、おもき物斎《ものいみ》にこもりける。

其《そ》の夜三更《さんかう》の比《ころ》おそろしきこゑして「あなにくや。ここにたふとき符文《ふもん》を設《まうけ》つるよ」とつぶやきて復《ふたた》び声なし。おそろしさのあまりに長き夜をかこつ。程なく夜明けぬるに生《いき》出でて、急ぎ彦六が方《かた》の壁《かべ》を敲《たた》きて夜《よべ》の事をかたる。彦六もはじめて陰陽師が詞《ことば》を奇《き》なりとして、おのれも其の夜は寝ずして三更の比を待ちくれける。松ふく風物を僵《たふ》すがごとく、雨さへふりて常《ただ》ならぬ夜のさまに、壁を隔《へだて》て声をかけあひ、既に四更《しかう》にいたる。下屋《しもや》の窓《まど》の紙にさと赤き光《ひかり》さして、「あな悪《にく》やここにも貼《おし》つるよ」といふ声、深き夜にはいとど凄《すざま》しく、髪《かみ》も生毛《うぶけ》もことごとく聳立《そばたち》て、しばらくは死に入りたり。

朝になれば前夜の恐ろしさを語り、日が暮れればひたすら夜明けを待ち望み、この数十日の間は千年の月日の経《た》つよりも長く思われた。あの死霊《しりょう》も毎夜、あるいは家の周囲をめぐり、あるいは屋根の棟《むね》で怒り叫びして、その憤《いか》りの声は一夜ごとに凄《すさ》まじさを増した。こうして陰陽師《おんみょうじ》に告げられた四十二日目のその夜がやって来た。今はあと一夜ですべて終るわけで、特に慎んで一夜を過し、ようやく五更《あけがた》の空もしらじらと明けてきた。

長い長い夢が覚めたようで、さっそく彦六を呼ぶと、彦六は壁に近づいて「どうかね」と答える。「重い物忌《ものい》みもとうとう終ったよ。長い間、あなたの顔を見ていない。懐かしさもあり、またこの数十日の苦しさ恐ろしさを、思いのたけ話して気を晴したい。目を覚ましてください。私も外へ出ます」と言った。彦六も慎重ということを知らぬ男だったから、「今は何事があろう。さあ、こちらへ来るがよい」と、戸を半ばほども開けたその時、隣家の軒先から「うわっ」と叫ぶ声が耳をつんざいて、思わず尻餅《しりもち》をついた。

「これは正太郎の身の上に何かあったにちがいない」と、斧《おの》をひっさげて表通りへ飛び出してみると、明けたはずの夜は実はまだ闇《くら》くて、月は中空にかかってぼうっと朧《おぼろ》な影を見せており、風は冷たく、さて正太郎の家を見ると、戸を開け放したままで、彼の姿は見えない。内へ逃げ込んだのかと、走り入って見まわしたがいない。どこに隠れるというほどの住居ではないから、表通りに倒れているのかと探したが、そのあたりには何も見あたるものがない。

「どうしたのであろう」と、あるいは不思議に思い、また一方では恐れおののきながら、灯火《ともしび》をかかげて、あちらこちら見歩くと、開け放たれた戸の脇《わき》の壁になまなましい血がそそぎ流れて、地にしたたり落ちている。しかし、死体も骨も見えない。目をこらして月明りで見ると、軒の先になにか物が下がっている。

灯火をかかげて照らしてよく見ると、男の頭髪の髻《もとどり》だけがぶら下がっていて、ほかには何もない。呆《あき》れ返りながらもその恐ろしさは、筆に書き尽せそうもない。夜が明けて近所の野山を探し求めたけれど、とうとうそれらしき痕跡《あと》さえ見出《みいだ》すことができなかった。

このことを井沢家へも申し送ってやると、涙ながらにも香央《かさだ》家へもこのことを告げ知らせた。それにしても、陰陽師の占いのすぐれた的中、吉備津《きびつ》の宮の御釜祓《みかまばら》いの凶兆も、ついに外《はず》れなかったとは、実にあらたかなことであったと、世の人々は語り伝えたのである。

明くれば夜《よべ》のさまをかたり、暮るれば明くるを慕《した》ひて、此《こ》の月日頃《つきひごろ》千歳《ちとせ》を過ぐるよりも久し。かの鬼も夜ごとに家を繞《めぐ》り或《ある》は屋《や》の棟《むね》に叫《さけ》びて、忿《いか》れる声夜ましにすざまし。かくして四十二日といふ其《そ》の夜にいたりぬ。今は一夜にみたしぬれば、殊《こと》に慎《つつし》みて、やや五更《ごかう》の天《そら》もしらじらと明けわたりぬ。

長き夢《ゆめ》のさめたる如《ごと》く、やがて彦六をよぶに、壁《かべ》によりて「いかに」と答ふ。「おもき物いみも既に満《みて》ぬ。絶《たえ》て兄長《このかみ》の面《おもて》を見ず。なつかしさに、かつ此の月頃の憂怕《うさおそろ》しさを心のかぎりいひ和《なぐ》さまん。眠《ねふり》さまし給《たま》へ。我《われ》も外《と》の方に出《い》でん」といふ。彦六用意なき男なれば、「今は何かあらん。いざこなたへわたり給へ」と、戸を明くる事半《なかば》ならず、となりの軒に「あなや」と叫《さけ》ぶ声耳をつらぬきて、思はず尻居《しりゐ》に座す。

こは正太郎が身のうへにこそと、斧《をの》引提《さげ》て大路《おほぢ》に出づれば、明けたるといひし夜はいまだくらく、月は中空《なかぞら》ながら影朧々《ろうろう》として、風冷《ひや》やかに、さて正太郎が戸は明けはなして其の人は見えず。内にや逃げ入りつらんと走り入りて見れども、いづくに竄《かく》るべき住居にもあらねば、大路にや倒《たふ》れけんともとむれども、其のわたりには物もなし。

いかになりつるやと、あるいは異《あや》しみ、或は恐《おそ》るおそる、ともし火を挑《かか》げてここかしこを見廻《めぐ》るに、明けたる戸腋《とわき》の壁《かべ》に腥々《なまなま》しき血灌《そそ》ぎ流《ながれ》て地につたふ。されど屍《しかばね》も骨《ほね》も見えず。月あかりに見れば、軒《のき》の端《つま》にものあり。ともし火を捧《ささ》げて照《てら》し見るに、男の髪の髻《もとどり》ばかりかかりて、外には露ばかりのものもなし。浅ましくもおそろしさは筆につくすべうもあらずなん。夜も明けてちかき野山を探《さが》しもとむれども、つひに其の跡さへなくてやみぬ。

此の事井沢《ゐざは》が家へもいひおくりぬれば、涙ながらに香央《かさだ》にも告《つげ》しらせぬ。されば陰陽師《おんやうじ》が占《うら》のいちじるき、御釜《みかま》の凶祥《あしきさが》もはたたがはざりけるぞ、いともたふとかりけるとかたり伝へけり。

雨月物語の風景 ②

# 吉備津神社《きびつ》

真金《まかね》吹く吉備《きび》の中山《なかやま》帯にせる細谷川《ほそたにがは》の音のさやけさ

『古今集』をはじめ歌枕《うたまくら》として多く詠《よ》まれてきた岡山県の吉備の中山。標高はわずか一六二㍍だが、泳ぐ鯉《こい》の背のような丸みをおびた優雅な姿に古代の人々は強い霊気を感じたのだろうか。ふもとには吉備津神社、吉備津彦《きびつひこ》神社が鎮座し、いまも細谷川は神の気配と思われるような清らかな瀬音を奏でている。「真金吹く」とあるように、古代にはこのあたりで鉄が多く産出し、五～六世紀ごろには吉備氏が朝廷をしのぐ勢いで繁栄していた。記紀によると、「吉備津彦」がこの地に派遣されて吉備国を平定し、吉備臣の始祖となったと伝える。前述の二社の祭神もこの吉備津彦である。

吉備の伝説によると、近くの鬼《き》ノ城《じよう》に棲む悪鬼温羅《うんら》を吉備津彦が退治し、その首をさらしたところ、いつまでもうなり続けて里人を困らせた。そこで吉備津彦の館のお釜殿《かまどの》の土中深くに首を埋めたところ、温羅が吉備津彦の夢枕《ゆめまくら》に立ち、過去の悪行を悔い改め、これからはこの釜をうならせて世の吉凶を知らせようと告げる。ここから吉備津彦の館跡とされる吉備津神社の鳴釜神事《なるかまのしんじ》が始まる。今も神社の約四〇〇㍍もの長い廻廊《かいろう》の途中に御竈殿《おかまどの》があり、神事では阿曾女という女性が煮立った釜の上のせいろに玄米を振り、低く神秘的な音を響かせる。吉備津彦と温羅の伝説もいつしか桃太郎の鬼退治の昔話に姿を変え、御竈とともに現代にその姿を留めている。

# 青《あお》頭《ず》巾《きん》

昔、快庵禅師《かいあんぜんじ》という高徳の僧がおられた。幼少の頃《ころ》から禅宗の教外別伝《きょうげべつでん》（禅宗で、仏の悟りを伝えるのに、言葉や文字によらず、心から心へと直接伝えること）の本旨を会《え》得《とく》されて、平常から行方《ゆくえ》定めぬ旅の空に身をゆだね諸国を巡っておられた。ある年のこと、美濃国《みののくに》の竜泰寺《りょうたいじ》（岐阜県関市下有知）で夏行《げぎょう》（夏季三か月、一室にこもってする修行）を終えられたが、「この秋は奥羽地方で暮すことにしよう」と旅立たれ、歩みを重ねて、下野国《しもつけのくに》（栃木県）に足を踏み入れられた。

富田《とみた》という村里（栃木県下都賀郡大平町）まで来てすっかり日が暮れてしまったので、大きな構えの裕福そうな農家を訪れて、一夜の宿りを頼もうとされたが、田畑から戻って来た作男《さくおとこ》たちが、黄昏《たそがれ》の中にこの僧が立っているのを見て、なぜか大変なおびえようで、「山の鬼がやって来たぞ。みんな出て来い」と喚《わめ》き叫ぶ。その声で、家の中でも大騒ぎになり、女子供は泣き叫び、こけつ転《まろ》びつ、家内のあちらの隅《すみ》こちらの隅に身を隠す。

その家の主人《あるじ》が、山枴《やまおうこ》（山仕事に用いる天秤棒）をつかんで走り出て、戸外《おもて》の方を見ると、年の頃《ころ》五十歳にもなろうという老僧で、頭には紺染頭巾《あおぞめずきん》をかぶり、身にはぼろぼろの黒い僧衣を着け、布包みを背負った人が、杖《つえ》でさし招きながら、「ご主人、何事ゆえにこれほどまでに警戒なさるのじゃ。諸国遍歴の愚僧、今夜一夜《ひとよ》だけの宿りを願おうと、ここで取次ぎの人を待っているだけのことであるのに、これほど怪しまれるとはまったく思いがけぬ。この痩法師《やせほうし》が強盗などできるわけもなかろうに。どうかそんなに怪しまないでいただきたい」と言った。それを聞いて主人は枴を放り出し、手を打って笑い、「作男どもの愚かな見当違いのために、すっかりお坊様を驚かせてしまいました。お詫《わ》びに代えて一夜の宿をいたしましょう」と言って、うやうやしく奥の間に迎え入れ、気持よく食事などをすすめてもてなした。

主人はこう語るのであった。

「先ほど下人たちがご僧を見て、鬼が来たと騒いだのは、それ相当のわけがあってのことです。当地には世にも不思議な話があるのです。信ずべからざる奇怪な話ですが、折あれば世間の人にも語り伝えていただきたい。この村里の上の山に一つの寺院があります。昔は小山《おやま》氏の菩提寺《ぼだいじ》で、代々高徳の僧がお住みでした。今の住職は何某《なにがし》という秀《すぐ》れた方の甥御《おいご》にあたり、学識も深く修行も積まれたという評判もめでたい方で、土地の者は香や蠟燭《ろうそく》を捧げ運んで心服していました。拙宅《せったく》にもしばしばおいでになり、私もたいそう親しく願っておりましたが、去年の春のことでした。招かれて越《こし》の国（北陸）に灌《かん》頂《じょう》の戒師（仏縁を結ぶとき水を頭に注ぐ儀式で戒を授ける師僧）としてお出かけになり、百日あまり滞在なさったのですが、その時、向こうから十二、三歳になる少年を、身の回りの世話をさせるために、連れ帰られたのです。その少年の美しい姿かたちがお気に召されて、寵愛《ちょうあい》なさるようになってからは、長年《ながねん》なさっていた仏事や修行は、いつとなく閑却《なおざり》になりがちに見えたのでした。

ところが、今年の四月、その少年はふとした病で寝つきましたが、日を追って重くなり苦しみ悶《もだ》えるのを、ご心痛になり、国府の官医の中でも重《おも》だった名医までお招《よ》びになったけれども、その効験《しるし》もなくとうとう死んでしまいました。懐中の玉を失い、髪に挿した花を嵐に散らしてしまったような悲しみを、泣くにも涙さえ出ず、叫ぶに声さえ出ぬほどのお嘆きのあまり、遺体を火葬にもまた土葬にもなさらず、抱きしめてその顔に頰ずりし、その手を握りしめ、日を過す間に、とうとう精神《こころ》が錯乱してしまわれ、少年が生きていた日と同じように愛撫《あいぶ》しながら、その肉が腐りただれてゆくのを惜しんで、肉をしゃぶり骨をなめ、ついに食べ尽してしまったのです。

寺に住む人たちも魂消《たまげ》て、『ご住職は鬼になってしまわれた』と、慌《あわ》てふためいて逃げ去ってしまった後は、夜毎《よごと》夜毎に村里に下りて人を襲って驚倒《おどろか》し、あるいは新墓をあばいて生々《なまなま》しい死体の肉を食べる凄《すさ》まじい有様というものは——。鬼というものを昔話には聞いていましたが、実に目の前で、その鬼になられるのを見たのでございます。しかし、私どもがどうしてこのあさましい所業を制《とめ》ることができましょう。ただどの家でも、日没を境にして、厳重に閉めきって閉じこもっていますので、近頃では国中に噂《うわさ》が伝わり、人々の往来《ゆきき》もなくなってしまいました。そのようなわけがありまして、客僧を見誤ったのでございます」と言った。

---

むかし快庵禅師《くわいあんぜんじ》といふ大徳《だいとこ》の聖《ひじり》おはしましけり。総角《わかき》より教外《けうぐわい》の旨《むね》をあきらめ給《たま》ひて、常に身を雲水《うんすい》にまかせたまふ。美濃《みの》の国の竜泰寺《りようたいじ》に一夏《いちげ》を

満《みた》しめ、此《こ》の秋は奥羽《あうう》のかたに住《すま》むとて、旅立ち給ふ。ゆきゆきて下野《しもつけ》の国に入り給ふ。

富田《とみた》といふ里にて日入りはてぬれば、大きなる家の賑《にぎ》はしげなるに立ちよりて一宿《ひとよ》をもとめ給ふに、田畑《たばた》よりかへる男等《ら》、黄昏《たそがれ》にこの僧の立てるを見て、大きに怕《おそ》れたるさまして、「山の鬼こそ来りたれ。人みな出《い》でよ」と呼びののしる。家の内にも騒《さわ》ぎたち、女童《わらべ》は泣きさけび展転《こいまろ》びて隈々《くまぐま》に竄《かく》る。

あるじ、山枴《やまあふこ》をとりて走り出で、外《と》の方を見るに、年紀五旬《としのころいそぢ》にちかき老僧の、頭《かしら》に紺染《あをぞめ》の巾を帔《かづ》き、身に墨衣の破《やれ》たるを穿《き》て、裹《つつみ》たる物を背《せ》におひたるが、杖《つゑ》をもてさしまねき、「檀越《だんをつ》なに事にてかばかり備《そな》へ給ふや。遍参《へんさん》の僧、今夜ばかりの宿をかり奉らんとてここに人を待ちしに、おもひきやかく異《あや》しめられんとは。痩《やせ》法師の強盗《がうだう》などなすべきにもあらぬを、なあやしみ給ひそ」といふ。荘主《あるじ》枴《あふこ》を捨てて手を拍《うつ》て笑ひ、「渠等《かれら》が愚《おろか》なる眼より客僧を驚《おど》しまゐらせぬ。一宿《ひとよ》を供養《くやう》して罪《つみ》を贖《あがな》ひたてまつらん」と礼《ゐや》まひて、奥の方に迎へ、こころよく食をもすすめて饗《もてな》しけり。

荘主《あるじ》かたりていふ。

「さきに下等《しづら》が御僧を見て鬼来りしとおそれしもさるいはれの侍《はべ》るなり。ここに希有《けう》の物がたりの侍る。妖言《およづれごと》ながら人にもつたへ給へかし。此《こ》の里の上の山に一宇の蘭若《てら》の侍る。故《もと》は小山《をやま》氏の菩提院《ぼだいゐん》にて、代々《よよ》大徳《だいとこ》の住み給ふなり。今の阿闍梨《あじやり》は何某《なにがし》殿の猶子《いうじ》にて、ことに篤学修行《とくがくしゆぎやう》の聞えめでたく、此の国の人は香燭《かうしよく》をはこびて帰依《きえ》したてまつる。我が荘《いへ》にもしばしば詣《まう》で給うて、いともうらなく仕《つか》へしが、去年《こぞ》の春にてありける。越《こし》の国へ水丁《くわんぢやう》の戒師《かいし》にむかへられ給ひて、百日あまり逗《とど》まり給ふが、他《かの》国より十二三歳なる童児《わらは》を倶《ぐ》してかへり給ひ、起臥《おきふし》の扶《たすけ》とせらる。かの童児《わらは》が容《かたち》の秀麗《みやびやか》なるをふかく愛《めで》させたまうて、年来《としごろ》の事どももいつとなく怠《おこた》りがちに見え給ふ。

さるに茲年《ことし》四月《うづき》の比《ころ》、かの童児《わらは》かりそめの病《やまひ》に臥《ふし》けるが、日を経《へ》ておもくなやみけるを痛《いた》みかなしませ給うて、国府の典薬《てんやく》のおもだたしきまで迎《むか》へ給へども、其《そ》のしるしもなく終《つひ》にむなしくなりぬ。ふところの璧《たま》をうばはれ、挿頭《かざし》の花を嵐にさそはれしおもひ、泣くに涙なく、叫ぶに声なく、あまりに歎《なげ》かせたまふままに、火に焼《やき》、土に葬《はうむ》る事をもせで、臉《かほ》に臉をもたせ、手に手をとりくみて日を経《へ》給ふが、終《つひ》に心神《こころ》みだれ、生《いき》てありし日に違《たが》はず戯《たはふ》れつつも、其の肉《にく》の腐《くさ》り爛《ただ》るを吝《をし》みて、肉を吸骨《すひほね》を嘗《なめ》て、はた喫《くら》ひつくしぬ。

寺中の人々、『院主《ゐんじゅ》こそ鬼になり給ひつれ』と、連忙《あわただし》く逃《にげ》さりぬるのちは、夜々《よなよな》里に下りて人を驚《おど》殺し、或《ある》は墓《はか》をあばきて腥々《なまなま》しき屍《かばね》を喫《くら》ふありさま、実《まこと》に鬼といふものは昔物がたりには聞きもしつれど、現《うつつ》にかくなり給ふを見て侍れ。されどいかがしてこれを征《せい》し得ん。只戸《ただいへ》ごとに暮をかぎりて堅《かた》く関《とざ》してあれば、近曾《このごろ》は国中《くになか》へも聞えて、人の往来《いきき》さへなくなり侍るなり。さるゆゑのありてこそ客僧《きやくそう》をも過《あやま》りつるなり」とかたる。

---

快庵禅師《かいあんぜんじ》はこの話を聞かれて、「世には奇怪至極な話もあるものですな。およそ人の身と生れながら、仏菩薩《ぶつぼさつ》の広大な教えも知らず、愚かなまま、そして心のねじけたままに死んでゆく者は、その愛欲や邪《よこしま》な心の悪業《あくごう》に引きずられて、ある場合は、そのものの

過去の本来の形、獣の姿を暴露して怨《うら》みを報い、ある場合は鬼と化し蛇《じゃ》と化して祟《たた》りをしたりする、そんな例は往古《むかし》から現在に至るまで数えきれないほどです。また、生きながらにして鬼に化した例もある。たとえば楚王《そおう》の女官は大蛇となり、王含《おうがん》の母は夜叉《やしゃ》となり、呉生《ごせい》の妻は蛾《が》になった。また、これも昔のことだが、ある僧が旅の途中、みすぼらしい家に泊った時、その晩は雨風が烈《はげ》しく、灯火ひとつないわびしさに寝つくことができないでいると、夜ふけに羊の鳴く声が聞えたが、しばらくして僧の眠りをうかがいながら、しきりににおいを嗅《か》ぐ者がいた。『これは奇怪な』とみてとり、枕許《まくらもと》に置いた禅杖《ぜんじょう》（禅僧が旅に用いる杖《つえ》）を取って強く一撃すると、その者は大声で叫んでその場に倒れた。この物音で、あるじの老女が出て来て、灯火で照らしてみると、若い女が倒れていた。老女は涙を流して女の命乞《いのちご》いをする。致し方もない。その事件《こと》はそのまま打ち棄《す》てて、その家から出発したのだが、後日、またついでがあって、その村里を通り過ぎた時に、田圃《たんぼ》の中で人だかりがして何かを見ている。僧も立ち寄って、『何事であるかな』と尋ねると、村人が答えて、『鬼に化けた女を捕えて、たった今、土中に埋めたところだ』と語ったということである。

しかしながら、これらは全部、女子の話であって、男たるものがこうなったという例はまだ聞いておらぬ。およそ、女にはねじ曲った本性があるために、このようにあさましい鬼・悪霊《あくりよう》にも変身するのである。また、男性の場合でも、隋《ずい》の煬帝《ようだい》の臣下の麻叔謀《ましゆくぼう》という者は、小児《しように》の肉が好物で、人に隠れて庶民の子供を盗み、これを蒸焼きにして食べたということがあるが、これは異国人のあさましい野蛮な風習であり、ご主人のお話しになったのとは違うようだ。

それにしても、その住職が鬼になったのこそ、過去の因縁というのであろう。そもそも平常《ひごろ》、修行・人徳に秀《ひい》でていたのは、仏への奉仕に真心をこめて勤めたのであるから、その少年を引き取りさえしなければ、あわれ立派な高僧でいられただろうに――。一旦《ひとたび》、色情愛欲という迷い道に落ちてしまえば、煩悩《ぼんのう》の炎が、救いようもなく、強く盛んに燃え上がり、ついに鬼となってしまったのも、考えてみれば、一途《いちず》に思い込んで、まっすぐ、どこまでも貫き通そうとする、その本性のしからしめたことといえよう。『心を欲望の中に解き放つと妖魔になるが、心を引き締め正せば仏果《ぶつか》を得ることができる』という言葉があるが、この法師のような例をいうのである。もし拙僧《せつそう》が、この鬼を教化《きようげ》して、もともとの善き本心に立ち返らせることができれば、それが今夜のお供応《もてなし》に対するなによりのお返しになることであろう」と、崇高な発願《ねがい》を起された。

主人は頭を畳にすりつけ、「お坊様がこのことを成し遂げてくださるなら、この土地の者にとっては、地獄から浄土に生れ変るに等しい喜びであります」と言い、涙を流してありがたがった。山村の一夜は、山上の寺院がそんなわけなので、法螺貝《ほらがい》や鐘の音も聞えない。二十日あまりの下弦の月が出たとみえて、月影が古い雨戸の隙《すき》から洩《も》れ込むのを見て、夜もふけたことが知れる。「ごゆるりとお休みなされませ」と主人はすすめ、自分もそこを退いて寝所に入った。

快庵《くわいあん》この物がたりを聞かせ給《たま》うて、「世には不可思議《ふかしぎ》の事もあるものかな。凡《およ》そ人とうまれて、仏菩薩の教《をしへ》の広大なるをもしらず、愚《おろか》なるまま、慳《かだま》しきままに世を終《をは》るものは、其《そ》の愛欲邪念《あいよくじやねん》の業障《ごふしやう》に攬《ひか》れて、或《ある》は故《もと》の形《かたち》をあらはして恚《いかり》を報《むく》ひ、或は鬼となり蟒《みづち》となりて祟《たた》りをなすためし、往古《いにしへ》より今にいたるまで算《かぞ》ふるに尽《つき》しがたし。又《また》人活《いき》ながらにして鬼に化《け》するもあり。楚王《そわう》の宮人は蛇《をろち》となり、王含《わうがん》が母は夜叉《やしや》となり、呉生《ごせい》が妻は蛾《が》となる。又いにしへある僧卑《あや》しき家に旅寝《たびね》せしに、其の夜雨風はげしく、灯《ともし》さへなききわびしさにいも寝られぬを、夜ふけて羊《ひつじ》の鳴《なく》こゑの聞えけるが、頃刻《しばらく》して僧のねふりをうかがひてしきりに鼾《かぐ》ものあり、僧異《あや》しと見て、枕《まくら》におきたる禅杖《ぜんぢやう》をもてつよく撃《うち》ければ、大きに叫《さけ》んでそこにたふる。この音に主《あるじ》の嫗《うば》なるもの灯《あかし》を照《てら》し来るに見れば、若き女の打ちたふれてぞありける。嫗《うばな》泣くなく命を乞《こ》ふ。いかがせん。捨てて其の家を出《い》でしが、其ののち又たよりにつきて其の里を過ぎしに、田中に人多く集《つど》ひてものを見る。僧も立ちよりて『何なるぞ』と尋ねしに、里人いふ。『鬼《おに》に化《け》したる女を捉《とら》へて、今土に瘞《うづ》むなり』とかたりしとなり。

されどこれらは皆女子《をんなご》にて男たるもののかかるためしを聞かず。凡そ女の性《さが》の慳《かだま》しきには、さる浅ましき鬼《もの》にも化するなり。又男子《なんし》にも隋《ずい》の煬帝《やうだい》の臣家《しんか》に麻叔謀《ましゆくぼう》といふもの、小児《せうに》の肉を嗜好《このみ》て、潜《ひそか》に民の小児を偸《ぬす》み、これを蒸《むし》て喫《くら》ひしもあなれど、是は浅ましき夷心《えびす》にて、主《あるじ》のかたり給ふとは異《こと》なり。

さるにてもかの僧の鬼になりつるこそ、過去《くわこ》の因縁《いんえん》にてぞあらめ。そも平生《つね》の行徳《ぎやうとく》のかしこかりしは、仏につかふる事に志誠《まごころ》を尽《つく》せしなれば、其の童児《わらは》をやしなはざらましかば、あはれよき法師なるべきものを。一たび愛欲《あいよく》の迷路《めいろ》に入りて、無明《むみやう》の業火《ごふくわ》の熾《さかん》なるより鬼と化したるも、ひとへに直《なほ》くたくましき性《さが》のなす所なるぞかし。『心放《ゆる》せば妖魔《えうま》となり、収《をさ》むる則《とき》は仏果《ぶつくわ》を得る』とは、此《こ》の法師がためしなりける。老衲《らうなふ》もしこの鬼を教化《けうげ》して本源《もと》の心にかへらしめなば、こよひの饗《あるじ》の報《むく》ひともなりなんかし」と、たふときこころざしを発《おこ》し給ふ。荘主《あるじ》頭《かうべ》を畳《たたみ》に摺《すり》て、「御僧この事をなし給はば、此の国の人は浄土にうまれ出でたるがごとし」と、涙を流してよろこびけり。山里のやどり貝鐘《かひがね》も聞えず、廿日あまりの月も出でて、古戸の間《すき》に漏《もり》たるに、夜の深きをもしりて、「いざ休ませ給へ」とておのれも臥戸《ふしど》に入りぬ。

---

山上の寺院は誰《だれ》ひとり住んでいないから、楼門には生い茂った茨荊《うばら》（雑草）が覆いかかり、経閣（経典を収める建物）もいたずらに苔《こけ》むしている。本堂の内はといえば、蜘《く》蛛《も》の巣が張って仏像と仏像の間に網をかけ、護摩壇《ごまだん》は真っ白に燕《つばめ》の糞《ふん》で埋められ、方丈も廊下も物凄《ものすご》いまでに荒れ果てている。次の日のこと、日影《かげ》が翳って西に傾く頃《ころ》、快庵《かいあん》

禅師《ぜんじ》がこの寺域へ入って錫杖《しやくじよう》（杖《つえ》の頭に鐶《かん》が付き、振ると鳴る禅杖）を鳴らし、「諸国遍歴の僧である。一夜の宿を願いたい」と、何度も呼びかけたが、うんともすんとも返事がない。そのうちにやっと、寝間の方から枯木のように痩《や》せた法師が、よろよろと歩み出て来て、しわがれ声で、「ご僧は、いずこへ行かんとしてここに参られたか。この寺はちょっと仔細《わけ》があって、このように荒れ果てており、人も住まぬ野原同然であって、一粒の米麦もなければ、一夜お泊めするだけの用意もない。早く去って村里に下りられよ」と言った。

禅師は答えた。「愚僧は、美濃国《みののくに》を出立《いでた》ち、陸奥《みちのく》へ向って旅を続ける者ですが、この麓《ふもと》の村里を通り過ぎるうちに、山の霊容《かたち》、川の清らかな趣《おもむき》に魅せられて、思わずここまでやって来た次第です。もはや日差しも翳って、これから麓の里まで下るのもほど遠い。まげて一夜の宿をお借りしたい」。あるじの法師は言った。「このような野原同然の所は、不吉なことも起りがちなのじゃ。強いてお引き止めする所ではない。しかし、たって出て行けというのでもない。ご僧の心任せになさるがよい」。そう言って、二度と口はきかなかった。禅師のほうからもそれ以上は一言も口をきかず、黙って、あるじの法師の傍《かたわら》に座をしめ坐《すわ》っていた。

みるみるうちに日は沈み果てて、宵闇《よいやみ》のたいそう暗い夜になったが、灯火ひとつ点じないので、目の前さえよく見えないが、ただ、どこかの谷水の音がすぐそこにあるように聞えてくる。あるじの法師も寝間に引っ込んだきり物音ひとつしない。

夜がふけて月が出、闇夜は一転して明るい月明《げつめい》の夜になった。清らかな美しい月影があたりを隈《くま》なく照らし出す。子《ね》一つ（午前零時頃）になったと思われる頃、あるじの法師が寝間から出て、あわただしくあちこちと何かを探し始めた。探し出せなくて、大声で、「くそ坊主め、どこへ隠れおった。ここらあたりに居《お》ったはずだが」と叫び、禅師の前を、幾たびも走り過ぎるのだが、ちっとも禅師その人を見つけることができない。本堂の方へ駆けて行くかと思えば、庭を走りまわり、狂ったように跳びはねていたが、とうとう疲れきって、倒れ伏したまま起き上がらなかった。

夜が明けて朝日がさし出ると、酒の酔いから醒《さ》めたような様子で、禅師が元の所にいるのを見て、ただ呆《あき》れ果てたふうで呆然《ぼうぜん》と口もきかず、ただ溜息《ためいき》をつきながら、柱にもたれかかって、押し黙っていた。

——山院人とどまらねば、楼門《ろうもん》は荊棘《うばら》おひかかり、経閣《きやうかく》もむなしく苔蒸《こけむし》ぬ。

蜘網《くもあみ》をむすびて諸仏を繫《つな》ぎ、燕子《つばくら》の糞《くそ》護摩《ごま》の床《ゆか》をうづみ、方丈廊房《はうぢやうらうばう》すべて物すざましく荒れはてぬ。日の影申《さる》にかたふく比《ころ》、快庵禅師《くわいあんぜんじ》寺に入りて錫《しやく》を鳴《なら》し給《たま》ひ、「遍参《へんさん》の僧今夜《こよひ》ばかりの宿をかし給へ」と、あまたたび叫《よべ》どもさらに応《こたへ》なし。眠蔵《めんざう》より瘦槁《やせがれ》たる僧の漸々《よわよわ》とあゆみ出《い》で、咳《からび》たる声して、「御僧は何地《いづち》へ通るとてここに来《きた》るや。此《こ》の寺はさる由縁《ゆゑ》ありてかく荒《あれ》はて、人も住まぬ野らとなりしかば、一粒《りふ》の斎糧《ときりやう》もなく、一宿《ひとよ》をかすべきはかりごともなし。はやく里に出でよ」といふ。

禅師いふ。「これは美濃《みの》の国を出でて、みちの奥《く》へいぬる旅なるが、この麓《ふもと》の里を過ぐるに、山の霊《かたち》、水の流れのおもしろさにおもはずもここにまうづ。日も斜《ななめ》なれば里にくだらんもはるけし。ひたすら一宿《ひとよ》をかし給へ」。あるじの僧云《い》ふ。「かく野らなる所はよからぬ事もあなり。強《しひ》てとどめがたし。強《しひ》てゆけとにもあらず。僧のこころにまかせよ」とて復《ふたた》び物をもいはず。こなたよりも一言《こと》を問はで、あるじのかたはらに座をしむる。

看々《みるみる》日は入り果てて、宵闇《よひやみ》の夜のいとくらきに、灯《ひ》を点《あげ》ざればまのあたりさへわかぬに、只澗水《ただたにみづ》の音ぞちかく聞ゆ。あるじの僧も又眠蔵《めんざう》に入りて音なし。

夜更けて月の夜にあらたまりぬ。影玲瓏《れいろう》としていたらぬ隈《くま》もなし。子《ね》ひとつとおもふ比《ころ》、あるじの僧眠蔵を出でて、あわただしく物を討《たづ》ぬ。たづね得ずして大いに叫《さけ》び、「禿驢《とくろ》《くそばうず》いづくに隠れけん。ここもとにこそありつれ」と禅師が前を幾たび走り過ぐれども、更に禅師を見る事なし。堂の方に駈《かけ》りゆくかと見れば、庭をめぐりて躍《をど》りくるひ、遂《つひ》に疲《つか》れふして起き来らず。

夜明けて朝日のさし出でぬれば、酒の醒《さめ》たるごとくにして、禅師がもとの所に在《いま》すを見て、只あきれたる形《さま》にものさへいはで、柱《はしら》にもたれ長嘘《ためいき》をつぎて黙《もだ》しゐたりける。


---

禅師はその傍《かたわら》に近づいて、「ご住職、何をお嘆きか。もし饑《ひも》じいのであれば、愚僧の肉を食って、腹を満たされよ」と言う。あるじの法師は問うた。「師僧は夜すがらそこにおられたのだろうか」。禅師は答えた。「ここにいてずっと起きていました」。あるじ

の法師は、「わしはあさましいことに、人肉を好んで食べてきたが、いまだ仏身《いきぼとけ》の肉の味は知らぬ。師僧は、真実の生仏《いきぼとけ》でいられる。わしのような鬼畜の暗く濁った目でもって、生仏のご来臨を見ようとしても見られないのは道理というものだ。尊いことだ」と、首を垂れて、口をつぐんだ。

禅師は言った。「村人の語るのを聞くと、そなたは一旦《ひとたび》、色情愛欲のために乱心して以来、たちまちに鬼畜の心に堕《お》ち込んだことは、あさましいとも哀《あわ》れとも、前例も稀《まれ》な悪因縁である。その上、夜毎《よごと》に村里に下りて人に危害を与えるので、土地の人々はすっかり恐れおののいている。わたしはこの話を聞き、人々を見捨てるにしのびず、そのためわざわざここへ来て、そなたを教化《きょうげ》し本来の善心に立ち返らせようと思うのだが、そなたはわたしの教えを聞く気があるかな」。あるじの僧は答えた。「師僧は真実の生仏でいられる。ここまであさましい悪業《あくごう》をすぐに捨て去り得る教理がもしあるものならば、ぜひお教え願いたい」。

禅師は言った。「そなたが聞くというのであれば、ここに来なさい」。そう言って、あるじの法師を簀子《すのこ》縁《えん》の前にある平らな石の上に坐《すわ》らせ、自分のかぶっていた紺染《あおぞめ》の頭巾《ずきん》を脱いで、法師の頭にかぶらせ、二句の証道歌《しょうどうか》（唐の永嘉大師が作った七言百六十六句の詩で、禅の本旨を説く）をお授けになった。

江月《こうげつ》照《て》らし 松風《しょうふう》吹く 永夜《えいや》清宵《せいしょう》何《なん》の所為《しょい》ぞ

――秋の澄んだ月は川の水を照らし、松を吹く風は爽《さわ》やかである。この永い夜、清らかな宵《よい》の景色は何のためにあるか。それは何のためでもなく、天然自然にそうなのである

「そなたはこの場を動かず、じっくりとこの句の真意を考えぬきなさい。真意を理解できたその時こそ、そなたは自《おのずか》ら本来の仏心にめぐり逢うであろうよ」と、懇ろに教えさとして山を下られた。さてそれからは、村人たちは恐ろしい危害《わざわい》にあうことは二度となくなったのだが、なお法師の生死のほども知れず、疑心暗鬼で皆々、山へ上り寺へ近づくのを戒めあっていた。

---

禅師ちかくすすみよりて、「院主《ゐんじゅ》何をか歎《なげ》き給ふ。もし飢《うゑ》給ふとならば野僧が肉《にく》に腹《はら》をみたしめ給へ」。あるじの僧いふ。「師は夜もすがらそこに居させたまふや」。禅師いふ。「ここにありてねふる事なし」。あるじの僧いふ。「我あさましくも人の肉を好めども、いまだ仏身《ぶっしん》の肉味をしらず。

師はまことに仏なり。鬼畜《きちく》のくらき眼《まなこ》をもて、活仏《くわつぶつ》の来迎《らいがう》を見んとするとも、見ゆべからぬ理《ことわ》りなるかな。あなたふと」と頭《かうべ》を低《たれ》て黙《もだ》しける。

禅師いふ。「里人のかたるを聞けば、汝一旦《なんぢひとたび》の愛欲《あいよく》に心神《こころ》みだれしより、忽《たちま》ち鬼畜に堕罪《だざい》したるは、あさましとも哀《かな》しとも、ためしさへ希《まれ》なる悪因《あくいん》なり。夜々《よひよひ》里に出《い》でて人を害《わざはひ》するゆゑに、ちかき里人は安き心なし。我これを聞きて捨つるに忍びず。特《わざわざ》来りて教化《けうげ》し本源《もと》の心にかへらしめんとなるを、汝我がをしへを聞くや否《いな》や」。あるじの僧いふ。「師はまことに仏なり。かく浅ましき悪業《あくごふ》を頓《とみ》にわするべきことわりを教《をしへ》給へ」。

禅師いふ。「汝聞くとならばここに来れ」とて、簀子《すのこ》の前のたひらなる石の上に座せしめて、みづから帔《かづ》き給ふ紺染《あをぞめ》の巾を脱《ぬぎ》て僧が頭《かうべ》に帔《かづか》しめ、証道《しようだう》の歌の二句を授《さづけ》給ふ。

江月照松風吹《かうげつてらししようふうふく》　永夜清宵何所為《えいやせいせうなんのしよゐぞ》

「汝ここを去《さら》ずして徐《しづか》に此《こ》の句の意《こころ》をもとむべし。意解《とけ》ぬる則《とき》はおのづから本来の仏心に会《あ》ふなるは」と、念頃《ねんごろ》に教へて山を下り給ふ。此ののちは

——里人おもき災《わざはひ》をのがれしといへども、猶《なほ》僧が生死をしらざれば、疑ひ恐れて人々山にのぼる事をいましめけり。

一年は早く過ぎ、翌《あく》る年の冬十月初旬、快庵禅師《かいあんぜんじ》は奥州路の旅の帰り道に再びこの土地を通られ、かの荘主《あるじ》の家に立ち寄って、山の法師の消息をお訊《き》きになった。荘主は喜び迎えて、「お坊様のご高徳によって、あの鬼は二度と山を下りて来ませぬから、皆、浄土に生れ変ったように喜んでおります。しかしながら山へ行くことは恐ろしがって、誰《だれ》ひとり上る者はいません。ですからあの法師の消息は何も知りませぬが、どうして今まで生きていることがありましょう。今夜のお泊りには、あの法師の菩提《ぼだい》を弔ってください。皆で回向《えこう》いたしましょう」と言った。

禅師は、「あの法師が善行の報いで成仏したのなら、わしにとって往生の道の先達・師匠といってよい。しかし、もし生きているならば、わしにとってはさらに導くべき一人の弟子である。いずれにしても彼《かれ》の様子を見とどけぬわけにはいかぬ」と言って、再び山に上られた。なるほど人の往来《ゆきき》が絶え果てたとみえて、その山道は去年踏み分けて歩いた道とも思われぬ荒れようである。

寺域に入ってみると、荻《おぎ》・薄《すすき》が人の背丈《せたけ》よりも高く生い茂って、草木の上に置く露は時雨《しぐれ》のように降りこぼれ、寺内の三径《こみち》さえ見分けられない中で、本堂や経閣の戸は右に左に朽ち倒れて、方丈や庫裏《くり》をとりまく廻廊《かいろう》も、朽ちた部分に水気を含んで苔《こけ》むしている。さて、かの法師を坐《すわ》らせた、簀子縁《すのこえん》のあたりを探してみると、うすぼんやりした影のような人が、僧とも俗人とも判別できぬほど髭《ひげ》も髪もぼうぼうに乱れて、雑草がからみ合い、薄が一面に倒れている中にいて、蚊《か》の鳴くようなか細い声で、物を言っているとも聞えないが、よほど間《ま》を置いてはぽつりぽつりと言っているのを、耳を澄して聞くと、

「江月照《こうげつて》らし松風吹《しょうふうふ》く　永夜清宵《えいやせいしょう》何《なん》の所為《しょい》ぞ」

禅師はこれと見てとられ、即座に禅杖《ぜんじょう》を取り直し、「如何《いか》にっ。何の所為かっ」と喝《かつ》を与え、法師の頭を撃《う》たれると、その一瞬に、法師のおぼろな姿は、氷が朝日にあうように消え失《う》せてしまい、あの青頭巾《あおずきん》と白い骨だけが草葉の中に落ちとどまっていた。まことに長い間の執念が、やっとここで消え尽したのであろう。ここには尊い仏の道の理法があるにちがいない。

そうしたわけで、快庵禅師の高徳は、遠く雲のかなた、海の向こうにも聞えわたり、「達磨大師《だるまだいし》（禅宗の開祖）が生きていられるようだ」と賞讃されたということである。こうして、村里の人々が集まり、寺域を清め、修理をし、禅師を開祖として推し戴《いただ》いてここに住まわせたから、旧《もと》の真言密教を改宗して、曹洞宗《そうとう》の霊場をお開きになったのである。現在でもなお、この大中寺《だいちゆうじ》（栃木県下都賀郡大平町にある寺）は尊く栄えているということである。

---

一《ひと》とせ速《はや》くたちて、むかふ年の冬十月《かみなづき》の初旬《はじめ》、快庵大徳《くわいあんだいとこ》、奥路《あうろ》のかへるさに又ここを過ぎ給《たま》ふが、かの一宿《ひとよ》のあるじが荘《いへ》に立ちよりて、僧が消息《せうそこ》を尋ね給ふ。荘主《あるじ》よろこび迎へて、「御僧の大徳によりて鬼ふたたび山をくだらねば、人皆浄土にうまれ出《い》でたるごとし。されど山にゆく事はおそろしがりて、一人としてのぼるものなし。さるから消息《せうそこ》をしり侍《はべ》らねど、など今まで活《いき》ては侍らじ。今夜《こよひ》の御泊《とま》りにかの菩提《ぼだい》をとふらひ給へ。誰《たれ》も随縁《ずいえん》したてまつらん」といふ。

禅師いふ。「他善果《かれぜんくわ》に基《もとづき》て遷化《せんげ》せしとならば道に先達《せんだち》の師ともいふべし。

又活きてあるときは我《わ》がために一個《ひとり》の徒弟《とてい》なり。いづれ消息《せうそこ》を見ずばあらじ」とて、復《ふたた》び山にのぼり給ふに、いかさまにも人のいきき絶《たえ》たると見えて、去年《こぞ》ふみわけし道ぞとも思はれず。

寺に入りて見れば、荻《をぎ》・尾花のたけ人よりもたかく生茂《おひしげ》り、露は時雨《しぐれ》めきて降りこぼれたるに、三《みつ》の径《みち》さへわからざる中に、堂閣《だうかく》の戸右左《みぎひだり》に頽《たふ》れ、方丈庫裏《はうぢやうくり》に縁《めぐ》りたる廊《らう》も、朽目《くちめ》に雨をふくみて苔《こけ》むしぬ。さてかの僧を座《を》らしめたる簀子《すのこ》のほとりをもとむるに、影のやうなる人の、僧俗ともわからぬまでに髭髪《ひげかみ》もみだれしに、葎《むぐら》むすぼほれ、尾花おしなみたるなかに、蚊《か》の鳴《なく》ばかりのほそき音《こゑ》して、物とも聞えぬやうにまれまれ唱《とな》ふるを聞けば、

「江月照松風吹《かうげつてらししようふうふく》　永夜清宵何所為《えいやせいせうなんのしよゐぞ》」

禅師見給ひて、やがて禅杖《ぜんぢやう》を拿《とり》なほし、「作麽生何所為《そもさんなんのしよゐ》ぞ」と、一喝《かつ》して他《かれ》が頭《かうべ》を撃《うち》給へば、忽《たちま》ち氷《こほり》の朝日にあふがごとくきえうせて、かの青頭巾《あをづきん》と骨《ほね》のみぞ草葉にとどまりける。現《げ》にも久しき念のここに消《せう》じつきたるにやあらん。たふときことわりあるにこそ。

されば禅師の大徳、雲の裏海《うら》の外にも聞えて、「初祖《しよそ》の肉《にく》いまだ乾《かわ》かず」とぞ称歎《しょうたん》しけるとなり。かくて里人あつまりて、寺内を清め、修理《しゆり》をもよほし、禅師を推《おし》たふとみてここに住ましめけるより、故《もと》の密宗《みつしゆう》をあらためて、曹洞《さうどう》の霊場《れいぢやう》をひらき給ふ。今なほ御《み》寺はたふとく栄《さか》えてありけるとなり。

# 冥途の飛脚

阪口弘之［校訂・訳］

# 冥途の飛脚

## あらすじ

近松門左衛門《ちかまつもんざえもん》は世話物《せわもの》を二十四作執筆したが、『冥途の飛脚《めいどのひきゃく》』はそのうちの十四作めにあたる。心中物とは異なる結末であり、犯罪物、処刑物などと呼ばれる作品である。

**上之巻《じょうのまき》**　大坂淡路《あわじ》町の飛脚屋亀屋忠兵衛《ひきゃくやかめやちゅうべえ》方に、為替《かわせ》の催促が相次ぐ。暮れ方に帰宅した忠兵衛の前に、友人の八右衛門《はちえもん》が現れ、五十両の為替金を催促する。忠兵衛は、馴染《なじみ》の遊女梅川《うめがわ》を身請《みうけ》するために流用したと告白する。養母妙閑《みょうかん》が現れて、五十両を渡すよう命ずる。忠兵衛は小判形《こばんがた》の鬢水《びんみずい》入れを紙に包んで渡し、八右衛門もひとまず偽《にせ》の受取《うけとり》を書く。夜更けに、忠兵衛は屋敷方へ三百両の為替金を届けに出かけるが、つい梅川のもとへ向かう。

**中之巻《ちゅうのまき》**　新町遊廓《しんまちゆうかく》の越後屋《えちごや》を八右衛門が訪れ、遊女たちに鬢水入れの偽金を見せて、忠兵衛の悪口を言う。二階では梅川が、そして外では、駆けつけた忠兵衛がこれを聞いてしまう。忠兵衛はこらえかねて為替金の封印《ふういん》を切り、八右衛門に五十両を投げつける。そして、梅川の身請金にも金を使ってしまう。その罪を告白された梅川は、嘆きながらも覚悟を決め、二人は忠兵衛の生国大和《やまと》を目指す。

**下之巻《げのまき》**　二人は、忠兵衛の故郷新口村《にのくちむら》へたどり着く。幼馴染《おさななじみ》の忠三郎《ちゅうざぶろう》の家に潜《ひそ》むと、その外を忠兵衛の父孫右衛門《まごえもん》が通りかかり、転んで下駄《げた》の鼻緒《はなお》を切る。介抱に出た梅川の正体を察し、孫右衛門は父親としての悲痛な心情を吐露するが、ついに忠兵衛には会わずに去る。二人は逃げるものの、結局捕縛《ほばく》される。

# 上之巻《じようのまき》　飛脚屋亀屋《ひきやくやかめや》の場

## 一　亀屋《かめや》の跡継ぎ、忠兵衛《ちゆうべえ》

「咲くやこの花」と歌われた難波津《なにわづ》の華やかな色里（大阪市西区にあった新町遊廓《しんまち》）は、三筋に目抜《めぬ》き通《どおり》が走る。町の名も佐渡屋《さどや》町と越後《えちご》町と呼ばれるその間を、千鳥が行きかうように通うのは、淡路町（大阪市中央区）の亀屋の跡継《あとつ》ぎの忠兵衛。今年二十と四歳。四年以前に大和《やまと》（奈良県）から持参金を持って養子にはいり、後家妙閑《みようかん》の面倒見によって、商売上手となり、駄荷《だに》見積り（馬の荷物の割り振り見積り）も達者なもので、江戸へも往復三度旅をした。茶の湯、俳諧《はいかい》、碁《ご》、双六《すごろく》もたしなみ、延紙《のべがみ》（遊里で用いる紙）に書く字の角《かど》も取れ、人あたりもやわらかい。

酒も三杯、四杯、五杯といけ、五つ紋の羽二重《はぶたえ》羽織（背・両胸・両袖《そで》に紋をつけた上質の絹羽織）も体《てい》よく似合い、無地の丸鍔《まるつば》に象嵌《ぞうがん》を施した脇差《わきざし》も田舎《いなか》細工にしては逸品を持ち、地方出には珍しい垢《あか》ぬけした男である。色事の道をもわきまえ、遊里事情にも通じて、日の暮れるのを待たずに飛び出していく。一方、飛脚宿の忙しさといったら、荷を造るやらほどくやら、手代《てだい》は帳面をつけたり算盤《そろばん》をいれたり、奥も店も共にどやどやとあわただしく、千両万両の金の遣《や》り繰《く》りをつくし、九州や関東との遣《や》り取《と》りも、いながらにして自在勝手で、金の自由なることは、まるで一分《いちぶ》小判（一分は一両の四分の一）や銀貨（江戸では金貨、上方では銀貨が流通）に翼があるようである。

---

みをづくし難波《なには》に咲くやこの花の．里は三筋《みすぢ》に町の名も佐渡《さど》と越後《ゑちご》のあひの手を．通ふ千鳥《ちどり》の淡路《あはぢ》町《まち》、亀屋《かめや》の世継《よつぎ》忠兵衛《ちゆうべゑ》．今年二十《はたち》の上はまだ四年以前に大和《やまと》より．敷銀《しきがね》持つて養子分《やうしぶん》、後家《ごけ》妙閑《めうかん》の介抱故《かいはうゆゑ》．商ひ功者《こうしや》、駄《だ》荷《に》づもり、江戸へも上下三度笠《じやうげさんどがさ》．茶の湯、俳諧《はいかい》、碁《ご》、双六《すごろく》、延《のべ》紙に書く手の角《かど》取れて．

酒も三つ、四つ、五つ所《ところ》もん羽二重《はぶたへ》も出ず入らず．無地の丸鍔象嵌《まるつばざうがん》の国《くに》細工《ざいく》には稀《まれ》男．色の訳知《わけし》り里知りて、暮れるを待たず飛ぶ足の．飛脚宿《ひきやくやど》の忙しさ、荷を造るやらほどくやら．手代《てだい》は帳面、算盤《そろばん》をおく口ともにどや〱と．千万両の遣《や》り繰《く》りも、つくし、東《あづま》の取《と》り遣《や》りも．ゐながら銀《かね》の自由さは．一分《いちぶ》小判や白銀《しろかね》に翼のあるがごとくなり．

## 二 為替銀《かわせぎん》の催促、相次ぐ

町回りの状取《じようとり》（書状の集配人）が店に立ち戻って、「それそれ」と、帳面をつけているところへ、「頼もう、忠兵衛《ちゆうべえ》、家におられるか」と訪ねてきたのは、亀屋《かめや》が出入りしている屋敷の侍《さむらい》。手代《てだい》たちは丁重に、「ヤアこれは甚内《じんない》様。忠兵衛は留守ですので、江戸送りのお荷物のご用でしたら、私にお申しつけくださいませ。お茶持っておいで」と応対する。「いやいや、下《くだ》り荷の用はない。江戸の若殿からご書状が来た。これ、聞きなされ」と、書状を開き、「『来月二日に江戸をたつ三度飛脚《さんどびきやく》（毎月二日、十二日、二十二日の三度出発して江戸・大坂間を往復）に、金三百両を上らせます。九日か十日の両日のうちに、そちらの亀屋忠兵衛の所から右の三百両受け取り、かねて内密に申しおいたことどもの始末をつけてください。すなわち飛脚の受取証文をここに上らせますので、金子《きんす》を受け取りしだい、この証文を忠兵衛に渡してください』、これ、このように仰せくだされた。その三百両が今日まで届かぬので、たいせつなご用の段どりが違ってきた。なぜこのように不届きなのだ」と、渋面《じゆうめん》をつくって言うと、

「ハハごもっともごもっとも。しかしながらこのところの雨続き、そこここの川に水嵩《みずかさ》が増えますと、道中に日数がかかり、金子が届かぬばかりか、わたくしどもも随分《ずいぶん》の欠損となります。もしまた盗賊が奪い取ったり、道中、飛脚がふっと出来心をおこしたりして、万々一に何万貫目《がんめ》取られても、十八軒の飛脚問屋が共同で弁償して、芥子《けし》ほどもご損はおかけいたしませぬ、ご心配なされますな」と話し終りもせぬうちに、「これこれ、言うまでもない。ご損をかけたりしては忠兵衛の首が飛ぶ。受取日限がのびればご用を済すまでに間《ま》があくので、そのための調べだて。迎えの飛脚を出して、早々に持参いたせ」と、徒士若党《かちわかとう》（身分の低い侍）ながら刀の威光というべきか、もっともその刀の銀細工も鉛の胡散《うさん》くさいものにみえるが、田舎訛《いなかなま》りで威張りちらして帰っていった。

が、そのあとにまた「御免《ごめん》ください、御免ください。中《なか》の島《しま》（大阪市北区中之島。諸大名の蔵屋敷や豪商の屋敷があった）の丹波屋八右衛門《たんばやはちえもん》から来ました。『江戸小舟町《こふなちよう》（東

京都中央区日本橋小舟町）の米問屋《こめどんや》からの為替銀《かわせぎん》、その添状（受取証文のこと）は届いたが、金はどうして届きませぬ。この間から、手紙をさしあげても返事もございませぬ。使いを出せば、なんのかのとはぐらかされるし、いつ届けてくださるのか。この者に金子を渡して人をつけてくだされ。そうすればその人に受取証文を戻そう』と、主人がおっしゃっている。サア金を受け取ろう」と、立ちふさがってわめいた。主人思いの手代の伊兵衛《いへえ》は、落ち着いた様子で、「これ、お使い。八右衛門様が、そのように屁理屈《へりくつ》めいたおっしゃりようはなさるまい。五千両、七千両の人の金を預かって、百三十里をわが家同然にし、江戸と大阪の間を広くも狭くもするこの亀屋。そなた一軒相手の商売ではあるまいし、金が遅くなることもあります。今にも旦那《だんな》が帰ってこられたら、こちらから返事をしよう。五十両にも足らぬ金を、つべこべやかましく言いなさるな」と、居丈高に出ると、圧倒されて使いはおとなしく帰っていった。

---

町回《まちまは》りの状取《じやうとり》、立ち帰つて、それ〳〵と．留帳《とめちやう》つくるところへ、誰《た》そ頼まう、忠兵《ちゆうびやう》宿にゐやるかと．案内《あんない》するは出入りの屋敷の侍《さむらひ》．手代《てだい》ども殷《いん》懃《ぎん》に．ヤアこれは甚内《じんない》様．忠兵衛は留守なれば、お下《くだ》し物《もの》の御用ならば．

私に仰せ聞《き》けられませ。お茶持《も》ておぢやとあひしらふ。いや〳〵、下りの用はなし。江戸若旦那《わかだんな》より御状《ごじやう》が来た。これお聞きやれと、押し開き。来月二日出《で》の三度に、金子《きんす》三百両差《さ》し上《のぼ》せ申すべく候。九日、十日両日のうち、その地亀屋《かめや》忠兵衛《ちゆうべゑ》方より。右三百両請け取り、内々《ないない》申し置き候ことども埒《らち》明け申さるべく候。すなはち飛脚の請取証文《うけとりしようもん》、この度上《たびのぼ》せ候間。金子請け取り次第、この証文忠兵衛に渡し申さるべく候。これこのとほり仰せくだされた。今日まで届かぬ故、大事の御用の手筈《てはず》が違ふ。なぜかやうに不埒《ふらち》なと、鼻を。しかめて言ひければ。

ハ、ごもつとも〳〵。さりながらこの中《ぢゆう》の雨続《あまつづ》き。川々に水が出ますれば、道中に日がこみ。銀《かね》の届かぬのみならず、手前も大分《だいぶん》の損銀《そんぎん》。もし盗賊が切り取るか、道からふつと出《で》来心《きごころ》。まん〳〵貫目《ぐわんめ》取られても。十八軒の飛脚宿からわきまへ。芥子《けし》ほども御損かけませぬ。お気遣ひあられなと。言はせも果てず、これさ〳〵。言ふまでもない。御損かけては忠兵衛が首が飛ぶ。日限《にちげん》延びては御用の間《ま》があくにより。それ故の穿鑿《せんさく》。迎《むか》ひ飛脚《びきやく》を遣はして。早速《さつそく》に持参せいと、徒士《かち》若党《わかたう》も刀の威光。銀挊《ぎんごしら》へも胡散《うさん》なる、なまり散らして帰りしが。

また、頼みませう〳〵。中《なか》の島《しま》丹波屋《たんばや》八右衛門《はちゑもん》から来ました。江戸小舟町《こふなちやう》米問屋《こめどひや》の為替銀《かはせぎん》。添状《そへじやう》は届いたが、銀《かね》はなぜ届きませぬ。この中文《ちゆうふみ》を進じても返事もござらず。使ひをやれば、酢《す》の蒟蒻《こんにやく》のと、いつ届けさつしやるぞ。この者に渡して人をつけてくだされ。手形《てがた》戻そと申さる、。サア。金子請け取らうと、立ちはたかつて喚《わめ》きける。主思ひの手代の伊兵衛《いへゑ》騒がぬ体《てい》にて。これ、お使ひ。八右衛門様がそのやうに理屈臭い口上《こうじやう》はあるまい。五千両、七千両人の銀を預かつて。百三十里を家にし、江戸、大《おほ》坂《ざか》を。広う狭《せば》うする亀屋。そこ一軒ではあるまいし、遅いこともなうては。今でも旦那《だんな》帰られたらば、此方から返事せう。五十両に足らぬ銀《かね》、あたがしましう言ふまいと。嵩《かさ》から出れば気を呑《の》まれ、使ひはまじめに帰りけり。

## 三 心配する養母妙閑《みようかん》

母親の妙閑はいつもは火燵《こたつ》のそばを離れることもないが、納戸《なんど》を出て、「ヤア今のは何事じゃ。丹波屋《たんばや》の金が届いたのは、たしか十日も前のこと、なぜ忠兵衛《ちゆうべえ》は渡さぬのか。今朝から二軒、三軒と、金の催促を聞いている。親仁《おやじ》の代からこの家に、一匁《もんめ》（銀貨の単位。銀五〇〜八〇匁で金一両）の催促もよせられたことはない。いまだかつて仲間に迷惑をかけず、十八軒の飛脚屋の手本と言われたこの亀屋《かめや》、みんなは気がつかぬか、忠兵衛のこのごろの様子がどうも合点がいかぬ。最近に奉公にあがった者は知るまいが、もともと忠兵衛はこの家の実子でない。もとは大和新口村《やまとにのくちむら》（奈良県橿原市）勝木孫右衛《かつぎまごえ》門《もん》という大百姓の一人息子で、産みの母御《ははご》は亡くなって、継母《ままはは》に育てられてのやけっぱちに、放蕩《ほうとう》狂いも生じようと、父親《てておや》様の考えで、こちらの跡取りにもらったが、家計のきりまわしや商売など、何事にも疎略はないが、このごろはそわそわして何も手につかぬと見うけられる。意見したいこともあるけれど、そうすれば義母も継母も同じと思うであろうか、やいのやいのと言うより、言わずにいる親の身を気づかせ恥じいらせようと思って、目をつぶっている。しかし、聞くべきところ見るべきところは押えている。いつのまにか気が大きくなり、延紙《のべ》の鼻紙を二枚、三枚と、手あたりしだい重ねたまま鼻をかんでいやる。亡くなった親仁の話に、鼻紙をぱっぱと使う者は油断ならぬ奴《やつ》じゃと言われたが、忠兵衛が家を出るときに、延紙《のべがみ》を三折ずつ懐に入れてゆき、どれだけ鼻をかむのやら、戻ってきたときには一枚も残っておらぬ。体がじょうぶだの、若いのといって、あのように鼻をかんでいては、どこかで病気にもかかりましょう」と、愚痴をこぼして奥にはいると、
丁稚《でっち》や小者《こもの》までもが気の毒がり、「旦那《だんな》様、早《はよ》う帰ってください」と、待つうちに日も西に傾き、もう店をしめる時刻になった。

---

母妙閑《めうかん》は火燵《こたつ》のそば離るゝ、こともなん戸《ど》を出で．ヤア今のはなんぞ．丹《たん》波屋《ばや》の銀《かね》の届いたは、たしか十日も以前のこと．なぜ忠兵衛《ちゆうべゑ》は渡さぬの．銀《かね》一今朝《けさ》から二軒三軒の銀《かね》の催促《さいそく》聞いてゐる．親仁《おやぢ》の代《だい》からこの家に、匁《もんめ》の催促得ず．つひに仲間へ難儀をかけず、十八軒の飛脚屋の．鑑《かがみ》といはれたこの亀屋《かめや》．皆は心もつかぬか．忠兵衛がこの頃《ころ》の素振《そぶ》りがどうも呑《の》み込《こ》まぬ．昨今《さつこん》の者は知るまいが、じたいこれの実子《じつし》でなし．もとは大和《やまと》新《にの》口村《くちむら》．勝木《かつぎ》孫《まご》右衛門《ゑもん》といふ大百姓《おほびやくしやう》の一人子《ひとりご》．母御前《ははごぜ》はお死にやつて、継母《ままはは》がゝりのわざくれに．悪性狂《あくしやうぐる》ひも出来《でき》るぞと、父御前《てゝごぜ》の思案で、これの世《よ》取《とり》に貰《もら》ひしが．世帯回《せたいまは》り、商売事《しやうばいごと》、何に愚かはなけれども．この頃はそ

は〳〵と何も手につかぬと見た。意見のしたいことあれど、養子の母も継母も。同前と思はうか。せは〳〵言ふより言はぬ身を。恥ぢ入らせうと思うて、目をねぶつても聞《き》き所《どころ》。見所《みどころ》は見てゐる。いつのまにやら大気《たいき》になり。延紙《のべ》の鼻紙二枚、三枚、手にあたり次第。重ねながら鼻かみやる。過《す》ぎ行《ゆ》かれし親仁の話に。鼻紙びんびと使ふ者は曲者《くせもの》ぢやと言はれたが。忠兵衛が内を出さまに、延紙三折づゝ入れて出て。なにほど鼻をかむやら、戻りには一枚も残らぬ。身が達者なの、若いのとて、あのやうに鼻かんでは。どこぞで病《やまひ》も出ませうと、よまひごとして入りければ。丁稚《でっち》、小者《こもの》も笑止《せうし》がり、早う帰つてくだされかしと。待つ日も西の戻り足、見世《みせ》閉《さ》し頃《ごろ》になりにけり。

## 四 忠兵衛《ちゅうべえ》、八右衛門《はちえもん》に事情を明かす

籠《かご》の鳥のような遊女梅川《うめがわ》に恋い焦《こが》れて廓《くるわ》へ通いつめる忠兵衛は、とぼとぼと家路を辿《たど》っていたが、外向きの金の工面や、家の様子が気になって、心重くあれこれ思い悩む風

情であった。「や、辻君《つじぎみ》も出てくるわ。やあ大変、日が暮れる」と、宙を飛ぶように急いで立ち戻り、門口には着いたものの、留守の間にあるいはあちこちから催促の使いが来て、妙閑《みようかん》の耳にはいってどのような成行きになったやもしれぬと気にかかる。だれか外に出てきてほしい、家内の様子を、くわしく聞いてから中へはいりたいと、自分の家ながら敷居が高く、内を覗《のぞ》いてみると、飯炊《めした》きの万《まん》めが酒屋へ行く様子である。「あいつは木で鼻をくくった無愛想者、ただの聞き方では言うまい。色仕掛けでだまして聞き出してやろう」と、考えているうちに、にゅっと出てきた。樽《たる》を持った手をぎゅっと握りしめると、「あれ、旦那様の」と声をあげる。「アア声が大きい。これ粋《すい》（男女の情に通じた粋人）め、おれはおまえに首ったけほれこんでいる。思い内にあれば色外に表れるというが、おれの目つきをおまえも見てとったか、かわいらしい顔つきで気をもませるのはどういうことじゃい、いっそ殺せ」と抱きつくと、

「フン嘘《うそ》つきなされ。毎日毎日新町通い。延紙《のべ》の鼻紙を二折も三折も使って結構な鼻をかんでいらっしゃいますものを。なんのどうして、わたしらなんかに手鼻もかみたくありますまい。この嘘つきが」と振り切るのを、また抱きついて、「おまえに嘘ついてなんの得がある、まことじゃまことじゃ」と言うと、「それがほんとうなら、晩に寝所へ

いらっしゃいますか」「オオもっとも、もっとも、ありがたい。それについていま少し聞きたいことがある」と言ったが、「それも寝所でしんみりと聞きましょう。けっして嘘にしなさんすなえ。そんならわたしは、お湯沸かして、腰湯《こしゆ》（下《しも》の部分を湯につけて洗うこと）して待っています」と言い捨て、振り切って走っていった。

---

籠《かご》の鳥なる．梅川《うめがは》に焦《こが》れて通ふ里雀《さとすずめ》．忠兵衛《ちゆうべゑ》はどぼ〳〵と、外の工面《ぐめん》、内の首尾《しゆび》．心はくもでかくなはや、十文色《じふもんいろ》も出て来るは．南無三宝《なむさんぼう》、日が暮れると、足を空《そら》に立ち帰り．門口《かどぐち》には着きけれども、留守のうちに方々《はうばう》の．催促使《さいそくづか》ひ、妙閑《めうかん》の耳に入《い》つていかやうの．首尾になつたも気遣はし、誰《たれ》ぞ出よかし、内証《ないしよう》を．とくと聞いて入《い》りたしと、我《わ》が家《いへ》ながら敷居《しきゐ》高く．内を覗《のぞ》けば、飯炊《めした》きの万《まん》めが、酒屋へ行く体《てい》なり．きやつは木で鼻、もぎだう者、たゞは言ふまじ、濡《ぬ》れかけて．欺《だま》して問はんと、思案する間《ま》ににょつと出る．樽《たる》持つた手をしかと締《し》むれば、あれ旦那様のと声立つる．ア、かしましい。こりや、粋《すい》め．おれが首丈《くびだけ》なづんでゐる．思ひ内にあれば、色外に顕《あらは》るゝ．目付きをそちも見て取つたか。かはいらしい顔付きで．

気の毒がらすはどうぢやいやい。いつそ殺せと抱《だ》きつけば．ム、嘘《うそ》つかんせ．毎日〳〵新町通《しんまちがよ》ひ．延紙《のべ》の鼻紙二折、三折．結構な鼻をかまんすもの．なんのわしらに手鼻《てばな》もかみたうあるまい．あの嘘《うそ》つきがと振り切るを、また抱きついて．そちに嘘ついてなんの得《とく》．実《じつ》ぢや〳〵と言ひければ．それが定《ぢやう》なら、晩に寝所《ねどころ》へござんすか．オ、なるほど〳〵、忝《かたじけな》い．それについて、今ちよつと問ふことありと言ひけれども．それも寝所でしつぽりと聞きませう。かならず欺しにさんすなえ．そんならわしは、お湯沸《わか》いて．腰湯《こしゆ》して待ちますと言ひ捨て、振り切り走りけり．

---

忠兵衛《ちゆうべえ》は小腹を立てながらも、もじもじしているところへ、「北の町からいかめしそうにくるのはだれだろう。ヤアア中《なか》の島《しま》の八右衛門《はちえもん》。あいつに会っては面倒」と、東の方へ避《よ》けると、「これ忠兵衛、逃げるまい逃げるまい」と声かけられ、「ヤ八右衛門、これは久しぶり。昨日も今日も一昨日《おととい》も使いの者をやろうやろうと思いながら、なにやかやと延び延びになった。めっきりと寒いが、親仁《おやじ》の疝気《せんき》（下腹痛）や婆様《ばばさま》の虫歯はどうじゃ。アアたいそう酒臭い、飲み過ぎなさるな度を過ごされるな。明日は早々に使いを

やろう。ヤ、あれ（八右衛門の馴染《なじ》みの遊女）がわしに言伝《ことづ》てしたぞ。近いうちに同座いたしたい」とまくしたてると、八右衛門は、「だまらんかい、口三味線《くちじゃみせん》（口先のごまかし）にのせようとしても、のるような男でない。おまえの商売は三度飛脚《さんどびきゃく》でないか。おれの所へ来た江戸からの為替《かわせ》の五十両はどうして届けぬ。五日や三日は我慢のしようもあろう。心やすい仲とこれとはまた別、高い料金を取るからは、だいじな商売、十日余りになるが埒《らち》があかず、今日も使いをやったら、手代《てだい》のやつが横柄な返事をした。まさか他の客へはそうはあるまい。八右衛門をおちょくるのか。北浜《きたばま》（大阪市中央区。豪商が多かった）、靫《うつぼ》（大阪市西区にあった魚市場）、中の島、天満《てんま》の市《いち》の側《かわ》（大阪市北区にあった青物市場）にまで親仁《おやじ》とも呼ばれる八右衛門、おちょくってよいならおちょくられようが、金は今日受け取る。それとも飛脚仲間へ通告しようか。まずおふくろさんに会おう」と、内へはいるのを引きとどめて、「まったくもって申し訳なかった。これ、手を合せる。たった一言聞いてくれ。頼む頼む」と小声で言うと、「また口先ですまそうというのか。梅川《うめがわ》をだました手管と、男のやり方は違う。言うことがあるならばサア聞こう」と、苦々しく極《き》めつけられ、「これ、その声を母が聞いたら、死んでも面目が立たぬことになる。一生の御恩じゃ。まったくもって面目ない」と、はらはらと涙を流

し、

「なにを隠そう、この金は十四日以前に上ってきたが、おまえも知ってのとおり、梅川の田舎の客が金ずくめで張合《はりあ》いをかけてくる。こっちは母や手代の目を盗んで、わずか二百目《め》（匁）や、三百目のかすめとった金、圧倒されて、生きた気もしないところに、梅川を身請《みう》けする話がきまり、もう手打ちするばかりという。梅川の嘆き、おれの面目、もはや心中するつもりで、互いの喉《のど》へ脇差《わきざし》をおしつけ、ひいやりとした寒気まで覚えたけれども、まだ死ぬ時節ではなかったのか、いろいろの邪魔がはいって、その夜は泣いて別れ、明けて今月の十二日。あなたへ届く江戸からの金が思いがけず上るのを、なにとはなしに懐に押し込んで、新町《しんまち》まで一目散に、どう飛んでいったやら覚えていないほど夢中で駆けつけた。いろいろと親方に頼んで、田舎客との承諾事を破らせ、こっちへ身請《みう》けの相談をして、その五十両を手付金に渡し、うまく梅川を引き止めたのも、八右衛門という男を友達に持ったゆえと、心の中では朝に晩に、北に向かって拝んでいるよ。しかしながら、いくら親しい仲といっても、先に断っておいて使うのなら借りるも同然だが、事後の断りではどうだろうかと思っているうちに、そちらからは催促。嘘《うそ》に嘘が重なってしまい、初めの真実も虚言となってしまい、今、なにを言っても真実とは思われないであろう。けれども遅くても四、五日の間に、ほかの金も上ってくるはず、どのようにでも遣《や》り繰《く》りして、一銭たりとも損はかけぬ。この忠兵衛を人間と思うと腹も立とう。犬の命を助けたと思って堪忍してくだされ。これを思うと、世の中に罪人が絶えぬのも道理。このうえは忠兵衛も盗みをするよりほかに道はない。男の口からこのようなこと言えようものか、察してくれ。喉《のど》から剣《つるぎ》を吐くといってもこれほどにはあるまい」と、涙をふりしぼるばかりに泣くのであった。

鬼とでも組み合うばかりの八右衛門もほろりっと涙ぐみ、「言いにくいことをよく言うた。丹波屋《たんばや》の八右衛門、男や。辛抱して待ってやる。うまくやれ」と言うと、忠兵衛は土に額をつけて、「ありがたいありがたい、父二人、母三人と、親は五人持ったが、その親の恩より、八右衛門、御身《おんみ》のご恩は忘れぬ」と、とかくの言葉もなく泣くばかりであった。

「そう思っているなら満足。サア人も見る。そのうち」と、別れようとしたところに、内から母の声で、「ヤア八右衛門様か。忠兵衛、こちらへお通しもうせや」と声をかけられ、しかたなくもじもじと連れ立って内にはいった。

忠兵衛《ちゆうべゑ》はうそ腹《ばら》のたち煩《わづら》ひてゐるところに．北の町からいかつげに来るは誰《たれ》ぢや．ヤア、中《なか》の島《しま》の八右衛門《はちゑもん》．きやつに会うてはむつかしと．東の方《かた》へ出違《でちが》へば、これ忠兵衛．外《はづ》すまい〳〵と、声かけられ．ヤ八右衛門、この中《ぢゆう》は久しい．昨日も、今日も、一昨日《をととひ》も．人やろ〳〵と思うて、何やかやと延引《えんいん》した．めつきりと寒いが、親仁《おやぢ》の疝気《せんき》は、婆様《ばばさま》の虫歯は．ア、いかう酒臭い、過しやるな〳〵．明日は早々《さうさう》人やらう。ヤ．これそが言伝《ことづ》てしたぞや．近日一座いたしたいと、たくしかくれば、八右衛門．おけやい．口三味線《くちじやみせん》にのせかけても、のるやうな男でない．そちが商売は三度でないか．身が方へ上つた江戸為替《えどがはせ》の五十両は、何として届けぬ．五日、三日は了簡《れうけん》もあるぞかし．心易《こころやす》いは各別、高駄賃《たかだちん》かくからは大事の家職《かしよく》．十日に余れど埒《らち》明かず、今日も使ひをやつたれば．手代《てだい》めが嵩高《かさだか》な返事した．よもや脇《わき》へはさうあるまい。八右衛門を嬲《なぶ》るか．北浜《きたばま》、靱《うつぼ》、中の島、天満《てんま》の市《いち》の側《かは》まで．親仁《おやぢ》とも言はる、八右衛門．嬲つてよくは嬲られうが、銀《かね》は今日請け取る．たゞし、仲間へこたへうか。まづお袋に会はうと．内へ入《い》るを引《ひ》き留《とど》め、さりとてはあやまつた．これ、手を合す、たつた一言《いちごん》聞いてたも。拝む〳〵と囁《ささや》けば、また口先《くちさき》で済さうや。梅川《うめがは》を欺《だま》したと、男の行きは違うた。言ふことあらば、サア聞かうと、苦々《にがにが》しく極《き》めつけられ。これ、その声を母が聞けば、死んでも一分《いちぶん》立たぬこと。一生の御恩ぞ、さりとては面目《めんぼく》ないと、はら〳〵と泣きけるが。

何を隠さう、この銀《かね》は十四日以前に上りしが。知つてのとほり、梅川が田舎客《ゐなかぎやく》。銀《かね》づくめにて張合《はりあ》ひかける。此方は、母、手代の目を忍んで。わづか二百目、三百目のへつり銀《がね》。追ひ倒されて、生きた心もせぬところに。請け出す談合極《だんかふきは》まつて、手を打たぬばかりといふ。川が嘆き、我らが一分《いちぶん》、すでに心中《しんぢゆう》するはずで。互ひの喉《のど》へ脇差《わきざし》のひいやりとまでしたれども。死なぬ時節《じせつ》か、いろ〳〵の邪魔ついて。その夜は泣いて引き別れ、明くれば当月十二日。そなたへ渡る江戸銀《がね》がふらりと上るを、何かなしに。懐に押し込んで、新町《しんまち》まで一散《いつさん》に。どう飛んだやら覚えばこそ、だん〳〵宿《やど》を頼んで。田舎客の談合やぶらせ、こつちへ根引《ねび》きの相談しめ。かの五十両手《て》付《づけ》に渡し、まんまと川を取《と》り止《と》めしも。八右衛門といふ男を友達に持ちし故《ゆゑ》と。心のうちでは朝晩に、北に向ひて拝むぞや。さりながら、いかにねんごろなればとて．先《さき》に断り立ておいて、使へば借るも同前．後《あと》ではいかゞと思ふうち、其方からは催促．嘘《うそ》に嘘が重なつて、初手《しよて》のまことも虚言《きよごん》となれば．今何を言うても、まことには思はれじ．されども遅うて四、五日中、外《ほか》の銀《かね》も上るはず．いかやうともしおくつて、一銭《せん》一字《じ》損かけまじ．この忠兵衛を人と思へば腹も立つ．犬の命を助けたと思うて、了簡頼《れうけんたの》み入《い》る．これを思へば、世の中にお仕置者《しおきもの》の絶えぬも道理．この上は、忠兵衛も盗みせうより外《ほか》はなし．男の口からかやうのこと言はれうものか、推量あれ．のどより剣《つるぎ》を吐くとても、これほどにはあるまじと、絞り．泣きにぞ泣きゐたる．

鬼とも組まん八右衛門、ほろりつと涙ぐみ．言ひにくいことよう言うた．丹波屋の八右衛門、男ぢや、了簡して待つてやる．首尾《しゆび》ようせよと言ひければ、忠兵衛、土に額《ひたひ》をつけ．忝《かたじけな》い〳〵、父《てて》二人、母三人．親は五人持つたれども、その恩よりは八右衛門．貴殿《きでん》の御恩忘れぬと、とかうは涙ばかりなり．

さう思へば満足、サア人も見る、そのうちと．立ち別れんとせしところに、内より母の声として、ヤア八右衛門様か。忠兵衛、これへ通しましやと、こゑかけられて、為方《せんかた》なくもぢ〳〵連れ立ち入りにけり。

## 五 鬢《びん》水《みず》入《い》れの五十両

母は律儀《りちぎ》一途《いちず》に、「先ほどはお使いが、また今はご自身がおいで、ごもっともごもっとも。これ、あちら様の金が届いたのは十日も前、どうして届けが延びているのじゃ。胸にしっかりと手を置いて、よく考えてみなさい。遅く届くのなら飛脚はいらぬ。何がおまえの商売か。サア今渡してさしあげなされ」と忠兵衛《ちゅうべえ》に言うが、渡す金はない。八《はち》右衛《え》門《もん》も心底は聞き納得ずく。「これ、おふくろ。はばかりながら八右衛門が五十両や七十両の金、急に要《い》ることもない。これからすぐに長堀《ながほり》（大阪市中央区）まで行くので、明日にでも」と、立とうとすると、「いやいやたいせつなお金を預かっていれば、心配で夜も寝られぬ。のう忠兵衛、さっさと渡しなされ」とせきたてられ、忠兵衛は「はっ」と言うよりほかはなく、納戸《なんど》にはいり、うろうろしてみても金はない。入れもしない戸棚の錠をあけるふりして、ぴんという鍵《かぎ》の音にも気がとがめ、胸の中で願《がん》だて、あるいは神降ろしと、狂気のごとく気をもんだが、「ヤレありがたい、この櫛箱《くしばこ》に陶器の鬢水入れ《びんみずいれ》（調髪用油を入れる小判形の器）が。これこそ、氏神様《うじがみ》のお助け」と、三度押し頂いて、紙を広げてくるくると駿河包み《するがづつみ》（元禄以前の小判鋳造所は、江戸、京、佐渡、駿河。各々包み方に決まりがあり、駿河では包んだ紙の端を紐《ひも》でくくる）に手早く包み、すぐさま金五十両と墨も黒々と書いたが、それにしてもよくも似せた五十両で、母に一杯くわせたその悪知恵の程はおそれ多いことだ。

「これこれ八右衛門殿、今渡さなくてもよい金だが、母の気持を落ちつかせるために、男気のあるそなたと見込んで、やむなく渡す金。すんなりと受け取って母を安心させてやってくだされ。包みはあけるまでもあるまい。いじってみても五十両。受け取ってくれるかくれないか、どうしてくれる」と差し出す。八右衛門は手に取って、「ハテ、だれだと思う、丹波屋《たんばや》の八右衛門じゃ。受け取るのに文句はない。これ、おふくろ。江戸《えど》為替《がわせ》はたしかに受け取りました。不動（北野不動寺。妙閑《みょうかん》はほんとうに受け取ったと思ってはお待ちしています」と、立ち上がるところを、「これ、忠兵衛。仕切状《しきりじょう》（受取証文）を添えた為替の手続は、金と手形と引替えじゃ。もし御持参ないならば、一筆《いっぴつ》ちょっと書いてもらいなされ。ものは念というもの」

と言うと、「オオそうそう。母は無筆で一字も読めぬけれども、印《しるし》ばかりに一筆」と、忠兵衛が硯《すずり》を出して目くばせすると、八右衛門は、「やすいことやすいこと、忠兵衛、文言をこれ見ときや」と、筆にまかせて書き散らす。「一、金子《きんす》五十両受け取り申さず候。右、約束のとおり、晩には廓《くるわ》で飲みはじめよう。わたしは太鼓持をつとめる。太鼓判、間違いないことだ。いつ何時でも遊興のときは、必ず参上申しましょう。よって紋《もん》日《び》（遊里の祝い日で、遊客は特別の祝儀を必要とした）のために、鬢水入れは右のとおり」と、馬鹿げたことをだらだら書き散らして、「ではおいとま申そう」と表へ出ると、妙閑は、「書きつけた証文こそ確かな証拠」と、まただまされた正直者の親の心根《こころね》たるや仏のようであるが、世には仏の顔も三度までというではないか。ともあれこうして三度飛脚屋の江戸からの便りを待つ夜もだんだん更けていった。

---

母は律儀《りちぎ》一遍《いっぺん》に．先ほどはお使ひ、また、御自身のお出《い》で、ごもっとももく．これ、あなたの銀《かね》の届いたは十日も以前、何として延引《えんいん》ぞ．胸にとつくと手を置いて、よう思案してみや．遅う届けば飛脚はいらぬ．何がそなたの商売ぞ．サア今渡してあげましやと言へども、渡す銀《かね》はなし．八《はち》

右衛門《ゑもん》も底意《そこい》は聞く。これお袋．恥づかしながら八右衛門が、五十両や七十両．急にいることもなし．これより直《すぐ》に長堀《ながほり》まで参れば．明日でもと、立たんとすれば、いや／＼．大事のお銀《かね》預かれば、気遣ひで夜も寝られず．なう忠兵衛、きり／＼渡しやと、せりたてられ、あつと言ふより納戸《なんど》に入り．うろ／＼しても銀《かね》はなし。入れもせぬ戸棚の錠《ぢやう》．開ける顔して、ぴんといふ鍵《かぎ》の手前《てまへ》も恥づかしく．

胸に願《ぐわんだ》立て、神下《かみお》ろし、狂気のごとく気を揉《も》みしが．ヤレ有難《ありがた》や、この櫛箱《くしばこ》に焼物《やきもの》の鬢水入《びんみづい》れ．これ、氏神《うぢがみ》と三度戴《いただ》き、紙押し広げくる／＼と．駿河《するが》包《づつ》みに手ばしこく、金五十両墨黒《すみぐろ》に．似せも似せたり五十杯．母には一杯参らせしその悪知恵ぞ勿体《もつたい》なき．

これ／＼八右衛門殿．今渡さいでも済む銀《かね》ながら、母の心を安めるため．男を立てるそなたと見て、為方《せんかた》なうて渡す銀．さつぱりと請け取つて、母の心を安めてたも．包みは解くにおよぶまじ。いらうてみても五十両．どうしてたもると、差《さ》し出《いだ》す。八右衛門、手に取つて．ハテ誰《たれ》ぞと思ふ、丹波屋の八右衛門．請け取るに子細《しさい》はない。これお袋．江戸為替《えどがはせ》たしかに請け取りました。不動参《ふどうまゐ》りに待ちますると立つところを。妙閑《めうかん》まことと思ひてや、これ忠兵衛。仕切為替《しきりがはせ》の作法は、銀《かね》と手形《てがた》とひきかへ。もし御持参なきならば、一《ひ》ト筆《ふで》ちよつと書かせましや。物は念《ねん》ぢやと言ひければ。オ、それ〳〵、母は無筆《むひつ》の一文字《もんじ》も読まれねども。しるしばかりに一筆と、硯《すずり》出して目くばせすれば。易《やす》いこと〳〵、忠兵衛、文言《もんごん》これ見やと。筆にまかせて書き散らす。一つ、金子五十両請け取り申さず候。右約束のとほり、晩には廓《くるわ》で飲みかけ。我らは太鼓実正《たいこじつしやう》明白《めいはく》なり。何時《なんどき》なりとも騒ぎの節、きつと参上申すべく候。よつて紋日《もんび》のため、鬢水《びんみづい》入れ件《くだん》の如《ごと》しと。阿呆《あはう》のたら〳〵書き散らし、さらばお暇《いとま》申さうと。表へ出れば、妙閑は書いた物こそ物言へと。また欺《だま》されし正直の親の心や仏の顔も。さんど飛脚《びきやく》の江戸の左右《さう》待つ夜もやう〳〵更けにけり。

## 六 忠兵衛《ちゆうべえ》、新町《しんまち》へ

表に馬の鈴の音。「こりやこりや荷物が着いたぞ。中戸《なかど》（建物内の店庭と中庭を仕切る戸）をあけろ、中戸」と声高《こわだか》に、めいめい手に手に葛籠《つづら》をかつぎこむ。忠兵衛親子は機嫌よく、「サア運が直った。来年もしあわせな年になろう。馬子衆《まごしゅ》に、酒を、煙草《たばこ》を」と言いながら、硯《すずり》をひきよせ帳面をつけ、家中が大いに賑《にぎ》わうと、

手代《てだい》の伊兵衛《いへえ》はいぶかしげに、「のう、堂島《どうじま》のお屋敷から、『金三百両が九日に来るはず。先案内が来た。なぜ遅い』と、お侍《さむらい》の甚内《じんない》殿が睨《にら》みつけて帰られたが、どうしたどうした」と言うと、宰領《さいりょう》（荷物に付き添う頭《かしら》）が腰に巻いた胴巻《どうまき》から、「その三百両は承知。これは至急のご用、今夜中にお届けの荷。それにあちこちの為替《かわせ》の金高、しめて八百両」と、金をがらがらと取り出す。忠兵衛はますます元気づき、「白銀《しろかね》（銀貨）は内蔵《うちぐら》へ、金子《きんす》（金貨）は戸棚へ。母上、わたしはすぐにこの小判、お屋敷へ持参します。人の金を預かっておれば、皆も門口にも気をつけて早く閉めよ。火の用心がいちばんだいじ。帰りはちょっと遅くても、駕籠《かご》で行くなら心配ない。夜食をすまして早う寝よ」と、金を懐中にして、羽織《はおり》の紐《ひも》を結び、霜の置く夜の門口を出たが、ついいつもの出なれた足の癖で、心では北《きた》（堂島）へ行く行くと思いながらも、体は南《みなみ》（新町）へ向い、西横堀（大阪市内の西側を南北に通じる堀川。淡路町から新町への通い路）をふらふらと、心の底まで染みこんだ遊女のことに気をとられ、米屋町（大阪市中央区南本町）ま

で歩いてきて、「ヤア、これは堂島のお屋敷へ行くはず、狐《きつね》がだますのか、しまった」と引き返したが、「ムム思わず知らずここまで来たのは、梅川《うめがわ》が用事あって、氏神《うじがみ》様のお誘いかも。ちょっと寄って、顔を見てから」と、また立ち戻っては、「いやここがだいじ。この金を持っていては使いたくなるだろう。やめておこうか。行ってしまおうか。ええ行ってしまえ」と、一度は思案したが、二度めは分別をなくした三度《さんど》飛脚《びきゃく》。新町の方へ戻れば、三度にあらず、合せて六道〈六度を、死後の世界の六道〈地獄・餓鬼・畜生・修羅・人間・天道〉に言い掛ける〉のあの世へ旅立つ冥途《めいど》の飛脚となるものを……。

---

表に馬の鈴の音《おと》。こりや〳〵、駄荷《だに》が着いたぞ．中戸《なかど》〳〵と声高《こわだか》に、手々《てんで》に葛籠《つづら》かたげこむ．忠兵衛《ちゆうべゑ》親子機嫌よく、サア拍子《ひやうし》が直つた。来年も仕合《しあは》せうま．馬子衆《まごしゆ》に、酒よ、煙草《たばこ》よと．硯控《すずりひか》へつ帳つけて家内どんどと賑《にぎ》はへば．

手代《てだい》の伊兵衛《いへゑ》気疎《けうと》げに．なう、堂島《だうじま》のお屋敷から．金三百両、九日に来るはず、先状《さきじやう》が上つた．何とて遅いと、お侍《さむらひ》の甚内《じんない》殿が．睨《ね》めつけて帰られた、何と〳〵と言ひければ．宰領《さいりやう》が打飼《うちがひ》より、その三百両合点《がつてん》．これ急々《きふきふ》の御用、今夜中にお届け．方々の為替金高《かはせきんだか》八百両、ぐわらり〳〵と取り出す．忠兵衛いよ〳〵勢ひよく、白銀《しろかね》は内蔵《うちぐら》へ．金子は戸棚へ。母ぢや人《ひと》、わしは直《ぢき》にこの小判．お屋敷へ持参する。人の銀《かね》を預かれば．表も気をつけ、早う閉《し》め、火の用心が一大事．戻りはちつと遅うても、駕籠《かご》で行けば気遣ひない．夜食《やしよく》しまうてはや寝よと、銀懐中《かねくわいちゆう》に、羽織《はおり》の紐《ひも》．結《むす》ぶ霜夜《しもよ》の門《かど》の口、出馴《でな》れし足の癖になり．心は北へ行く〳〵と思ひながらも身は南．西横堀《にしよこぼり》をうか〳〵と、気に染《し》みつきし女郎《よね》がこと．米屋町《こめやまち》まで歩み来て、ヤア．これは堂島のお屋敷へ行くはず．狐《きつね》が化かすか、南無三宝《なむさんぼう》と引き返せしが．ム、我知らず、こゝまで来たは．梅川《うめがは》が用あつて氏神《うぢがみ》のお誘ひ．ちよつと寄つて、顔見てからと．立ち返つては、いや大事．この銀《かね》持つては使ひたからう。おいてくれうか．行つてのけうか、行きもせいと．一度は思案、二度は無思案《ぶしあん》、三度飛脚．戻れば合せて六《ろく》だうの、冥途《めいど》の飛脚と

# 中《ちゅう》之《の》巻《まき》　新町《しんまち》越後屋《えちごや》の場

## 一　梅川《うめがわ》、苦しい心中を吐露

「えいえい、烏《からす》がな、烏がな、浮気烏が、月夜も闇《やみ》も、首尾《しゅび》を求めてあおうあおうとさ」という流行歌《はやりうた》にもあるとおり、うかれ遊客がくる日もくる日も逢瀬《おうせ》を求めて、阿呆《あほう》の数々を尽くす新町遊廓《ゆうかく》は、恋の奴《やっこ》の青編笠《あおあみがさ》がほのかな炭火に赤く照りはえる夕方まで、思い思いの恋風に身をまかすことであるよ。恋と哀れは種は一つ。天神《てんじん》は梅（遊女の最高位の太夫《たゆう》を「松」、それに次ぐ天神を「梅」と言った）とたとえるように匂い芳《かんば》しく、松と呼ばれる太夫の高い位もよいけれども、総じて情《なさけ》の深いのは見世《みせ》女郎《じょろう》（通りに面した見世《みせ》格子《ごうし》で客を待つ遊女）。更紗禿《さらさかむろ》（更紗の着物を着た、遊女に仕える童女）の案内で、橋渡しを得たいものよ。佐渡屋町《さどやまち》の越後屋は、女主人ということで、立ち寄る遊女も気兼ねせず、秘めた思いもうちあけられる恋のたまり場となっている。

心つらきおりとて梅川《うめがわ》も、この店を忠兵衛《ちゅうべえ》と思いを遂げる定宿としていて、よその勤めも欠きがちであるが、今もまた、島屋《しまや》（茶屋の名）をちょっと抜け出してきて、

「もうし、清《きよ》さん。今日は島屋で、あの田舎《いなか》の無粋者《ぶすいもん》に無理強《じ》いされて、頭が痛い。忠《ちゅう》様はまだ見えませぬかえ。せめてもの縁に、あなたの顔が見たくて座敷を抜けてきた」

と、表の障子戸《しょうじど》をあけて入ってきたが、明朝にもなれば、いつもは二人が後朝《きぬぎぬ》の別れを惜しむこの障子戸までもが、二人を偲《しの》ぶよすがとなるのであろうか。

---

えい／＼、烏《からす》がな／＼．浮気烏《うはきがらす》が月夜も闇《やみ》も．首尾《しゆび》を求めて、あはう／＼とさ．青編笠《あをあみがさ》の．紅葉《もみぢ》して．炭火《すみび》ほのめく夕べまで、思ひ／＼の恋風や．恋とあはれはたね一つ．梅芳《かんば》しく松高き．位は．よしや引き締めて、あはれ深きは見世女郎《みせぢよらう》．更紗禿《さらさかぶろ》が知るべして．橋がかけたや佐渡屋町《さどやまち》、越《ゑち》後《ご》は女主人《をんなあるじ》とて．立ち寄る女郎《よね》も気兼ねせず、底意《そこい》残さぬ．恋の淵《ふち》．身のうきしほでうめ川も、こゝを思ひの定宿《ぢやうやど》と．余所《よそ》の勤めもかきの本《もと》

島屋《しまや》をちよつと島隠《しまがく》れ．
申し、きよさん．今日は島屋で、かの田舎《ゐなか》のうてずに．せびらかされて、頭《つぶり》が痛い．忠《ちゆう》様はまだ見えぬかえ．せめての所縁《ゆかり》に、こなさんの．顔が見たさに貸しに来たと．入《い》るさの門《かど》の障子戸《しやうじど》もあくる朝《あした》の形見かや．

「まあまあよう来られました。あのとおり、二階にも女郎様たちが大勢遊びにいらして、お客を待つ間の酒の座興に拳《けん》（互いに突き出した右指の合計を言い当てる遊戯）をしておられます。あなたもお気晴らしに一拳して酒も一つ。お仲間たちもいらっしゃいます」と言われて、梅川《うめがわ》も二階へ上がると、隙間風《すきまかぜ》の吹き込む部屋の中では、男まじえずに火鉢酒《ひばちざけ》の最中。拳をうつ手つきもけだるげで、「ろませ（唐音で六のこと）」「さい（七）」「とうらい（十）」「さんな（三）」「同じことだよ」と豊川《とよがわ》（遊女の名）に言いながら声の高い高瀬《たかせ》（遊女の名）が腕《かいな》を突きさしうつ拳は、「はま（八）」「さん（三）」「きう（九）」「ごう（五）」「りう（六）」「すむい（四）」、それそれどうじゃ、参ったか。もともとちょっとはいける鳴戸《なると》瀬《せ》様。さあ酒《ささ》一つ」「あれ、梅川様がいらっした」「のう、よいところへ来てくだされた。あなたは拳の上手。夕方から、千代歳《ちよとせ》様に負かされてくやしい。かたきをとってくださいませ。銚子《ちようし》をかえや」と言うと、

「アアうっとうしい酒や、拳をする気も起らない。この梅川の今の身の上を少しは泣いてほしい。田舎《いなか》の客が身請《みう》けのことを、今日もまた今日で、島屋において理屈をこねて無理強《じ》い。腹が立つやら、憎らしいやら。とはいうものの、こちらは先、忠兵衛《ちゆうべえ》様は後手ではあり、親方の骨折りのお陰一つで、手付金も渡し、後金支払いの約束の日限が切れるのも言い延ばして、今日までは二人の間もつながってきたが、忠様も世帯持ち、養子の母御《ははご》様の手前といい、武家方や歴々の旦那《だんな》衆を顧客にして、東海道を股《また》にかけてのだいじな商売。どんなことがもしや障害となって、田舎の客に身請けされたら、わたし一人は死んでもしまえる。天神《てんじん》、太夫《たゆう》という身分でもない。けれども、『わずかの金に気がふれた見世《みせ》女郎のあさましさよ』と、世間は評判しよう。同輩の掃部《かもん》殿をはじめとして、格子《こうし》女郎（見世女郎に同じ）衆の手前もあること、忠様と晴れて一緒になり、あれやこれやと人に噂《うわさ》されてきた恥をすすぎとうござんす」と、泣き濡《ぬ》れて話すにつけ、

一座の遊女も、わが身の上に思い合せて、「もっとも」と、一緒に涙を流したが、

「アアひどく気がめいる。さっぱりと浄瑠璃《じようるり》にしませんか。禿《かむろ》たち、ちょっと行って、

竹本頼母《たのも》（竹本義太夫の門弟で化粧品店も経営。この場を語っていたか）様を借りてこい」「いや、さっき鬢《びん》付け油を買おうとして聞きましたが、芝居からそのまま越後町の扇屋へ行かれたそうな。わたしは頼母様の弟子なので、よく似たところをお聞きなされ。サア三味線」と言いながら、夕霧《ゆうぎり》の昔のことを今のわが身の上にひきかけて、

「『傾城《けいせい》（遊女）に誠はないと、世間の人は言うけれども、それはみな誤り、男女の機微を知らぬ者の言葉であるよ。誠も嘘《うそ》も本《もと》は一つ。たとえば命を投げうち、どれほど誠を尽しても、男のほうから便りがなく、遠ざかるそのときは、心激しく思い焦《こが》れても、こうした遊女の身であれば思うままにならず、おのずと思いもしない客の身請けにあい、そうなれば、かけた誓いも嘘となる。また初めから心動かぬまま、身の勤めというだけで逢《あ》う人も、たえず逢瀬《おうせ》が重なって、終生の伴侶となる時は、初めの嘘もみな誠となる。とかくただ恋路には偽りもなく誠もない。縁のあるのが誠であるよ。逢うことのできぬ男を、思いに思い続けて思いが積り、そのあげくにふっと気持が醒《さ》めてしまうこともある。男は、辛《つら》いよ、不実な仕儀だと恨むであろう』（浄瑠璃『夕霧三世相』から）。

恨むなら恨むがよい。いとしいと思うこの病《やまい》は、勤めをする身の持病であろうか」と、恋に浮世《うきよ》を投げ出してしまうほどの思案のさまに、酒の座もしらけて醒めてしまった。

さつてもようござんした。あれ二階にも女郎《ぢよらう》様たちが、大勢遊びにござんして、お客待つ間《ま》の酒事《ささごと》。拳《けん》をしてござんする。こなさんもお気晴《きば》らしに、一拳して酒一つ。傍輩《はうばい》様もござんすと、上がる二階の隙間風《すきまかぜ》。男まぜずの火鉢酒《ひばちざけ》。拳の手品《てじな》の手もたゆく、ろませ、さい、とうらい、さんな同じこととよ、とよ川《がは》に、声の高瀬《たかせ》がさすかひなには、はま、さん、きう、ごう、りう、すむい、それ〳〵なんと、じたい一つは、なるとせ様、あれ、梅川《うめがは》様のござんした。なう、よい所へ来てくだんした。こなさん、拳の上《じや》手《うず》、宵《よひ》から、千代《ちよ》とせ様にしつけられて無念な、敵《かたき》取つてくだんせ。銚子《てうし》直しやと、言ひければ、

ア丶うたての酒や、拳をする気もあらばこそ、この梅川が今の身を、少しは泣いてもらひたや、田舎《ゐなか》の客が身請けのこと、今日も今日とて、島屋にて、理屈をつめてねだれごと。腹が立つやら、憎いやら、とはいひながら、これは先《せん》、忠兵衛《ちゆうべゑ》様は後手《ごて》といひ、宿《やど》の精力《せいりき》一つにて、手付《てづけ》も渡し、約束の日限《ひぎり》切れるも言ひ延ばし、今日までは繋《つな》がりしが、忠《ちゆう》様も世帯持《せたいもち》養子の母御《ははご》の手前といひ、屋敷方《がた》、歴々《れきれき》の、町方《まちかた》を引き受けて、東路《あづまぢ》かけ

ての大事の商売．いかなることが邪魔になり、田舎の客に請けられては．我が身一つは死んでものけう。天神《てんじん》、大夫《たいふ》の身でもなし．さもしい銀《かね》に気がふれた見世《みせ》女郎《ぢよらう》のあさましさと．世間の唱《とな》へ、傍輩のかもん殿をはじめとして．格子《かうし》女郎衆の手前もあり．忠様と本意《ほんい》を遂げ、とやかう人に歌はれし．面《めん》が脱ぎたうござんすと、泣きしみ．づきて語るにぞ．

一座の女郎、身の上に．思ひ合せて、もつともと、連れて涙を流せしが．アヽいかう気が滅入《めい》る。わつさりと浄瑠璃《じやうるり》にせまいか．禿《かぶろ》ども、ちよつと行《い》て、竹本頼母《たけもとたのも》様借《か》つて来い．いや、先《さき》に鬢付《びんつ》け買ふとて聞きましたが．芝居から直《すぐ》に越後町の扇屋《あふぎや》へ行《い》かんしたげな．私《わたし》は頼母様の弟子なれば、よう似たところを聞かんせ。サア三味線《しやみせん》と、ゆふぎりの昔を今にひきかけて．

傾城《けいせい》にまことなしと、世の人の申せども．それはみな僻事《ひがこと》、わけ知《し》らずの言葉ぞや．まことも嘘も本《もと》一つ．たとへば、命投げ打ち、いかにまことを尽しても．男の方《かた》より便りなく遠ざかるその時は．心やたけに思ひても．かうした身なれば．まゝならず．おのづから思はぬ花の根引《ねび》きにあひ．かけし誓ひも嘘となり．またはじめより偽りの勤めばかりに逢ふ人も．絶えず重ぬる色衣《いろごろも》、つひの寄るべとなる時は. はじめの嘘もみな誠. とかくたゞ恋路《こひぢ》には偽りもなくまこともなし. 縁のあるのがまことぞや. 逢ふこと叶《かな》はぬ男をば、思ひ〳〵て思ひが積り. 思ひざめにもさむるもの。つらや如在《じよざい》と恨むらん.

恨まば恨め、いとしいといふこの病. 勤めする身の持病かと. 恋に浮世《うきよ》をなげ首の酒も. 白《しら》けてさめにけり.

---

## 二 八右衛門《はちえもん》、忠兵衛《ちゆうべえ》の苦境を明かす

中の島《なかのしま》の八右衛門《はちえもん》は、九軒町《くけんちよう》（廓内の一番北の通り）の方から浄瑠璃《じようるり》を聞きつけ、「ヤアみな聞き覚えのある傾城《けいせい》たちの声。おかみはいるか」と、つっとはいり、柄差箒《えさしぼうき》（長柄の箒）を逆手《さかて》に取り、二階の下から板敷をがたがたと突き鳴らし、「女郎衆、あんまりじゃ。ここにも人が聞いている。いったいどんな男でそれほどに恋しいのか。男がいなくて寂しいのなら、お気には召さずとも、ここにも一人いる、貸してやろうか」とわめいた。梅川《うめがわ》は八右衛門とも気づかず、「でも逢《あ》いたいというのが本心じゃもの。そ

れが憎いのなら、ここへ来て叩《たた》きなされ。清様《きよ》、下にいるのはどなたさんじゃ」「いや気遣いいりませぬ。中の島の八様」と聞くなり、梅川ははっとして、「これこれ、あのおひとには会いともない。皆様、下りてくださんせ。わたしが二階にいることを、かならずかならず言わないでよ」「そこらは承知じゃ」と、うなずいて、皆々が座敷に出ていくと、

八右衛門は、「ヤア千代歳《ちよとせ》様、鳴戸瀬《なるとせ》様、お歴々《れきれき》のおあつまり。梅川殿は宵《よい》の口に、島屋《しまや》の座敷からもらわれて帰られたそうな。忠兵衛《ちゆうべえ》もまだ見えそうもない。おかみ、ここへ寄りなされ。女郎衆も禿《かむろ》たちも、忠兵衛のことについて耳打ちしておくことがある。ここへここへ」とひそひそ内緒めかすと、「ハアア何事やろう、心配な」と言いながらも、二階の梅川に悪い噂《うわさ》でも聞かせることにならぬかと、皆が気を配っているその時に、

忠兵衛は世を忍ぶ思いで、心こごえる氷のような三百両を抱いて、身も懐も冷える寒い夜に、越後屋《えちごや》に走りついて、中を覗《のぞ》くと、八右衛門が上座《かみざ》に座って自分の噂話。はっと驚き立聞きする。二階には梅川が心を澄まし壁に耳をおしあて、様子をうかがっているが、「壁に耳あり」の諺《ことわざ》どおり、八右衛門の話が表と二階に漏れ聞えたことが二人の破滅の端緒となった。

中《なか》の島《しま》の八右衛門《はちゑもん》、九軒《くけん》の方《かた》より浄瑠璃《じやうるり》聞きつけ．ヤア皆聞き知つた女《よ》郎《ね》の声々、花車《くわしや》内にかと、つゝと入り．柄差箒逆手《えさしばうきさかて》に取り、二階の下から板敷《いたじき》を．ぐわた〳〵と突き鳴らし．女郎衆、あんまりぢや、こゝにも人が聞いてゐる．いかなる男で、それほどに恋しいぞ．男がなうて寂しくは、お気には入らずと．これにも一人、貸してやろかと喚《わめ》きける．梅川《うめがは》はそれとも知らず、デモ逢《あ》ひたいが定《ぢやう》ぢやもの．憎いなら来て叩《たた》かんせ．きよ様、下《した》なは誰《たれ》さんぢや．イヤ大事ござんせぬ。中の島の八様と．聞くより梅川はつとして、これ〳〵、あのさんには会ひともない．皆様下りてくださんせ。私《わたし》が二階にゐることを．かならず〳〵言ふまいぞ．そこらは粋《すい》ぢやと、うち頷《うなづ》き、皆々座敷に出でければ．

ヤア千代とせ様、なるとせ様．歴々の御参会《ごさんくわい》．梅川殿は宵《よひ》の口、島屋《しまや》を貰《もら》うて往《い》なれたげな．忠兵衛もまだ見えそもない．花車《くわしや》、こゝへ寄らつしやれ．女郎衆も禿《かぶろ》どもも、忠兵衛がことにつき．耳打つておくことがある。こゝへ〳〵と、ひそ〳〵すれば．ハア、何事《なにごと》やら、気遣ひなと言へども、二階の梅川に．悪い噂《うはさ》も聞かせんかと、皆気を配るをりふしに．

忠兵衛は世を忍ぶ心の氷三百両．身も懐も冷《ひ》ゆる夜に、越後屋《ゑちごや》に走りつき．内を覗《のぞ》けば、八右衛門横座《よこざ》を占めて我《わ》が評判．はつと驚き立聞《たちぎ》きす。二階には梅川が．心をすます壁に耳、漏る、ぞ仇《あだ》のはじめなる．

---

そうとは知らないので八右衛門《はちえもん》は、「こう言うと、忠兵衛《ちゆうべえ》を憎み妬《ねた》むようであるが、神に誓って嘘《うそ》ではない、あの男の身の行く末がいとおしい。なるほど千両、二千両と人の金を預かり、しばらくの間は手許《てもと》に置くけれども、自分の金といっては家屋敷、家財道具一切あわせてせいぜい銀十五貫目（二百六十八両）、およそ二十貫目にもならぬ財産である。大和《やまと》の親が金持でも、亀屋《かめや》へ養子にこさせるところをみると、高《たか》の知れた百姓。こういうこの八右衛門も若い者の習いとして、一年に五百目や一貫目程度は揚屋《あげや》（太夫《たゆう》・天神《てんじん》を呼び、揚げて遊興する店）の座敷にもあがらねばならぬ。身の程もわきまえぬ忠兵衛が、梅川《うめがわ》にのぼせあがって、島屋《しまや》の客と張り合い、五月よりこのかたほとんど揚《あ》げ詰《づ》めで、身請《みう》け話も近頃《ちかごろ》決まり、百六十両のうち五十両を手付《てつけ》に渡したそうな。そのために、ほうぼうへの届け金に不始末が生じ、どこでもかしこでもゆきあたりばっ

たりの嘘八百、いよいよ身動きがとれなくなってきた。今にでも梅川が、サア廓《くるわ》を出ると決まったら、借金もあろうし、泣いても笑っても二百五十両はいる。そんな大金が天から降ろうか地から湧《わ》こうか、盗みをするよりほかはない。あの手付の五十両、どこから出たと思われるか。おれの所へ届く江戸からの為替《かわせ》を、途中で取って使ったのを、それとも知らずにもらいうけに行き、養子をとった母御《ははご》が気の毒なことに、金が届いたのは知っておられ、『渡せ渡せ』とせつかれて、忠兵衛が返した小判、お目にかけようか」と、一包みを取り出し、「コレこのように見たところは五十両。では正体を顕して、さらし首の原因の品をご覧なされ」と、包みを切って開くと、中には焼物の鬢水《びんみずい》入れ。主人もその場の女郎たちも、「はあア」というばかりでおじけだち、身をすくめると、二階には梅川が顔を畳にすりつけて、声を殺して泣いていた。

「短気は損気」というが、まさにその諺《ことわざ》に言うとおりの忠兵衛は、「傾城《けいせい》は世間ひろき者。五十両のはした金、立て替えたのを鼻にかけての偉そうな物言い、若い者に恥をかかせ、梅川が聞いたら死にたいであろう。懐の三百両、ここから五十両を引き抜いて、あいつの面《つら》へ投げつけ、思う存分を言い、おのれの顔も立て、梅川の面目もすすいでやろう。アアそうは言っても、これは武士の金、ことに急用金、ここがだいじの堪忍どころ」と、手を懐に幾度か持っていっては、どうしようか、こうしようかと思い迷ってしょげかえるのであったが、鶍《いすか》の觜《はし》の食い違うように心が行き違い、八右衛門の本心を知らぬのも、しかし、しかたのないことであった。

八右衛門は水入れを取り上げ、「これも買うなら十八文、いくら相場が安いといって、五十両を銀二分《ふん》五厘《りん》（銭十八文分）に替えるは、神武《じんむ》天皇以来ないこと。友達でさえこんな調子であれば、他人をだますのはおして知るべし。このあとはだんだんに巾着切《きんちやくき》り（スリ）から家尻切《やじりき》り（泥棒）、あげくの果ては首切りの刑。なんとしても気の毒なこと。あのように思慮分別をなくしては、主人や親の勘当《かんどう》も、釈迦《しやか》や達磨《だるま》の意見でも、聖徳太子がじきじきに教えさとされても、どうしてどうして直ることでない。廓《くるわ》でこの噂《うわさ》をぱっと広めて、忠兵衛を寄せつけぬように頼みます。梅川殿へもよく言い聞かせ、こちらのほうから縁を切り、島屋の客にさらりと身請けさせてしまいたい。みなあのような手《て》合《あい》が心中するか、女郎の衣装を盗むか、ろくなことはしでかさずに、片鬢《かたびん》を剃《そ》り落され、大門口《おおもんぐち》にさらされ（遊里で揚銭を払わぬ者などに科した制裁）、友達の面目を失墜させる。人でなしとはあれのこと。いとおしければ、廓に寄せつけてくださるな」と話すのを聞くと、梅川も、悲しい思いといとしい気持と、わが身のはかなさとが入りまじり、胸が引き裂ける思いで、忍び泣きに泣くのであった。「アア刃物が欲しい。鋏《はさみ》でもあれば。舌を切ってでも死にたい」と悶《もだ》え伏す苦しみを、

階下ではそれぞれが推しはかり、「忠さんも妙な気になられた。運の悪い梅川様。お気の毒なのはほんとうに梅川さんばっかり」と、下女や料理人や幼い禿《かむろ》も共に涙の袖をしぼるのであった。

---

かくと知らねば八右衛門《はちゑもん》。かう言へば、忠兵衛《ちゆうべゑ》を憎み妬《そね》むやうなれど。ゐずくみぞ、あの男が身のなる果てがかはい〳〵。もつとも千両、二千両。人の銀《かね》をことづかり、しばしの宿を貸すけれども。手銀《てがね》とては家《か》屋敷、家財《ざい》かけて十五貫目。二十貫目に足らぬ身代《しんだい》。大和《やまと》の親が長者でも。亀屋《かめや》へ養子にこすからは、高《たか》の知れた百姓。かういふこの八右衛門も若い者の習ひ。一年に五百目、一貫目、揚屋《あげや》の座敷も踏まねばならぬ。身にも応ぜぬ忠兵衛が梅川《うめがは》に上り詰め。島屋《しまや》の客と張り合ひ、五月より以来《このかた》、大方《おほかた》は揚《あ》げ詰《づ》め。身請《みう》けもこの頃極《ごろきは》まり。百六十両のうち五十両手付《てづけ》渡したげな。それ故《ゆゑ》に方々の届《とど》け銀《がね》が不埒《ふらち》になり。当るところが嘘八百、いかう鐺《こじり》が詰

つてきた．今でも梅川が、サア出るに極まらば．借銭《しやくせん》もあらうし、ないても二百五十両．天から降らうか、地から湧《わ》かうか．盗みせうより外《ほか》はない．かの手付の五十両、どこから出たと思《おぼ》し召《め》す．身が方へ来る江戸為替《がはせ》、中《ちゆう》で取つて使うたを．それとも知らず乞《こ》ひに行き、養子の母御がいとしぼや．上つたは知つてなり、渡せ〳〵と、せつかれて．忠兵衛が戻した小判、お目にかけうかと．一包《ひとつつ》み取り出し．コレかう見たところは五十両．さらば正体顕《あらは》して、獄門《ごくもん》の種御覧《ごらん》あれと．包みを切つて切りほどけば、焼物の鬢《びん》水入《みづい》れ。主人《あるじ》も一座の女郎《ぢよらう》も、はあ、とばかりにこはげ立ち．身を縮むれば、二階には．顔を畳に摺《す》りつけて、声を．隠して泣きゐたり．

短気《たんき》は損気《そんき》の忠兵衛、傾城《けいせい》は公界者《くがいもの》．五十両の目腐《めくさ》り銀《がね》取りかへた僭《せん》上《しやう》．若い者に恥《はぢ》かゝせ、川が聞いたら死にたかろ．懐の三百両、五十両引き抜いて．面《つら》へ打《ぶ》ちつけ、存分《ぞんぶん》言ひ、我《わ》が身の一分《いちぶん》、川が面目《めんぼく》．すゝいでやらう。ア、されども、これは武士の銀《かね》．ことに急用、こゝが大事の堪忍《かんにん》と．手を懐へいくたびか、とやせんかくや、しやうげ鳥．鵙《いすか》の嘴《はし》の食ひ違ふ心を知らぬぞ是非もなき．

八右衛門水入れ取り上げ．これも買はば十八文．いかに相場が安いとて、五十両を二分《ふん》五厘替《りんが》へ．神武《じんむ》以来《このかた》ないこと．友達さへこれなれば、他人を騙《かた》るは御推量．この次はだん〱に巾着切《きんちやくき》りから家尻《やじり》切り．はては首切《くびき》り。いかにしても笑止《せうし》な．あのごとくに乱れては、主、親の勘当《かんだう》も．釈迦《しやか》、達《だる》磨《ま》の意見でも、聖徳太子が直《ぢき》に教化《けうけ》なされても．いつかな〱直らぬ。廓《くるわ》でこの沙汰《さた》ばつとして．寄せつけぬやうに頼みます．梅川殿へも吹き込んで、此方から挨拶《あいさつ》切り．島屋の客にさらりつと請けさせてしまひたい．みなあの流《りう》が心中《しんぢゆう》か、女郎の衣装を盗むか．ろくなことは出かさず、片小鬢《かたこびん》剃《そ》りこぼされ．大門口《おほもんぐち》に曝《さら》され、友達の一分《いちぶん》捨てさする．人でなしとはあれがこと．かはゆくば寄せてくださるなと、語るを聞けば、梅川も．悲しいと、いとしいと、身のはかなさとかきまぜて．胸引き裂ける忍び泣き、ア、刃物がな、鋏《はさみ》でも．舌を切つても死にたいと、悶《もだ》え伏《ふ》したる苦しみを．

下にはおの〱推量して、ひよんな心にならんした．かたの悪い梅川様．いとしぼいは川様お一人にとゞめたと．下女、料理人、うら若き．禿《かぶろ》も袖《そで》を絞りけり．

## 三　封印切《ふういんきり》

忠兵衛《ちゅうべえ》は生来の短気の虫を押えきれず、ずっと出て、八右衛門《はちえもん》の膝《ひざ》にぐぐっと詰めより、「これ、丹波屋《たんばや》の八右衛門殿、常々の口癖だけあって、オオ男じゃ、りっぱじゃ。三人集まれば世間という、そんな中で忠兵衛の身上《しんしょう》の棚卸《たなおろ》しをよくぞしてくれる、ありがたい。コリャこの水入れも、男同士として、『母の気持をおちつかせるため、受け取ってくれるか』と、謎《なぞ》をかけて渡したのに、この忠兵衛が五十両の損をかけようかと心配で、廓界隈《くるわかいわい》に言いひろめて、男の面目をつぶさせるのじゃな。それともまた、島屋《しまや》の客から賄賂《わいろ》をとって、梅川《うめがわ》をそそのかし、あちらへ身請《みう》けさせようということか。やめてくれ、心配するな。五十両や百両の金、友達に損かける忠兵衛ではござらぬ。アア八右衛門様、八右衛門め、サア金を渡す、手形を返せ」と、金取り出し、包みを解こうとするのを、八右衛門は押しとめて、「こりゃ待て、やい、忠兵衛、あんまりな馬鹿もいいかげんにしておけ。そういう性質《たち》を知っているからこそ、意見をしても聞き入れまいと思い、廓の皆を頼んで、こちらから避けてもらったならば、根性もとりもどして、分別ある人間にもなろうかと、男気かけての友達よしみからやったまでのこと。五十両が惜しければ、母御《ははご》の前で言うわいやい。ふざけた手形を書き、字の読めぬ母御をとりなしてやったが、これでも、八右衛門の気持が通じぬか。その金も嵩《かさ》からは三百両。手持金のあろうはずもない。きっとどこかの支払金。その金に手をつけ、八右衛門にしたように、鬢水《びんみずい》入れではすむまいぞ。それとも、代りに首をやるか。のぼせあがるその手間ひまに届ける所へ届けてしまえ。エエ性根のすわらぬど阿呆《あほう》め」と、噛《か》んでふくめるように事をわけて叱《しか》っても、忠兵衛は「いやいや仁義めかした言い分はやめてくれ。この金をよその金とは、……。この忠兵衛が三百両持たぬことがあろうか。女郎衆の前といい、身代《しんだい》を侮りみられ、なおのこと返さねば面目が立たぬ」と、包みをほどいて、十両、二十両、三十両、四十両、結句やりくりのつかぬ五十両をくるくるとひっ包み、「これ、亀屋《かめや》忠兵衛が人に損をかけぬ証拠、サア受け取れ」と、八右衛門に投げつける。「男の顔へなんということをする。『かたじけない』と礼言って、返し直せ」と、八右衛門も投げ戻す。「おまえになんの礼など言おう」と、また投げつけると、投げ返し、二人は腕まくりしてもみ合い争う。

忠兵衛《ちゆうべゑ》、元来《ぐわんらい》悪い虫押へかねて、ずんど出《い》で．八右衛門《はちゑもん》が膝《ひざ》にむんずとゐかゝり．これ、丹波屋《たんばや》の八右衛門殿．常々《つねづね》の口ほどあつて、オヽ男ぢや、見事ぢや．三人寄れば公界《くがい》、忠兵衛が身代の棚卸《たなおろ》ししてくれる、忝《かたじけな》い．コリヤこの水入れも男同士《どし》．母の心を安めるため請け取つてくれるかと．謎《なぞ》をかけて渡したを、この忠兵衛が五十両．損かけうかと気遣ひさに、廓《くるわ》三界《さんがい》披露して．男の一分捨てさする．たゞしまた、島屋の客に賄《まひなひ》取りて．梅川《うめがは》に藁《わら》を焚《た》き、あちらへやらうといふことか．おいてくれ、気遣ひすな。五十両．や百両．友達に損かける忠兵衛ではごあらぬ。アヽ．八右衛門様、八右衛門め．サア銀《かね》渡す、手形戻せと．銀《かね》取り出し、包みを解かんとするところを．八右衛門押へて、こりや待て、やい、忠兵衛．よつぽどの戯気《たはけ》を尽せ．その心を知つたる故、意見をしても聞くまじと．廓の衆《しゆう》を頼んで、こちから避《よ》けてもらうたらば．根性《こんじやう》も取り直し、人間にもならうかと．男づくのねんごろだけ．五十両が惜しければ、母御の前で言ふわいやい．転《てん》合《がう》な手形を書き、無筆の母御を宥《なだ》めしが．これでも、八右衛門が届かぬか．その銀嵩《かねがさ》も三百両。手銀《てがね》のあらうやうもなし．さだめてどこぞの仕切銀《しきりがね》．

その銀《かね》に疵《きず》をつけ．八右衛門したやうに、鬢水入《びんみづい》れでは済むまいぞ．たゞし、かはりに首やるか。上《のぼ》り詰《つ》めるその手間《てま》で．届ける所へ届けてしまへ。エ、性根《しやうね》のすわらぬ気違ひ者と．割《わ》つつ砕《くだ》いつ叱《しか》れども、いや／＼仁義立《じんぎだ》ておいてくれ．この銀《かね》を余所《よそ》のとは、この忠兵衛が三百両持つまいものか．女郎衆の前といひ、身代を見立てられ．なほ返《かや》さねば一分立たぬと．包みほどいて十、二十、三十．しゞふつまらぬ五十両、くる／＼と引つ包み．これ、亀屋《かめや》忠兵衛が人に損をかけぬ証拠．サア請け取れと、投げつくる。男の面《つら》へなんとする．忝《かたじけな》いと礼言うて、返し直せと、投げ戻す．おのれになんの礼言はうと．また投げつけつ、投げ返し、腕まくりして軋《ぎし》み合《あ》ふ．

---

梅川《うめがわ》は涙にくれながら、梯子《はしご》を駆けおり、「のう、すっかりわたしが聞きました。すべて、島八《しまはち》（中《なか》の島《しま》の八《はち》右衛《え》門《もん》）様のおっしゃるほうがお道理じゃ。これ、手を合せる。梅川に免じて許してくださんせ」と声をあげて泣いたが、

「情けない、忠兵衛《ちゆうべえ》様。なぜそのようにのぼせあがられます。そもそもまあ、廓《くるわ》へ来る

人は、たとえ大金持でも、金に困るのはよくあること。ここでの金の恥は恥ではない。何をあてにして人の金、封を切ってまき散らし、調べにあって牢につながれるの、縄目にかかるのという恥と、この今の恥とが取り替えられようか。恥をかくばかりか、梅川はどうなれと言うのじゃ。とっくりと気持を落ち着かせ、八様にお詫《わ》びを言い、金をたばねて、そのお方へ早く届けてくださいませ。わたしを人手に渡したくもない、それはこのわたしも同じこと。わが身一つを捨てると思ったらどのようにもなる。思案覚悟はすべて胸に籠《こ》めている。年季といってもまあ二年、下《しも》の宮島（安芸の宮島の遊廓）であっても身を鞍《くら》替えし、大阪の川岸に辻君《つじぎみ》として立ってでも、あなた一人は養うて、男に辛い思いはさせぬものを。気を落ち着けてくださいませ。情けない気持になられました。こうはだれがしたのか、わたしがした。みな、梅川のせいであれば、かたじけないやら、いとしいやら、心を察してくださいませ」と、かき口説《くど》きかき口説き、小判の上にはらはらとこぼす涙は、まるで井手《いで》（京都府綴喜《つづき》郡井手町。山吹の名所）の山吹の花に露を置き添えたようである。

忠兵衛は心もうわの空で、前後の辻褄《つじつま》も合わぬでまかせ話、持参金のことを思い出し、「はて、やかましい。この忠兵衛をそれほどおろか者と思うのか。この金は心配ない。

八右衛門も知っている。養子に来るとき、大和《やまと》から持参金として持ってきて、よそへ預けておいた金、身請《みう》けのために取り戻した。おかみ、ここへ」と呼び寄せ、「以前手付《てつけ》として五十両、今百十両、合せて百六十両、これが川の身請けの代金。これまた四十五両は、いつぞや〆《しめ》た帳面の、付けのままになっている借金。五両は遣手《やりて》。九月からの揚《あげ》代《だい》、全部で十五両ほどと記憶するが、計算がややこしい、二十両で帳消しじゃ。この十両はそなたへご祝儀《しゅうぎ》やら骨折り賃。りんも玉も五兵衛も一両ずつじゃ、来い来い」と、金銀を降らすのも、邯鄲《かんたん》の夢（中国の盧《ろ》生《せい》という貧乏青年が、趙《ちょう》の都邯鄲で道士から借りた枕でうたた寝したところ、栄華を極めた一生の夢を見たが、目覚めると、先ほどから炊いていた粟飯《あわめし》がまだ炊きあがらないほどのわずかの間であったという故事）のようにはかない一時《いっとき》の栄華であった。

「サア今すぐにかたをつけて、今晩のうちにここを出るようにしてくれ、頼む頼む」と言うと、主人はにわかにいさみだち、「ないときはまるっきりないのも金、ある時にはこうもあるものよ。気をくさらすようなことでない。川様《かわさま》、嬉《うれ》しく思われましょう。ヤだいじな金を持っていく。りんも玉も供をしなされ」と、引き連れて走って出ていった。

八右衛門は納得のいかぬ顔。ほんとうとは思わぬが、「そうでなくてもらってあたりまえのこの小判、返してくれるのを無用の遠慮、五十両たしかに受け取った、手形返す」と投げ出して、「梅川殿、よい男を持っておしあわせ。女郎《よね》様たち、ごゆっくり」と、金を懐に入れて出ていくと、「わたしたちもさあ帰りましょう。川様おめでとうございます」と、皆それぞれの抱え主の元へ帰っていった。

---

梅川《うめがは》涙にくれながら、梯子《はしご》駆け下り、なう、すつきりわしが聞きました。みな、島八《しまはち》様のがお道理ぢや。これ、手を合せる。梅川に許してくださんせと、声を。あげて泣きけるが。

情けなや、忠兵衛《ちゆうべゑ》様、なぜそのやうに上らんす。そもや、廓《くるわ》へ来る人の、たとへ持丸長者《もちまるちやうじや》でも、銀《かね》に詰るはある習ひ。こゝの恥《はぢ》は恥ならず。何をあてに人の銀《かね》。封を切つて撒《ま》き散《ち》らし、詮議《せんぎ》にあうて牢櫃《らうひつ》の。縄かゝるのといふ恥と、この恥とかへらるか。恥かくばかりか、梅川は何となれといふことぞ。とつくと心を落しつけ、八様に侘言《わびこと》し。銀《かね》を束《つか》ねて、その主《ぬし》へはやう届けてくださんせ。わしを人手《ひとで》にやりともない、それはこの身も同じこと。身一つ捨てると思うたら、みな胸に籠《こ》めてゐる。年《ねん》とてもまあ二年、下《しも》、宮島《みやじま》へも身を仕切り．大坂《おほざか》の浜に立つても、こな様一人は養うて．男に憂《う》き目《め》かけまいもの。気を鎮めてくださんせ．あさましい気にならんした。かうは誰《た》がした、わしがした．みな梅川が故《ゆゑ》なれば、忝《かたじけな》いやら、いとしいやら．心を推《すい》してくださんせと．口説立《くどきた》て〳〵、小判の上にはら〳〵と涙は．ゐでの山ぶ．きに露置き．添ふがごとくなり．

忠兵衛、気も有頂天《うちやうてん》．前後《ぜんご》括《くく》らぬ間《ま》に合《あ》ひ筵《むしろ》、敷銀《しきがね》のこと思ひ出し．はて、やかましい．この忠兵衛をそれほど戯《たはけ》気と思《おも》やるか．この銀《かね》は気遣ひない。八右衛門も知つてゐる．養子に来る時大和《やまと》から．敷銀に持つて来て余所《よそ》へ預け置いた銀．身請けのために取り戻した。花車《くわしや》、こゝへと呼び寄せ．先《さき》へ手付《てづけ》に五十両．今百十両、合せて百六十両．これ、川《かは》が身《み》の代《しろ》。これまた四十五両．いつぞや〆《しめ》た帳面、買《か》ひ掛《がか》りの借銭《しやくせん》．五両は遣手《やりて》。九月からの揚銭《あげせん》．万事《ばんじ》十五両ほどと覚えたが．算用《さんよう》がやかましい、二十両で帳消しや．この十両はこなたへ御祝儀《ごしうぎ》やら骨折り分．りんも玉も五兵衛も一両づゝ、ぢや、来い〳〵と．金銀降らす邯鄲《かんたん》の夢の間の栄耀《あひだええう》なり．

サア今の間《ま》に埒明《らちあ》け、今宵《こよひ》のうちに出るやうに．頼む〳〵と言ひければ、主人《あるじ》にはかに勇みをなし。ないほどはないも銀《かね》、あるだんにはあるものかは。気を死なさうことでない。川様、嬉《うれ》しう思はんしよ。ヤ大事の銀《かね》を持つて行く。りんも玉も供《とも》しやと、引き連れ走り出でにけり。

八右衛門はすまぬ顔。まこととは思はねども。たゞさへ貰ふこの小判、返《かや》すものをいはれぬ辞儀。五十両たしかに請け取つた、手形返すと投げ出し。梅川殿、よい男持つてお仕合《しやは》せ。女郎《よね》様たちこれにと、銀懐中《かねくわいちゆう》し出でければ。わしらもいざ帰りましよ。川様めでたうごさんすと、皆宿々へぞ帰りける。

---

## 四 忠兵衛《ちゆうべえ》、梅川《うめがわ》に真実を告げる

忠兵衛は気をせいて、「おかみはなぜ遅いのだ。五兵衛《ごへえ》、行ってせきたててくれ」と、何度も立ち上がってはせいたけれども、「いや、身請《みう》けのお人は親方のほうがすんでから、宿老殿《しゆくろう》（遊廓の町年寄）の所で証文の判を消し、月行事《がちぎようじ》（月ごとに交代する町内の責任者）から許可札をもらわねば、大門《おおもん》が出られません。もうちょっとひまがかかるでしょう」「エエそのへんを早う、こりゃ頼む」と、また一両を投げ出す。「おっと、よしきた」と、足軽く走りだしたのは、三里（膝頭《ひざがしら》下外側のくぼみ）にすえる灸《きゆう》よりも、小判の威力がきいたのであった。

「サアサアこの間に身仕度《みじたく》。べたべたした身なり。それはやめて、帯もきりっと締め直しや」と、むやみやたらにせくと、梅川は「どうしたの。一世一代の晴れのこと、仲間の皆へも杯《さかずき》をさしあげ、暇乞《いとまご》いも作法どおりにりっぱにすませて、ゆったりと出してくださんせ」と、なに一つ気にするところなく晴れやかな顔。男は、わっと泣き出して、「かわいそうに、なにも知らぬか。今の小判は堂島《どうじま》のお屋敷の急用金。この金をぐずぐずしては、わが身の大事に及ぶのは明白なこと。ずいぶん我慢してみたけれど、仲間女郎の真ん中で、かわいい男が恥をうけ、おまえの心中のくやしさを思いやるにつけ、なんとかその気持を晴らしたいと思うばっかりに、ふっと金に手をつけてしまって、そうなると、もう引くに引かれぬのは男たるものの性《さが》。こうなる運命と思っておくれ。八右衛門《はちえもん》の顔つきは、すぐに母にしゃべるという顔。十八軒の仲間から詮議《せんぎ》に来るのは今すぐのこと。地獄の上を一足飛びに飛ぶつもりで、一緒に高飛びしてくれ」と言うばかりで、すがりついて泣くと、

梅川は、「はあ」と震え出し、声も涙にわなわなとなって、

「それごらんなされ。常々言っていたのはここのこと。どうして命が惜しかろうか。二人一緒に死ねば本望《ほんもう》。今すぐであってもたやすいこと。しっかり思案を固めてくださいのう」「ヤレ命生きながらえようと思うて、この大事《おおごと》ができるものか、生きられるだけ生き、添われるだけ添おう、たかだか死ぬだけのことと覚悟しなされ」「アアそうじゃ。生きられるだけこの世で添おう。今にも人が来るので、ここへ隠れていらっしゃれ」と、梅川は忠兵衛を屏風《びょうぶ》の陰に押し入れ、「アアわたしのだいじなお守りを、内の箪笥《たんす》に置いてきた。あれが欲しい」と言うと、「ハテ、このような悪事をしでかして、どのようなお守りの力でも、この罪がのがれられようか。とにかく死んだ身と承知して、わたしはおまえの回向《えこう》をしよう。おまえはこの忠兵衛の回向をたのむ」と、忠兵衛が屏風の上に顔を出すと、「ハアア悲しい、縁起でもない。すぐにやめてくださんせ。いやなものに（頭が屏風に載った姿が獄門首に）よく似ている」と、屏風にしっかと抱きついて、むせ返って嘆いた。

越後屋《えちごや》の主従が立ち返り、「サアどこもかしこもかたがついた。出られるのに都合もよく、近いので、西口へ札が回った」と言っても、夫婦はわなわなと震え、「さらば、

さらば」の挨拶《あいさつ》も、震え声であった。「お寒そうだが、酒はいかが」「酒も喉《のど》を通りません」「めでたいと言おうか、お名残《なごり》惜しいと言おうか、千日言い続けても尽きるところがない」「その千日という言葉が迷惑（大阪市中央区千日前にあった刑場を連想させた）」と言いながら、鶏の声と共に別れていくが、そんな二人の栄耀栄華《えようえいが》もすべて他人の金でなったこと、あげくの果てはその金も砂のようにまき散らし、あとは野となれ山となれとばかり、砂場（新町遊廓の西の大門の辺り）を通りすぎ、大和路《やまとじ》さして足にまかせておちてゆくのであった。

---

忠兵衛《ちゆうべゑ》気をせいて、花車《くわしや》はなぜ遅いぞ．五兵衛《ごへゑ》、行つてせつてくれと、立ちに立つてせきけれども．イヤ身請けの衆《しゆう》は親方が済んでから．宿老殿《しゆくらう》で判を消し．月行事《ぐわちぎやうじ》から札《ふだ》取らねば、大門が出られませぬ．まちつと隙《ひま》が入りませう．エ、そこらを早う、こりや、頼むと．また一両投げ出す。おつとまかせと、足軽《かろ》く．走る三里の灸《きう》よりも小判の利《き》きぞこたへける．サア〳〵この間《ま》に身拵《みごしら》へ。べた〳〵した取りなり．帯もきりゝとし直しやと、めつたにせせけば、なんぞいの．一代の外聞《ぐわいぶん》、傍輩衆《はうばいしゆう》へも盃事《さかづきごと》．暇乞《いとまご》

ひも訳《わけ》ようして、ゆるりと出してくださんせと．何心《なにごころ》なく勇む顔。男はわつと泣き出し．いとしや何も知らずか。今の小判は堂島の．お屋敷の急用《きふよう》金《きん》。この銀《かね》を遅々《ちち》しては．身の大事は知れたこと。随分堪《ずいぶんこら》へてみつれども．友女郎《ともぢよらう》の真ん中で、かはいゝ男が恥辱を取り．そなたの心の無念さを、晴らしたいと思ふより．ふつと銀《かね》に手をかけて、もう引かれぬは男の役．かうなる因果《いんぐわ》と思うてたも．八《はち》右《ゑ》衛門《もん》が面付《つらつ》き、直《すぐ》に母にぬかす顔．十八軒の仲間から、詮議《せんぎ》に来るは今のこと．地獄の上の一足飛《そくと》び、飛んでたもやとばかりにてすがり．ついて泣きければ．

梅川《うめがは》、はあと震ひ出し声もなみだにわな〳〵と．

それ見さんせ。常々《つねづね》言ひしはこゝのこと．なぜに命が惜しいぞ。二人死ぬれば本望《ほんまう》．今とても易《やす》いこと。分別《ふんべつ》据ゑてくだんせ、なう．ヤレ命生きようと思うて、この大事がなるものか．生きらるゝだけ、添はるゝだけ、高《たか》は死ぬると覚悟しや．ア、さうぢや。生きらるゝだけこの世で添はう．今にも人が来るため、こゝへ隠れてござんせと．屏風《びやうぶ》の陰に押し入れ、ア、わしが大事の守りを．内の簞笥《たんす》に置いてきた。これがほしいと言ひければﾞ、ハテ、かかる悪事をし出して、いかな守りの力にも、この咎《とが》が逃《のが》れうか、とかく死身《しにみ》と合点《がてん》して、我はそなたの回向《ゑかう》せん、そなたはこの忠兵衛が回向を頼むと、屏風の上、顔を出せば、ハア、悲しや、忌々《いまいま》しい、ちやつとおいてくださんせ。いやな物によう似たと、屏風にひしと抱《いだ》きつき咽《む》せ返《かへ》りてぞ嘆きける、

　越後《ゑちご》主従《しゆうじゆう》立ち返り、サアどこもかも埒《らち》明いた、お出《い》での勝手《かつて》近ければ、西口へ札《ふだ》が回つたと、言へども、夫婦はわな／＼と、さらば／＼も震《ふる》ひ声《ごゑ》、お寒さうなが酒わいの、酒も喉《のど》を通りませぬ、めでたいと申さうか、お名《な》残《ごり》惜しいと申さうか、千日《せんにち》言うても尽きぬこと。その千日が迷惑と、いふづけ鳥《どり》に別れ行く、栄《え》耀栄華《えうえいぐわ》も人の銀《かね》、果てはすな場をうち過ぎて、あとは野となれやまと路《ぢ》や、足に、まかせて

# 下《げ》之《の》巻《まき》（一） 道行《みちゆき》 忠兵衛 梅川 相合駕籠《あいやいかご》

翠《みどり》の帳《とばり》をかけた紅《あか》く美しい部屋で枕《まくら》を並べたことも、馴《な》れしたしんだ衾《ふすま》（夜具）の中での夜半《よわ》のことも、大門を出ると夢のように跡形もない。それにしても、わが夫が秋までにはかならず身請《みう》けすると言ってくれた約束に望みを託し、このつれない世をも頼みにし、人を頼みにしてきたのに、その頼みの綱も切れて、夜半の中戸《なかど》（中庭に通じる戸口で、遊女が間夫《まぶ》と密会する場）の逢引《あいびき》とはことかわり、今は人目に堰《せ》かれて、人中を急《せ》きに急《せ》いて行く。昨日のままの鬢付《びんつ》きや髪の髷目《わげめ》のほつれたのを「結《ゆ》ってあげよう」と、櫛《くし》を取る手さえ涙に凍えつき、冷えた足を互いに太股《ふともも》で暖めあい、相合火燵《あいやいごたつ》さながらの相合駕籠《あいやいかご》に乗りながらも、その駕籠の息杖《いきづえ》（駕籠かきが息休めするための杖）でもないが、生きてまだ続いている命が不思議なことと、二人が涙をこぼすうちにも、河堀《こぼれ》口《ぐち》(天王寺の南東にあり、奈良に通じる平野街道の始点)を通る。夜の明けぬ間はしばらくはとて、駕籠の簾《すだれ》を上げてさえ、膝《ひざ》を組みかわす駕籠の中は狭く、狭い局《つぼね》のいつかの夜の逢瀬《おうせ》に似ているといえば似ているけれど、埋火《うずみび》の炭とてもなく、あの白く浮いた灰も、いつしか駕籠の外の朝の霜とおきかわり、夜半の嵐に吹かれて答えるのも、禿《かむろ》(遊女に仕える少女)ならぬ野辺の禿松《かむろまつ》(笠《かさ》のような形の松)である。そんな景色に過ぎさったあの夜のことが思い出されて、いよいよ涙をさそう種となる。「なにをくどくどと思うのや、この相合駕籠こそ一蓮托生《いちれんたくしょう》」と、互いを慰めあい、またわが身の慰みにと比翼煙管《ひよくぎせる》で一服やる(一本の煙管で代わる代わる吸うこと)と、その薄煙と共にやがて霧もきれぎれに晴れ渡り、麦の葉にも風が吹きあれて、朝仕事の男や、煙草《たばこ》の火をもらう農夫の見る目が恥ずかしいと、駕籠をとめさせて暇《いとま》をやった。駕籠賃も、命さえ露ほども惜しからぬ身には惜しくもなく、それどころか徒歩裸足《かちはだし》になるのさえ惜しみ厭《いと》うことではない。ただ惜しむのはこの世の名残《なごり》ばかりであるよ。

「ついぞかぶり慣れぬ綿帽子《わたぼうし》、わたしの顔を覆《おお》うより、あなたの肌にこれを」と言って、風を防ぐ紫色のびらり帽子(額を縮緬《ちりめん》で覆って左右に垂らしたかぶりもの)を着せかける。「色恋ずくで逢ったのはもう昔、今日は真実の夫婦の仲。頼めば願いが叶《かな》えられる庚申堂《こうしんどう》よ」と、伏し拝み、振り返って見ると、勝鬘院《しょうまんいん》（遊女や俳優がよく参詣《さんけい》した大阪市天王寺区夕陽丘にある寺）の愛染様《あいぜんさま》には、かわいらしさを祈る芝居の子供役者や、道頓堀《どうとんぼり》の色子（売春もした歌舞伎の少年俳優）をはじめ、いろいろな人たちの奉納したさまざまな品がみえる。「馴《な》れ親しんだ廓《くるわ》のだれそれの奉納とは紋でわかる提灯《ちょうちん》の中に、かなしいことに槌屋《つちや》（梅川の抱え主の屋号）内《うち》と書いたのが……。この木瓜《もっこう》の紋（忠兵衛の紋所）に添うように、私の紋の松皮菱《まつかわびし》をつけ、松のごときめでたき千年を祈ったのに、はかない契りは、あの提灯の火のようで……。命消え行く夕べには、せめてこの紋をつけて死に、それをわたしたち二人の経帷子《きょうかたびら》（死者に着せる衣）と思い定め、冥途《めいど》の道をこのように手を引きましょうよ」「引かれよう」と、また手をとり交して泣く涙が、袖《そで》を濡《ぬ》らして氷となるのであった。だれ一人関所とて据えぬ道であるが、尋ね尋ね行けばはかゆかず、今朝のなりのそのままで、素足《すあし》に雪駄《せった》の足元も凍《し》みついて、空にも俄《にわか》に霙《みぞれ》模様の雲が出て、やがて霰《あられ》まじりに木の葉がひらひらと吹き舞う中、平野《ひらの》（大阪市東住吉区）に行きかかり、「ここは顔見知りも多いのでこちらへこちらへ」と、袖で顔を隠し、里の裏道や畦道《あぜみち》をまがりくねって、藤井寺《ふじいでら》（大阪府藤井寺市の葛井寺《ふじいでら》）に辿《たど》り着いた。「あれあれ、あれをごらん、どこの田舎《いなか》も恋の世よ」と、二人が見やる背戸《せど》

（裏）の畑では、菜を摘む十七、八の娘が、「門に立っているのは、忍びのお人かえ。野風は身の毒、こちらへはいらしゃんせ」と歌っている。そんな他人の逢引《あいびき》も妬《ねた》ましく、「それ、覚えているか、いつのことであったか、あの初雪の日の朝ごみ（大門《おおもん》が開かれると同時に廓に繰り込み、夜明けまで遊興すること）に、寝巻のままで送られた大門口《おおもんぐち》の薄雪も、今降る雪も変らぬけれど、変り果てたわれらの身のゆくえ。わしゆえ恋の因果に身を染めて、かわいそうなことよ。元の白地を恋に染めるのなら、浅黄《あさぎ》よりいっそ濃い紺に染まろうと、誉田《こんだ》の八幡《はちまん》（大阪府羽曳野市の誉田八幡社）に起請誓紙《きしようせいし》（心中立ての証《あかし》に取り交わす文書）を書き散らした筆の罰があたったのであろうが、せめてあなたを避《よ》けてわれだけに……」と、泣きの涙で歩み行く。「しばらくは人目の……、ヤ逃れることはあっても、もうし、これのう、そうはいっても、わたしの身とても思うままには……」と、あとは涙がとめどなく、言葉もとぎれ、延紙《のべがみ》の三つ折をもしぼるばかりの有様であった。裾《すそ》に生気のない小《お》笹《ざさ》や霜枯れした薄《すすき》がまつわりつく茫々《ぼうぼう》たる枯野を歩み行くと、野原が波立ち、さらさら、さっと鳴ったが、「今の音は。われらを追っ手が捜しているんだ」と、覆い重なって姿を隠し、そっと顔を上げて仰ぎ見ると、人ではなくて、雉子《きじ》が飛び立っていった。「鳥の羽音にもおびえる身の上になるとは、どのような罪の報いなのか」と、かきくどき嘆いて歩み行く姿を、泣くのか、笑うのか、富田林《とんだばやし》（大阪府富田林市）の群烏《むらがらす》たちよ、せめて今夜一夜は見逃してやろうという情けもなく、とがめだてるような声のなんと高いことよ。高間《たかま》山《やま》（大阪府と奈良県の境にある金剛山）を眺め行く道は、あの葛城《かずらき》の神（一言主神《ひとことぬしのかみ》）。容貌が醜いので昼間は姿を隠していたというではないが、昼の道中をつつましく、身を隠しながら忍び行く恋の道であるよ。自ら狭くした浮世《うきよ》の道は、竹内峠《たけのうちとうげ》（大阪府南河内郡太子町と奈良県葛城市との境の峠）では笹露に袖が濡《ぬ》れて、岩屋《いわや》越え（竹内峠から當麻《たいま》寺《でら》へ抜ける道）とて、その名のとおりの石道を辿《たど》り、野を越え、山を越え、里々を過ぎて、日が暮れてなお歩み行くのも恋ゆえである。

---

翠帳紅閨《すいちやうこうけい》に．枕《まくら》並べし閨《ねや》のうち．馴《な》れし衾《ふすま》の夜すがらも．四つ門の跡夢もなし．さるにても我が夫《つま》の．秋より先にかならずと．あだし．情けの．世を頼み．人を頼みのヲ綱切れて．夜半《よは》の中戸《なかど》も引きかへて．人目の関《せき》にせかれ行く。昨日のまゝの鬢付《びんつ》きや．髪の髷目《わげめ》のほつれたを．わげて進《しん》じよと、櫛《くし》を取る．手さへ涙に凍《こご》えつき冷えたる．足を太股《ふともも》に、相合火《あひやひご》燵《たつ》、

相與《あひごし》の・駕籠《かご》の息杖《いきづゑ》生きてまだ・続く命が不思議ぞと・二人が涙・こぼれ口《ぐち》・明けぬ間《あひだ》はしばしとて・駕籠の簾《すだれ》を上げてさへ、膝《ひざ》組み交す駕籠のうち、狭《せば》き局《つぼね》のありし夜《よ》の・逢瀬《あふせ》に似たは似たれども、炭のうづみ火いつしかに・朝《あした》の霜と・置きかへて、夜半《よは》の嵐に呼ばれては・答ふる野辺《のべ》の禿《かぶろ》松《まつ》。過ぎし・その夜が思はれて・いとゞ涙の種ならん・何ぐど〳〵と思ふぞや・これぞ一蓮托生《いちれんたくしやう》と、慰めつ、また慰みに・比翼煙管《ひよくぎせる》の薄けぶり霧も絶《た》え〴〵晴れ渡り・むぎの葉生《はば》えに風荒れて、朝出《あさで》の賤《しづ》や火を貰《もら》ふ・野守《のもり》が見る目恥づかしと・駕籠立てさせて暇《ひま》をやる・価《あたひ》の露も命さへ惜しからぬ身は惜しからず、なほも惜しまぬ徒裸足《かちはだし》・惜しむは名残《なごり》ばかりぞや・

つひに着馴《きな》れぬ綿帽子《わたぼうし》・わしが顔よりこなさんの・はだにこれをと、風防ぐびらり帽子のむらさきや・色で逢ひしははや昔・今日は真身《しんみ》の女夫合《めをとあひ》・頼まば願ひかのえさる・庚申堂《かうしんだう》よと伏し拝み・振り返り見る・勝鬘《しようまん》の、愛《あい》染《ぜん》・様《さま》に愛敬《あいきやう》を・祈る芝居の子供衆や・道頓堀《だうとんぼり》のいろ〳〵や、馴れし廓《くるわ》のそれぞとは・紋で覚えし提灯《ちやうちん》の、中にはかなやつち屋《や》内《うち》・この木瓜《もつかう》にうち添ひて、私《わたし》が紋の松皮《まつかは》の・松の千歳《ちとせ》を祈りしに・さだめぬ契《ちぎ》り、提灯のきゆる。命の夕べには、この紋つけて我が仲の。経帷子《きやうかたびら》と観念し。冥途《めいど》の道をこのやうに、手を引かうぞや、引かれうと。また取り交し泣く涙、袖《そで》の氷と閉ぢ合へり。誰《た》が関《せき》据ゑぬ道なれど、問ひ〳〵行《ゆ》けばはか行かず。今《け》朝《さ》の姿をそのなりに、素《す》足《あし》に雪駄《せきだ》しみづけば。空に霙《みぞれ》の一曇《ひとくも》り、霰《あられ》交じりに吹く木《こ》の葉《は》ひらり。ひら野に行きかゝり。こゝは知る人。多ければ。こちへ〳〵と袖覆《そでおほ》ひ。里の裏道、畦道《あぜみち》をすぢりもぢりて藤井寺《ふぢゐでら》。あれ〳〵、あれを見や。どこの田舎《ゐなか》も恋の世や。背戸《せど》に菜を摘む十七、八が。門《かど》に立つたは忍びの夫《つま》かえ。野風身の毒、こち入《はひ》らしやんせえ。余所《よそ》の睦言《むつごと》。妬《ねた》ましく。それ覚えてか、いつのこと。かの初雪の朝込《あさご》みに。寝巻《ねまき》ながらに送られし、大門口《おほもんぐち》の薄雪《うすゆき》も。今降る雪も変らねど、変り果てたる身の行方《ゆくへ》。われ故《ゆゑ》染めて。いとほしや。もとの白地《しらぢ》を浅黄《あさぎ》より。こひはこん田《だ》の八幡《はちまん》に、起請誓紙《きしやうせいし》の筆の罰《ばち》。そなたを避《よ》けてと泣く涙、しばし。人目の。ヤ許しはあれど。申し、これなう、さりとては。わしが身とてもまゝにはと、末《すゑ》は涙に果てしなく延《のべ》紙の。三つ折《をり》絞るにも、裾《すそ》にやつるゝ。小笹原《をざさはら》。霜に枯野《かれの》の薄原《すすきはら》、茫《ばう》。茫《ばう》。さら〳〵、さつと鳴つたは、我《われ》を追手《おつて》の尋ぬるよと．覆《おほ》ひ重なり影隠し、ふりさけ見れば、人にはあらで．妻恋鳥《つまこひどり》の、羽音《はおと》に怖《お》ぢる身となるは．いかなる罪の．報いぞと．口説《くど》き嘆きて．行く姿。泣くか笑ふか、富田林《とんだばやし》の群鳥《むらがらす》．せめて一夜の心なく．咎《とが》むる声の高間山《たかまやま》、あの葛城《かづらき》の神ならで、昼の通《かよ》ひ路《ぢ》つゝましく．身を忍ぶ道、恋の道．我から狭《せば》きうき世の道、竹《たけ》の内峠《うちたうげ》袖濡《ぬ》れて．岩屋越《いはやご》えとて石道《いしみち》や、野越え、山くれ、里々《さとざと》越えて、行《ゆ》くは恋故

# 下《げ》之《の》巻《まき》（二） 新口村《にのくちむら》の場

## 一 新口村《にのくちむら》、忠三郎《ちゆうざぶろう》の家にたどり着く

濁りなく治まる世の掟《おきて》には誤りなく、畿内《きない》や近国《きんごく》に追っ手がかかり、なかでも大和《やまと》は忠兵衛《ちゆうべえ》の生国《しようこく》ということで、十七軒の飛脚《ひきやく》問屋が、あるいは順礼、古物買い、節季候《せきぞろ》（歳末に歌い踊って物乞《ものご》いをした門付け芸人）に化けて、家々を覗《のぞ》き回り、さらには、のぞき機関《からくり》（箱の中に絵を仕掛け、眼鏡で覗かせる見世物）や飴売《あめうり》となって、子供に飴をなめさせて、手がかりを聞き出そうとしている。梅川《うめがわ》・忠兵衛は、まさに罠《わな》にかかった鳥や網代《あじろ》に入った魚のようで、逃れようもない身命である。

哀れなるかな忠兵衛は、自分一人でさえ世を忍ぶ身の上なのに、梅川の身なりが人目

に立つのを隠しかね、駕籠《かご》を借りあげて昼日中《ひるひなか》を送り、奈良の旅籠屋《はたごや》や三輪《みわ》（奈良県桜井市三輪）の茶屋《ちゃや》で、五日、三日と夜を過し、二十日余りの間に四十両を使い果し、残る金とては、わずかに二分《ぶ》（一両の半分）。鐘の音がかすかに聞える初瀬山《はつせやま》（三輪の北にある山。麓《ふもと》に長谷寺がある）を遠くよそに眺めやりながら、生れ故郷の新口村《にのくちむら》（奈良県橿原市）に着いたが、「これ、お梅、ここはわたしの生れた村、二十《はたち》まで育って覚えているが、師走《しわす》の末にこのように、多くの物乞いや商人とは、新春とてもないこと。あれ、あそこにも立っている。野のはずれにも二、三人。胸さわぎもおこってきた。四、五町行けば実の親の孫右衛門《まごえもん》の家ではあるが、音信不通といい、継母《ままはは》である。この藁葺《わらぶ》きの家は忠三郎といって、小作をあてごうた小百姓。腹の中にいた時分からの馴染《なじみ》、頼りになる男じゃ。まずここへ」と、二人そろって、「忠三郎殿、家にいるか。長い間お目にかからぬ」と、つっとはいると、女房らしいのが、「どなたでしょうか。うちの人は今朝から庄屋様の所へ詰められ、今は留守でございます」と言う。「ムム忠三殿におかみさんはなかったが、あなたは一体どなたでございますか」「アアわたしも三年前にここの家へ嫁入りして、以前の知人はどなたがだれやら知りません。ヤアほんに、あなた方は、もしか大阪の方ではございませんか。うちの親方、孫右衛門様の継子《ままこ》の忠兵衛殿というのが、大阪へ養子に行って、傾城《けいせん》（傾城《けいせい》の訛《なま》った言い方）を買《こ》うて、人の金を盗み、その傾城を連れて逃げられたといって、代官殿からお調べ。孫右衛門様はとっくに親子の縁を切り、関わりないとは言いながら、実の親御様であれば、年取っての心配。うちの人は親しい仲のことなので、もしこの辺でうろたえまごついて、見つけられては気の毒なことと、家の内外《うちそと》に気をつけられる。庄屋殿からは呼びにくる。寄合《よりあい》だの、印判だのと、節季十二月というのにこの村は、傾城のことでごったがえす。のう、困ったお傾城さんよ」と、遠慮もなく語った。

忠兵衛は、はっと思い、「なるほどなるほど、大阪でもその評判。わたしたちは夫婦連れで、正月かけて、伊勢参宮のつもり、懐かしさに寄りました。ちょっと呼んできてくだされ。立ちながらでも会って帰りたい。大阪の者と言わずにお願いします」と言うと、「それならばたいそうお急ぎですよね、行って呼んできましょう。しかしながら、鎌田村（奈良県香芝市もしくは御所市の地）のお道場へ京のお寺さんが下ってこられ、毎日のお説教《せっきょう》。先方からそのままお道場へ参られたやもしれません。ともあれ、汁《しる》の下に薪《たきぎ》をくべていてくださいい」と、襷《たすき》がけして走っていった。

すめる世の．掟《おきて》正しく．畿内《きない》、近国に追手か丶り、中にも、大和《やまと》は生国《しやうこく》とて．十七軒の飛脚問屋《ひきやくどひや》、あるいは順礼《じゆんれい》、古手買《ふるてかひ》．節季候《せきぞろ》に化けて、家々をのぞきの機関《からくり》、飴売《あめうり》と．子供に飴をねぶらせて、口をむしるや罠《わな》の鳥．網代《あじろ》の魚《うを》のごとくにて、逃《のが》れがたなき命なり．

無慙《むざん》やな忠兵衛《ちゆうべゑ》、我さへうき世《よ》忍ぶ身に．梅川が風俗《ふうぞく》の人の目立つを包みかね．借駕籠《かりかご》に日を送り、奈良の旅籠屋《はたごや》、三輪《みわ》の茶屋．五日、三日、夜を明かし、二十日《はつか》余りに、四十両．使ひ果して二分残る、かねも霞《かす》むや初《はつ》瀬山《せやま》．余所《よそ》に見捨てて親里の、新口村《にのくちむら》に着きけるが．これ、お梅．こ丶は我が生《うま》れ在所《ざいしよ》。二十《はたち》まで育つて覚えしが．師走《しはす》の果てにこのごとく．諸勧進《しよくわんじん》、諸商人《しよあきんど》、春とてもないこと．あれ、あそこにも立つてゐる。野はづれにも二、三人．胸騒ぎもしてきた。四、五町行けば本《ほん》の親．孫右衛門の家なれども、不通《ふつう》といひ継母《けいぼ》なり．この藁葺《わらぶ》きは忠三郎とて、下作《したさく》あてた小百姓《こびやくしやう》．腹の中から馴染《なじみ》、頼もしい男。まづこ丶へと、うち連れ．忠三郎殿、宿にか．久しうお目にか丶らぬと．つ丶と入れば、嬶《かか》と覚しく、誰《たれ》でござるぞ．これのは今朝から庄屋《しやうや》殿へ詰められ．今は留守でござると言ふ．ム、忠三殿におか様はなかつたが．こなたはどれでばしござるぞ．ア、わしも三年跡《あと》にこれの内《うち》へ嫁入《よめり》して．前方《まへかた》の知る人はどれがどうも知りませぬ．ヤアほんに皆様は、もし大坂《おほざか》ではござらぬか．これの親方《おやかた》孫右衛門様の継子《ままこ》忠兵衛殿と申すが．大坂へ養子に行《い》て、傾城《けいせん》買うて、人の銀《かね》を盗み．その傾城連れて走られたというて．代官《だいくわん》殿より御《ご》詮議《せんぎ》．孫右衛門様はとうに親子の久離《きうり》を切り．構はぬとはいひながら、真実の親御《おやご》なれば．年寄つての気苦労。これのは馴染のことなれば．もし、このあたり狼狽《うろた》へて．見つけられてはいとしいことと、内外《うちそと》へ気をつけらるゝ．庄屋殿から呼びに来る、寄合の、印判《いんばん》の．節季師走《せつきしはす》にこの在所は、傾城事《けいせんごと》で煮え返る．なう、うたてのお傾城殿《どの》やと、遠慮もなくぞ語りける．

忠兵衛、はつと思ひ、いかにも〱、大坂でもその取沙汰《とりさた》．我らは夫婦《ふうふ》連《づ》れで、年籠《としごも》りに参宮《さんぐう》の心ざし．懐かしさに寄りました。ちよつと呼《よ》うで来てくだされ．立ちながら会うて帰りたい．大坂者と言はずに頼みますと言ひければ．さてはいかうお急ぎか。行《い》て呼うで来ませう。さりながら．鎌田《かまだ》村《むら》のお道場《だうぢやう》へ京のお寺のお下《くだ》り．毎日のお讃嘆《さんだん》。先からすぐにお道場へ、参られたもいさしるの下、さしくべてくだされと、襷《たすき》がけして走り行く。

——

そのあと門口《かどぐち》を梅川《うめがわ》がぴしゃっと閉めて、掛金をかけ、「ここは、まぎれもない敵の中、だいじょうぶかいの」と言うと、忠兵衛《ちゅうべえ》は「忠三郎という奴《やつ》は、百姓に珍しい男気《おとこぎ》のある者、たのんで一晩泊り、死ぬとしてもこの所、故郷の土に身を帰して、産みの母の墓に一緒に埋められ、嫁と姑《しゅうとめ》のあの世での対面をさせたい」と、目もうろうろと涙うるむばかりになると、「それは嬉《うれ》しゅうございましょう。しかしながら、わたしの母は京の六条、きっとこの逃げ回っている間、調べに人が行ったであろう。日ごろからめまい病みであれば、どうなられたことやら。もう一度京の母様にも一目会って死にたいことよ」「オオそのとおりとも。わたしもあなたのおふくろに、婿じゃと言って会いたい」と、人目がなければ抱き合い泣く涙は、折から窓をうつ横時雨《よこしぐれ》のように袖《そで》にも余るばかりであった。

「ハアア降ってきたらしい」と、西向きの竹格子窓の反古《ほご》張り障子を細めにあけて、外をながめやると、野風の吹く畑道を、うしろしぶきに吹きつける雨の中、傘を阿弥陀《あみだ》にかたげて急ぐお寺参りの人々。「連れだち行くのは、あれは皆、村の知った人たち。先に行くのは垂井端《たるいばた》の助三郎、この人も村の顔きき。あの老婆は荷持瘤《にもちこぶ》のある伝の婆《ばば》、アアたいそうな茶飲みじゃがの。そこに見える剃下げ髪《そりさがみ》の男は、昔は大貧乏、年貢《ねんぐ》が払えず、娘を京都の島原へ売り、大尽《だいじん》に身請《みう》けされ奥様におさまり、婿のおかげで田も五町、蔵も二か所を持つ大金持。同じように傾城《けいせい》を身請けする身でありながら、わたしはあなたの母親に辛《つら》い思いをさせる、無念口惜《くちお》しい。あの爺《じい》は弦掛《つるかけ》の藤次兵衛、八十八で一升の飯《めし》を残さず食べたが、今年はちょうど九十五歳。そこへ来た坊主は鍼医《はりい》の道安《どうあん》。あいつが鍼で母を立て殺した。思えば母の敵《かたき》じゃ」と、辛い今の身につけての恨み言。「あれあれ、あそこに見えるのが親仁様《おやじ》」「あの綟《もじ》の肩衣《かたぎぬ》を着たのが孫右衛門《まごえもん》様か。ほんとに目元が似ていることよ」「それほどよく似た親と子が言葉さえ交されぬとは、これも親の罰であろうよ。お年も寄る、足元も弱った。この世でのお別れ」と、手を合せれば、梅川は、「見始めの見納め、わたしは嫁でございます。わたしたち夫婦は、今をもわからぬ命ですが、百年の御長寿を全うされてのち、あの世でお目にかかりましょう」と、口の中で独り言《ひとりごと》。二人はともに手を合せ、むせびいって泣くのであった。

後《あと》の門口《かどぐち》、梅川《うめがは》が、はたと鎖《さ》して、懸金《かきがね》かけ．これは、本《ほん》の敵《かたき》の中、大事ないかと言ひければ．忠三郎といふ者は、百姓に稀《まれ》な男気《をとこぎ》を持つた者．頼んで一夜逗留《とうりう》し、死ぬるともこの所．故郷《こきやう》の土に身をなして、産みの母の墓所《はかどころ》．一所《いつしよ》に埋《うづ》まれ、嫁、姑《しうとめ》の未来の対面させたいと．目もうろ〳〵となりければ、それは嬉《うれ》しうござんせう．さりながら、私《わたし》が母は京の六条．さだめしこの間《あひだ》詮議に人が行きつらん．日頃が眩暈持《めまひもち》なれば、どうならんしたことやら．ま一度京の母様《さま》にも一目会うて死にたいぞ．オ、道理とも。我もそなたのお袋に．婿ぢやと言うて会ひたいと．人目なければ抱《いだ》き合《あ》ひ涙の．雨の横時雨《よこしぐれ》、袖《そで》に．余りて窓を打つ．

ハア、降つてきたさうなと、西受《にしう》けの竹連子《たけれんじ》．反古障子《ほうぐしやうじ》を細めに開けて、見やる野風の畠道《はたけみち》．後ろしぶきに降る雨は、担《かた》げて急ぐ阿弥陀笠《あみだがさ》．道場参《だうぢやうまゐ》りうち連れしは、あれ皆、在所《ざいしよ》の知つた衆《しゆう》．先《さき》なはたる井端《ゐばた》の助三郎《すけさぶらう》、これも在所の口利《くちき》き．あのお婆《ばば》は荷持瘤《にもちこぶ》の伝が婆．ア、いかい茶飲みぢやがの。そこへ見えるそり下げは．昔は大貧乏．年貢《ねんぐ》に詰つて、娘を京の島原《しまばら》へ売り．大尽《だいじん》に請け出され奥様にそなはり．婿の蔭《かげ》で田も五町、蔵も二ケ所の分限者《ぶげんじや》。同じ傾城《けいせい》請ける身が、我はそなたのお袋に、憂き目《うめ》をかける、口惜《くちを》しい。あの爺《ぢい》は弦掛《つるかけ》の藤次兵衛。八十八で一升の飯残さぬ。今年はちやうど九十五。そこへ来た坊主は針立《はりた》ての道安。あいつが針で母者人《ははぢやひと》を立《た》て殺《ころ》した。思へば母の敵《かたき》ぢやと、憂きにつけての恨《うら》み言《ごと》。

あれ〳〵、あれへ見えるが親仁《おやぢ》様。あの綟《もぢ》の肩衣《かたぎぬ》が孫右衛門様か。ほんに目元が似たわいの。それほどよう似た親と子の。言葉をも交されぬ、これも親の御罰《おんばち》ぞや。お年も寄る、足元も弱つた。今生《こんじやう》のお暇《いとま》と手を合すれば、梅川は、見始めの見納め。私《わたし》は嫁でござんする。夫婦《ふうふ》は今をも知らぬ命、百年の御寿命《ごじゆみやう》過ぎて後《のち》。未来でお目にかゝりましよと、口のうちにて独《ひと》り言《ごと》。もろともに手を合せ、咽《むせ》び、入《い》りてぞ嘆きける。

## 二　梅川《うめがわ》、舅《しゆうと》の孫《まご》右衛《え》門《もん》を介抱する

孫右衛門は年寄の弱足のこと、休み休み門口《かどぐち》を過ぎ、田地口《でんじぐち》の溝の凍りかけた水たまりで、滑るのを止めようとしたはずみに、高下駄《たかげた》の鼻緒《はなお》が切れて横むけに泥田の中へがばところびこんだ。「ハア悲しい」と、忠兵衛《ちゅうべえ》は身をもがきあわてふためくが、わが身の上を気にかけて出られもせずにいると、梅川があわてて走り出て、抱き起して裾《すそ》をしぼり、「どこも痛みはしませぬか。お年寄のお気の毒なことよ、お足もすすぎ、鼻緒もすげてあげましょう、少しも御遠慮なされますな」と、腰や膝《ひざ》をさすっていたわると、
孫右衛門は起き上がり、「どなたやらありがたい、おかげで怪我《けが》もいたしませぬ。若いご婦人のおやさしい、年寄と思われて、嫁や子供もおよばぬ介抱。寺道場に参っても、これ、ここの一心が無慈悲では参らぬのも同じ。あなたがほんとうの極楽往生の願い人、もう手を洗ってください。幸いここに藁《わら》もある。鼻緒はわしがすげましょ」と、懐の塵《ちり》紙《がみ》を取り出すと、梅川は、「よい紙がございます、紙縒《こより》をひねってあげましょう」と、延紙《のべがみ》を引き裂いたその手もとを、孫右衛門は不思議そうに見て、「まず、あなたはこのあたりで見知らぬお方じゃが、どなたであれば、このように親切にしてくださいます」と、顔をつらつら眺めると、梅川はいっそう胸がつまるようで、「アアわたしらは旅の者、わたしの舅《しゅうと》にあたる親仁《おやじ》様が、ちょうどあなたの年配で、姿もそのまま、他人へする世話とはさらさらもって思われぬ。お年を取られた舅様の寝起き不自由の介抱やおそばでの世話は嫁の役。ご用に立てばわたくしもどんなにか嬉《うれ》しいというもの。夫にすれ

ばなお親御のこと、飛び立つようにも思っているはずです。この紙とこの紙と取りかえてわたしが頂戴して、夫の肌につけさせ、父御《ててご》に似た親仁様の形見にさせとうございます」と、塵紙を袖《そで》に包んだが、必死に涙をこらえる様子がおのずとあらわれるのであった。

---

孫右衛門《まごゑもん》は老足《らうそく》の、休み〳〵門《かど》を過ぎ．野口《のぐち》の溝の水氷《みづごほり》、滑るを止《とま》る高《たか》足駄《あしだ》．鼻緒《はなを》は切れて、横さまに泥田《どろた》へがばとこけこんだり．ハア悲しやと、忠兵衛《ちゆうべゑ》もがけども、騒げども．身をかへりみて出もやらず、梅川《うめがは》あわて走り出《い》で．抱き起して裾《すそ》絞り、どこも痛みはしませぬか．お年寄《としより》のおいとしや、お足もすゝぎ、鼻緒もすげてあげませう．少しも御遠慮なさるゝなと、腰膝撫《こしひざな》でていたはれば．

孫右衛門起き上がり、どなたやら有難《ありがた》い．お蔭《かげ》で怪我《けが》もいたさぬ．若い上臈《じやうらふ》のおやさしい、年寄と思《おぼ》し召《め》し．嫁子《よめこ》もならぬ介抱《かいはう》．寺道場《てらだうぢやう》へ参っても、これ．こゝの一心《いつしん》が邪見《じやけん》では参らぬも同前．こなたが本《ほん》の後生願《ごしやうねが》ひ、もう手を洗うてくだされ．幸《さいは》ひこゝに藁《わら》もある。鼻緒はわしがすげましよと．懐の塵紙《ちりがみ》を取り出せば、梅川は．よい紙がござんする、紙縒《こより》ひねってあげませうと．延紙《のべ》引き裂きしその手元、孫右衛門不思議さうに．まづ、こなたはこゝらに見知らぬお人ぢやが．どなたなれば、このやうにねんごろにしてくださると．顔をつれ〴〵ながむれば、梅川いとゞ胸《むな》づはらしく．アヽ我らは旅の者、私《わたし》が舅《しうと》の親仁《おやぢ》様．ちやうどお前の年配《としばい》で、恰好《かつかう》もそのまゝ．外《ほか》へする奉公とはさら〳〵もつて思はれず．お年寄つた舅御《しうとご》の臥《ふ》し悩みの抱《だ》きかゝへ．宮仕《みやづか》へは嫁の役、御用に立てば私《わたくし》も．なんぼうか嬉《うれ》しいもの。連合《つれあ》ひはなほ親御のこと．飛び立つやうにもあるはず。この紙と．この紙と．かへて私《わたし》が申し受け、連合ひの肌につけさせ．父御《てゝご》に似たる親仁様の、形見にさせたうござんすと．塵紙袖《そで》におしつゝむ涙ぞ色に出でにける．

---

言葉のはしばしに、孫右衛門《まごえもん》はつくづくと推量して、さすがに親子の情愛は断ちがたく、老いの涙にくれたが、「ムムあなたの舅《しゆうと》にこの爺《じい》が似ているというての孝行か。嬉《うれ》しいうちにも腹が立つ。年のいった倅《せがれ》を、わけあって縁を切り、大阪へ養子に出したの

に、根性に魔がさして、ずいぶん他人の金を使い込み、あげくにそこを逃げ出して、この村まで取調べの最中。だれゆえと言えばそれは嫁御のゆえ、まことに愚痴なことであるけれど、世の諺《ことわざ》に言うとおり、盗みを働く子は憎くなく、縄をかける人が恨めしいとは、このことよ。縁を切った親子であれば、善《よ》いにつけ悪いにつけ、関わりないこととはいうものの、大阪へ養子に行って、利口《りこう》で、器用で、身持ちもよくもって、財産も築きあげた、あのような子を勘当した孫右衛門は愚か者、馬鹿者と言われても、その嬉《うれ》しさはどんなであろう。今にも捜し出され、縄にかかって引かれていくとき、よいときに勘当して孫右衛門はでかした、しあわせじゃとほめられても、その悲しさはいかがであろう。今からそのときのことが思いやられて、一日も先に死なせてくだされと、拝み願うのは、今から参る如来様《にょらいさま》（道場の本尊、阿弥陀《あみだ》如来）、ご開山《かいさん》（真宗の開祖、親鸞《しんらん》聖人）。仏に嘘《うそ》はつかぬぞ」と、地面にどうと平伏《ひれふ》して、声をかぎりに泣くと、

梅川も声をあげて泣き、忠兵衛は障子の間から手を出して、伏し拝み、身もだえして泣き沈んだのはいかにももっともなことと思われた。

孫右衛門はなおも涙をおし拭《ぬぐ》い、「のう、血のつながりは悲しい。仲のよい他人より、縁を切っても親子の情が深いのは世のならい。盗みや騙《かた》りをしようよりも、なぜその前

に内証で、こうこういった傾城《けいせい》にこうした事情の金がいると、ひそかに便りもするならば、不幸なとき、肉親は心から泣き寄るというが、親子であり、ことに産みの母もいない倅《せがれ》、隠居用の田地を売ってでも、首に縄はかけさせまいに。今では世間にも広く知れ渡り、養子先の母に迷惑をかけ、人に損かけ苦労をかけ、どうしていまさら孫右衛門の子でございますと言って、家に引き入れかくまっておかれようか、一晩の宿さえも貸されまい。みなあいつの心がけから、わが身も置き所のない苦労をしおる。嫁御にまで辛《つら》い目をみせ、広い世界を逃げ隠れして、知合いや親しい人々、親子にも隠れるように身を持ちくずし、ろくな死に方もできぬように、この親は産みつけぬ。憎いやつとは思うけれども、かわゆうござる」とだけ言って、わっと声をあげ気も絶え絶えに泣き沈む。分けた血筋というものはまことに哀れなものである。

涙流しながら、巾着《きんちゃく》から丁銀《ちょうぎん》一枚取り出し、「これは難波《なにわ》の御堂の御普請《ふしん》の寄進の金。今ここに持ち合せた。嫁と承知してやるのでもない、ただいまのお礼のためじゃ。このあたりにぶらついていては、よく似たというてつかまえるぞ。連合《つれあ》いはなおさらのこと。これを路銀にして、御所《ごせ》街道（奈良県御所市へ抜ける道）へかかって、一足も早く逃げなされ。あなたの連合いにも、言葉こそは交さぬまでも、ちょっと顔でも見たいが……、いやいやそれでは世間への義理が立たぬ。どうぞ無事だというよい知らせを」と、涙ながら二歩、三歩行っては戻り、「どうであろう、会っても大事ないかい」「なんのどうして、人が知りましょうか、会ってやってくださいませ」「アアしかし、大阪の義理は欠くことができまい。どうかして逆縁（子が親より先に死ぬこと）の回向《えこう》をさせるなと、くれぐれも頼みます」と、涙にむせかえり、振り返り振り返り、泣く泣く別れてゆくあとに、

夫婦はわっところび伏し、人目のあるのも忘れて泣いていたが、そんな親子の仲はまことにあわれで痛々しいものであった。

---

言葉のはづれに、孫右衛門《まごゑもん》つく〴〵と推量し．さすが恩愛捨てがたく、老いの涙にくれけるが．ム、こなたの舅《しうと》にこの爺《ぢい》が．似たといふての孝行か．嬉《うれ》しいうちに腹が立つ。年たけた倅《せがれ》を、子細あつて久離《きうり》切り、大坂《おほざか》へ養子に遣はせしに．根性《こんじやう》に魔がさいて、大分《だいぶん》人の銀《かね》をあやまり．あげくに所を走つて、この在所まで詮議の最中《さいちゆう》．誰故《たれゆゑ》なれば嫁御《よめご》故．ちかごろ愚痴なことなれども、世の譬《たと》へにいふとほり．盗みする子は憎からで、縄かく

る人が恨めしいとはこのことよ．久離《きうり》切つた親子なれば、善《よ》いにつけ悪いにつけ．構はぬこととはいひながら．大坂へ養子に行《い》て、利発《りはつ》で、器用で、身を持つて．身代《しんだい》も仕上げたあのやうな子を勘当《かんだう》した．孫右衛門は戯気者《たはけもの》、阿《あ》呆者《はうもの》と言はれても．その嬉しさはどうあらう。今にも捜し出され．縄かゝつて引かるゝ時、よい時に勘当して．孫右衛門は出かした、仕合《しあは》せぢやと、褒められても．その悲しさはどうあらう。今から思ひ過されて．一日も先に往生《わうじやう》させてくだされと、拝み願ふは、今参る如来《によらい》様、御開山《ごかいさん》．仏《ほとけ》に嘘《うそ》はつかぬぞと．土にどうど平伏《ひれふ》して、声を．はかりに．泣きければ．梅川《うめがは》も声をあげ、忠兵衛《ちゆうべゑ》は障子《しやうじ》より．手を出し、伏し拝み．身を揉《も》み嘆き沈みしは理《ことわり》とこそ聞えけれ．

なほも涙を押《お》し拭《のご》ひ、なう、血の筋は悲しい．仲のよい他人より．久離《きうり》切つた親子の親しみは世の習ひ．盗み騙《かた》りをせうよりも、なぜ前方《まへかた》に内《ない》証《しよう》で．かう／＼した傾城《けいせい》に、かうした訳の銀《かね》がいると．ひそかに便宜《びんぎ》もするならば、親《しん》は泣寄《なきよ》りおや子なり．ことに母もないせがれ．隠居《いんきよ》の田地《でんぢ》を売つても、首綱《くびづな》はつけさせまい．今では世間広うなり、養子の母に難儀をかけ．人に損かけ、苦労をかけ、孫右衛門が子で候とて．引き込んでおかれうか、一夜の宿も貸されうか．みなあいつが心から、その身も狭い苦《く》をしをる．嫁御にまで憂《う》き目《め》を見せ、広い世界を逃げ隠れ．知音《ちいん》、近付き、おや子にも．かくれるやうに身をもちなし、ろくな死にもせぬやうに．この親は産みつけぬ。憎いやつとは思へども．かはゆうござるとばかりにて、わつと消え入り．泣き沈む。分けたる．血筋ぞあはれなる．

涙の隙《ひま》に巾着《きんちやく》より、銀子《ぎんす》一枚取り出し．これは難波《なには》の御坊《ごばう》の御普請《ごふしん》の奉《ほう》加銀《がぎん》．今こゝにありあはせた。嫁と存じてやるでもなし．たゞ今のお礼のため。この辺《へん》にぶらついては．よう似たとて捕へるぞ。連合《つれあ》ひはなほもつて．これを路銭《ろせん》に御所《ごせ》街道《かいだう》へかゝつて、一足《ひとあし》も早う退《の》かつしやれ．こなたの連合ひにも、言葉こそは交さずとも．ちよつと顔でも見たいが．いや／＼それでは世間が立たぬ。どうぞ無事《ぶじ》な吉左右《きつさう》をと、涙ながらに二足《ふたあし》、三足《みあし》．行《ゆ》きては帰り、なんと会うても大事あるまいかい．なんの人が知りませう。会うてやつてくださんせ．ア、大坂《おほざか》の義理は欠かれまい．どうぞして逆様《さかさま》な回向《ゑかう》させなと、ねんごろに．頼みまするると、咽《む》せ返《かへ》り．振り返りく。泣く〳〵別れ行《ゆ》く後《あと》に。夫婦《ふうふ》はわっと伏《ふ》し転《まろ》び人目も忘れ。泣きゐたる、親子の仲こそはかなけれ。

## 三 涙の対面、涙の別れ

忠三郎の女房が雨に濡《ぬ》れて立ち戻り、「待ちくたびれでございましょう。うちの人は庄屋殿の所からすぐに道場へ参られ、そのため会いもしませんでした。もう雨もあがりはじめた、まもなく戻られよう」と言っているところへ、忠三郎が息せききって駆けつけ、「これはこれは、忠兵衛《ちゆうべえ》様。親仁《おやじ》様の話で事の一部始終を聞いてきて……。あなたのことで、この村は大阪から密偵がはいり、代官殿から調べがある。剣《つるぎ》の中へ昼日中《ひるひなか》飛び込んできて、運の尽きたお方じゃ。あなたの姿をみつけたのであろうか、急に村の家々を片端から家捜し。親仁様の家を今捜している。これからわたしの家の番。親仁様はかわいそうに、早く逃してくれよとて狂乱になっておられる。鰐《わに》の口《くち》（きわめて危険な状況）というのは今のこと。サアサア、裏道から御所《ごせ》街道、山へかかって逃げなされ」と言うと、忠兵衛夫婦はうろたえる。忠三郎の女房はわけがわからず、「わたしも一緒に出ていきましょうか」「ばかばかしい」と、忠三郎は女房を引き退《の》けて、夫婦に古蓑《ふるみの》、古笠《ふるがさ》を着せると、二人は雨脚の乱れる中を、足もともよろつくばかりに心とり乱し、「死んでもこの情けは忘れぬ」と、深い情けを思いしめながら、人目を忍んで出ていった。

忠三郎が、「まず嬉《うれ》しい」と一息ついたところに、庄屋や村役人が先頭に立ち、代官所の捕手《とりて》の輩《やから》が、忠三郎の門口《かどぐち》と裏口との二手になってどやどやとなだれこんで、筵《むしろ》をまくり簀子《すのこ》を破り、唐櫃《からびつ》や米櫃、灰俵《はいだわら》もひっくり返して捜した。土間をいれて二十畳にも足りない小さな家で、どこに隠れようもない。「この家は別条ない。野道を捜せ」と言い捨てて、茶園畑の間を縫って、捜し求めて通っていった。

親の孫右衛門《まごえもん》は裸足《はだし》で、「どうじゃどうじゃ忠三郎、善か悪か聞きたい」「アアよいよい、心配ない。夫婦ともに何事もなく、うまうまと逃すことが出来ました」「ハアアありがたい、かたじけない、如来《にょらい》のおかげ。すぐにまた道場へ参ってご開山《かいさん》へお礼を申そう。のう嬉しやありがたや」と、二人連れだって行くところに、「亀屋《かめや》忠兵衛、槌屋《つちや》の梅川《うめがわ》、たった今捕えられた」と、村の北に人だかりがしている。まもなく捕手の役人が、夫婦を搦《から》めて引いてきた。孫右衛門は気を失い、息も絶えるばかりであったが、そんな様子を見て梅川は、夫も自分も縄目にかかる罪と、わが姿にあらためて気づき、眼《まなこ》もくらみ泣き沈むのであった。忠兵衛は大声をあげて、「自分に罪があるからは覚悟の上、殺されるのはしかたがない。御回向《えこう》を頼みあげます。親の嘆きが目に入り、あの世への往生の妨げはこれ一つ。顔を包んでくだされ、お情けです」と泣くので、腰の手拭《てぬぐい》を引き絞って、めんない千鳥さながらに目隠しをすると、その様に梅川も川千鳥のように泣くのであった。水の流れと身の行く末はわからぬというが、恋ゆえに思わぬ破滅の淵《ふち》に沈んだ梅川忠兵衛の二人は、浮名《うきな》ばかりを難波《なにわ》に残しとどめたのであった。

---

忠三郎が女房、雨に濡《ぬ》れて立ち帰り．待《ま》ち遠《どほ》にござりませう．こちの人は庄屋《しようや》殿から直《すぐ》に道場《だうぢやう》へ参られ．それ故《ゆゑ》会ひもいたさず。もう雨も晴れかゝる．追つ付け、今に戻られうと言ふところへ、忠三郎．息を切つて駆《か》け来《きた》り、これは〳〵、忠兵衛《ちゆうべゑ》様．親仁《おやぢ》様の話でだん〳〵を聞いてきて．こなたのことで、この在所《ざいしよ》は大坂《おほざか》から犬が入《はひ》り．代官殿から詮議ある。剣《つるぎ》の中へ昼日《ひるひ》中《なか》．運の尽きたお人ぢや。こなたのふりを見つけたやら．にはか

に在所家並《いへなみ》の片端《かたはし》から屋捜《やさが》し．親仁様を今捜す。これからわしが家の番．親仁様はいとしや、早う抜《ぬ》かしてくれよとて．狂乱になつてぢや。鰐《わに》の口《くち》とはたゞ今。サア〳〵、裏道《うらみち》から御所街道《ごせかいだう》、山へかゝつて退《の》かつしやれと．言へば、夫婦《ふうふ》は狼狽《うろた》ゆる。女房は訳知らず．わしも一所《いつしよ》に退《の》きましよか．阿呆《あはう》らしいと引《ひ》き退《の》けて．夫婦に古蓑《ふるみの》、古笠《ふるがさ》や、雨のあしべも乱るゝ心．死しても忘れぬこの情け、深くしのびて出でにけり．

忠三郎、まづ嬉《うれ》しといきをついだるところに．庄屋、年寄先に立ち、代《だい》官所《くわんしよ》の取手《とりて》の衆．忠三郎が門口《かどぐち》、背戸口《せどぐち》、二手《ふたて》になり、どや〳〵と込み入つて．筵《むしろ》をまくり、簀子《すのこ》を破り、唐櫃《からと》、米櫃《こめびつ》、灰俵《はひだはら》、うち返してぞ捜しける．土間かけて二十畳にも足らぬ小家．いづくに隠れんやうもなし。この家は別条《べつでう》なし．野道《のみち》を捜せと言ひ捨てて、茶園畑《ちやゑんばたけ》の間々《あひあひ》を狩り立ててこそ通りけれ。

親孫《まご》右衛門《ゑもん》裸足《はだし》にて．どうぢや〳〵忠三郎、善か悪か聞きたい．アヽよい〳〵、気遣ひない．夫婦ながら何事《なにごと》なう、まんまと落し済した．ハア、有難《ありがた》い、忝《かたじけな》い。如来《によらい》のお蔭《かげ》、直《すぐ》にまた．道場へ参りて御開山《ごかいさん》へお礼申さう．なう嬉しや有難やと、二人うち連れ行くところに．亀屋《かめや》忠兵衛、槌屋《つちや》の梅川《うめがは》．たつた今捕《と》られたと、北在所《きたざいしよ》に人だかり．ほどなく取手《とりて》の役人、夫婦を搦《から》め引《ひ》き来《きた》る．孫右衛門は気を失ひ、息も絶ゆるばかりなる．風情《ふぜい》を見れば、梅川が、夫《をつと》も我も縄目《なはめ》の咎《とが》．眼《まなこ》もくらみ泣き沈む。忠兵衛大声あげ．身に罪あれば覚悟の上、殺さるゝは是非《ぜひ》もなし．御回向《ごゑかう》頼み奉る。親の嘆きが目にかゝり．未来の障《さは》り、これ一つ。面《つら》を包んでくだされ、お情けなりと泣きければ．腰の手拭《てのごひ》引き絞り、めんない千鳥《ちどり》、百千鳥《ももちどり》．なくは梅川、川千鳥《かはちどり》、水の流れと身の行方《ゆくへ》．恋に沈みし浮名《うきな》のみ、難波《なには》に．残し留《とど》まりし。

浄瑠璃の風景 ①

# 新《しん》町《まち》遊《ゆう》廓《かく》

京の島原《しまばら》、江戸の吉原《よしわら》、そして大坂の新町といえば近世日本を代表する遊廓。いずれもあちこちに散在する遊廓を一所に集めて公許地としたところで、安土桃山時代から江戸時代にかけて整備された。物語の舞台となった新町遊廓は現在の大阪市西区新町一・二丁目の辺りにあり、寛永《かんえい》年間(一六二四～四四)に沼地だったところを開墾し、道頓堀《どうとんぼり》などの遊廓を次々と移し、瓢簞《ひょうたん》町、佐渡島《さどしま》町、九軒町など四筋七町が造られていった。大坂が商都として発展するとともに新町は殷賑《いんしん》をきわめるようになり、元禄《げんろく》十五年(一七〇二)の記録では揚屋《あげや》(遊女と遊興する家)二十八軒、茶屋四十九軒、遊女は八百二十三人を数えた。物語の忠兵衛《ちゅうべえ》・梅川《うめがわ》が落ち合った越後屋《えちごや》は佐渡屋町に実在した茶屋である。遊女は高い位では太夫《たゆう》、天神《てんじん》、それ以下は鹿子位《かこい》、端女郎《はしじょろう》と呼ばれる。太夫ともなれば一流の教養を身につけた文化人であり、客に呼ばれると揚屋まで華麗な行列で練り歩くこともあったが、梅川が属した端女郎は「見世格子《みせごうし》」の中でその容姿をさらして客を待つ見世女郎であり、客の多くは彼女たちを目指した。新町は商談や接待の場としても利用され、近松《ちかまつ》や井原西鶴《いはらさいかく》などの文芸作品の舞台にもなって上方《かみがた》文化を支えたが、明治には娼妓《しょうぎ》の年季奉公《ねんきぼうこう》が廃止され、昭和の大空襲と売春防止法によって遊廓は完全に姿を消す(写真は大正頃《ごろ》の新町)。今はビジネス街となり、色里の賑《にぎ》わいも遊女たちの痛みも雑踏の波に消えた。

# 心中天の網島

山根為雄［校訂・訳］

# 心中天の網島 ❖ あらすじ

『心中天《しんじゆうてん》の網島《あみじま》』は、近松門左衛門《ちかまつもんざえもん》の世話物《せわもの》二十四作中二十二番目の作品で、晩年の名作と評価されている。

**上之巻《じようのまき》**　大坂北新地《きたしんち》の遊女小春《こはる》は、茶屋河庄《かわしよう》方で、自分を呼んだ侍客《さむらいきやく》に向かって、深い馴染《なじみ》の紙屋治兵《かみやじへ》衛《え》と心中の約束をしたが、死にたくないと言う。店先で立ち聞きしていた治兵衛は、怒って刀を突っ込む。侍客は、実は治兵衛の兄孫右衛門《まごえもん》であり、兄に諭《さと》された治兵衛は、小春と取り交わした二十九枚の起請《きしよう》を叩《たた》きつけ、小春を足蹴《あしげ》にして去る。

**中之巻《ちゆうのまき》**　天満《てんま》の紙屋、治兵衛とその妻おさんのもとへ、孫右衛門と叔母《おば》（おさんの母）が訪れ、小春の身《み》請《うけ》の噂《うわさ》を伝える。それは治兵衛ではなく、恋敵《こいがたき》太兵衛《たへえ》によるものであったが、おさんは小春が死ぬことを懸念する。おさんは、小春に対して治兵衛との縁切りを依頼していたのであった。おさんは、女同士の義理を感じて、治兵衛に小春の身請をさせようと金と質草を用意するが、舅《しゆうと》（おさんの父）五左衛門《ござえもん》が現れ、強引におさんを連れ去る。

**下之巻《げのまき》**　治兵衛は蜆川《しじみがわ》大和屋《やまとや》で小春と逢《あ》っていたが、弟を案じて夜更けに訪れた孫右衛門を涙ながらにやり過ごすと、手に手を取って抜け出る。二人は網島大長寺《あみじまだいちようじ》辺の堤にたどり着くと、おさんへの義理から髪を切って出家姿となる。小春を刺し殺した後、治兵衛は場所を違《たが》えて、水門の俎木《まないたぎ》で首をくくって死ぬ。

# 上之巻《じょうのまき》　曾根崎河庄《そねざきかわしょう》の場

## 一　曾根崎新地《そねざきしんち》の賑《にぎ》わい

「三条ばっから、ふんごろ、のっころ、ちょっころ、ふんごろで、待てとっころ、わっから、ゆっくるくるたが、笠《かさ》をわんがらんがらす、空がくんぐるぐるも、れんげれんげればっから、ふんごろ」（当時の流行歌。「三条坊の町で待てとは言ったが、笠を忘れ、空が曇れば降る」の意か）との歌声。

ここは遊女の情けが底知れず深く、まさに大海を、蜆貝《しじみがい》でかえ干す（汲《く》みつくす）ことはできぬとの諺《ことわざ》にふさわしい、恋が深くたまった蜆川《しじみがわ》（大阪市北区）の新地。

思い思いの恋の歌を歌いながら、通りすぎようとする心を遊びたい心が引きとめるのは、門行灯《かどあんどん》の茶屋の文字が関所となるからである。浮《うか》れ歩くひやかし客の出まかせの浄瑠璃《じょうるり》や役者の声色《こわいろ》もあれば、納屋《なや》で歌う歌や二階座敷の三味線にひかれて立ち寄る客もある。今日の紋日《もんぴ》（遊里の祝い日で揚代《あげだい》は高い）をよけて顔を隠し、遊興費を使いすぎまいと忍ぶ姿、中居《なかい》の清《きよ》がこれを見つけ、「三保谷《みおのや》ならぬ身を逃れようとする者がやって来た」と、着ている頭巾《ずきん》の錣《しころ》（頭巾の後ろの垂れ布）を何度か摑《つか》み損なって、客は二、三度逃げのびたけれども、清はお目当てのお客なので逃すまいと飛びかかり頭巾をひったくり、ぴったり寄りそい、「悪洒落《わるじゃれ》さん、さあいらっしゃい」と、引き止めたのは、女景清《おんなかげきよ》の格。景清と違って、錣と頭巾を一緒に取るので、ついはまりこむ客もある。

---

　さん上《じやう》ばつから、ふんごろのつころ、ちよつころふんごろで．まてとつころわつから、ゆつくる〱〱たが．笠《かさ》をわんがらんがらす．そらがくんぐる〱も．れんげれんげればつから、ふんごろ．

娼《よね》が情けの．底深き．これかや恋の大海《たいかい》を．かへも干《ほ》されぬ蜆川《しじみがは》．思ひ〱の思ひ歌．心が心とゞむるは、門行灯《かどあんどう》のもじが関《せき》．浮かれぞめきの、あだ浄瑠璃《じやうるり》．役者物真似《ものまね》、納屋《なや》は歌、二階座敷の三味線《しやみせん》に．ひかれて立ち寄る客もあり、紋日《もんび》逃れて顔隠し．し過《すご》しせじと忍び風《ふう》、中居《なかゐ》の清《きよ》がこれを見て．みをのがれがきたりける．頭巾《づきん》の錣《しころ》を取りはづし〱．二、三度逃げ延びたれども．思ふおてきなれば逃《のが》さじと．飛びかゝり、ひつたり、悪洒落《わるじやれ》．ごんせと止めたる女景清《をんなかげきよ》、錣と頭巾．つい踏みかぶる客もあり．

## 二 小春《こはる》の気苦労

橋の名までも梅田橋や桜橋と、花を揃《そろ》えた北の新地《しんち》（曾根崎《そねざき》新地。大阪市北区）、美女揃えのその中に、南の風呂《ふろ》の湯女《ゆな》から、いまこの新地にやって来た遊女、紀《き》の国屋《くにや》の小春という名は、この十月に心中の浮名を、この世に残せとの前兆なのであろうか。

今夜は誰《だれ》が呼んでくれたのかと、おぼつかなく思いながら来ると、ぼんやりした行灯《あんどん》の光の下、行き違う女郎《じよろう》が立ち戻り、「ヤ小春様か、どうなさったの。お互いに同席することも絶えて、お目にかからないので様子も聞かないが、気分がお悪いか。顔もやせ、やつれなさった。誰やらの話で聞くと、紙治《かみじ》様（紙屋治兵衛《かみやじへえ》）のために、親方からはひどく客の取調べにあいなさって、どこの茶屋へも軽々しくは送り出さないだの、いや、太兵衛《たへえ》様に請《う》け出され、田舎《いなか》とやら、伊丹《いたみ》（兵庫県伊丹市）とやらへ行かれるはずとも聞いています。どうでございます」と言うと、小春は「アアもう伊丹伊丹と言うてくださるな。そのことで痛み入るわいな。かわいそうに、紙治様と私の仲はそれほどにもないことを、あの大ぼら吹きの太兵衛が悪い評判を立てて言いちらし、客という客はすっかり寄りつかなくなり、親方からは、紙屋治兵衛ゆえだと、再三逢《あ》うのを止めるので、手紙もできぬようになりました。不思議に今宵《こよい》はお侍客《さむらいきゃく》とて、河庄方《かわしょうかた》（茶屋・河内屋）へ送られるが、こう行く途中でも、もしや太兵衛に会いはしないかと心配で心配で、敵《かたき》持ちと同じ身持ち。ねえ、その辺に姿が見えないかね」「オオ、オオそんなら急いで隠れなさい。あれ一丁目から、なまいだ坊主《ぼうず》（鉦《かね》を叩《たた》き浄瑠璃や小歌などを歌い歩く僧形の門付芸人《かどづけげいにん》）がおどけ念仏を唱《とな》えてくる。その見物の中に、のんこ髷《まげ》（髷の根を高く立てた髪形）に髪結うて、放蕩者《ほうとうもの》らしく、伊達《だて》を自慢といわぬばかりの身なりの男、たしかに太兵衛様かと思う。あれあれこっちへ」と言う間もなく、焙烙頭巾《ほうろくずきん》（丸くて浅い焙烙に似た形の頭巾）のなまぐさ坊主が、墨染《すみぞ》めの衣に襷《たすき》をかけ、見物のひやかし客に取り巻かれ、鉦《かね》の拍子《ひょうし》もでたらめにごんごんと打ち、悪ふざけ念仏にむだ口をまじえて、「樊噲流《はんかいりゅう》の門破り（漢の高祖《こうそ》の臣樊噲《はんかい》が鴻門《こうもん》を突破したこと）は珍しからず、門を破るのは、日本の朝比奈流《あさひなりゆう》（朝比奈三郎義秀が鎌倉御所の門を手で押し破ったこと）を見よといって、かんぬきや逆茂木《さかもぎ》（敵の侵入を防ぐ柵《さく》）を引き破り、右竜虎《うりようこ》、左竜虎（『国《こく》性爺《せんや》合戦《かつせん》』で南京の雲門関を守る二人の大将）を討ち取って、難なく関を過ぎ、月日も過ぎた（以上、『国性爺合戦』の一節）、なまみだ、なまいだ、なまいだ、なまいだ」

「迷い行けども松山《まつやま》（遊女の名）に、似た人のない浮世《うきよ》だと、泣いたり、エエ、エエ、ワハ、ワハ、ワハ、笑ったり、狂乱の身の果ては、なんとも浅ましいことよと思ううち、芝を布団にして寝たのは、目もあてられぬありさまだ（以上、『椀久末の松山《わんきゆうすえ》』の一節）、なまみだ、なまいだ、なまいだ、なまいだ」

「えいえいえいえいえい、紺屋《こんや》の徳兵衛《とくべえ》、ふさ（遊女の名）にもとから深く心を打込んで、内の借金というしみは灰汁《あく》でも抜けず（以上、「与作《よさく》おどり」の一節）、なまみだ、なまいだ、なまいだ、なまいだ、なまいだ」

「アアこれ坊様《ぼんさま》、何ですか。エエ縁起の悪い。漸《ようよ》うこの頃《ごろ》、この廓《くるわ》の心中沙汰《しんじゆうざた》が鎮《しず》まったのに、それやめて、国性爺《こくせんや》の道行《みちゆき》念仏が望みじゃ」と、杉（下女の名）が袖《そで》から報謝《ほうしや》の銭《ぜに》を渡すと、「たった一銭、二銭で、三千余里を隔てた大明国《だいみんこく》（中国）への長旅は、ひき合わぬだ仏《ぶつ》、合わぬだ、あわぬだ、あわぬだ」と、ぶつぶつ言って行き過ぎる。

橋の名さへも梅、桜、花を揃《そろ》へしその中に．南の風呂《ふろ》の浴衣《ゆかた》より、今この新地にこひ衣《ごろも》．きの国屋《くにや》の小春《こはる》とは．この十月にあだし名を．世に残せとのしるしかや．

今宵《こよひ》は誰《たれ》か．よぶ子鳥《こどり》．おぼつかなくも行灯《あんど》の影、行《ゆ》き違ふ娼《よね》の立ち帰り．ヤ小春様か、なんといの．互ひに一座《いちざ》もうち絶《た》え．貴面《きめん》ならねば便りも聞かず、気色《きしよく》が悪いか．顔も細り、やつれさんした．誰やらが話で聞けば、紙治《かみぢ》様故《ゆゑ》．内からたんと客の吟味にあはんして．どこへもむさとは送らぬの．いや太兵衛《たへゑ》様に請《う》け出され．在所とやら、伊丹《いたみ》とやらへ行かんすはずとも聞き及ぶ．どうでござりやすと言ひければ．ア、もう伊丹〳〵と言うてくだんすな．それでいたみ入《い》るわいな．いとしぼなげに、紙治様と私《わたし》が仲．さほどにもないことを．あの贅《ぜい》こきの太兵衛が、浮名を立てて言ひ散らし．客といふ客は退《の》きはて．内からは、紙屋治兵衛《かみやぢへゑ》ゆゑぢやと、堰《せ》くほどに〳〵．文《ふみ》の便りも叶《かな》はぬやうになりやした．不思議に今宵《こよひ》は、侍衆《しゆ》とて、河庄方《かはしやうかた》へ送らるゝが．かう行く道でも、もし太兵衛に会はうかと気遣ひさ〳〵．敵《かたき》持ち同然の身持ち．なんとそこらに見えぬかえ．オ、〳〵

そんならちやつとはづさんせ。あれ一丁目から、なまいだ坊主《ばうず》が。転合念《てんがうね》仏《ぶつ》申して来る。その見物の中に。のんこに髪結《ゆ》うて、のらしい。伊達衆《だてしゆ》自慢《じまん》といひそな男。たしかに太兵衛様かと見た。あれ〳〵こゝへと言ふ間《ま》ほどなく、焙烙頭巾《はうろくづきん》の青道心《あをだうしん》。墨の衣の玉襷《たまだすき》、見物ぞめきに取り巻かれ。鉦《かね》の拍子も出合ひごん〳〵。ほでてん〳〵ご念仏《ねぶつ》にあだ口嚙《か》みまぜて。樊噲流《はんくわいりう》は珍しからず。門を破るは、日本《につぽん》の朝比奈流《あさひなりう》を見よやとて。貫の木《くわんき》、逆茂木《さかもぎ》引き破り。右竜虎《うりようこ》、左竜虎《さりようこ》討ち取つて。なんなく過ぐる月日の関《せき》や。なまみだ、なまいだ。なまいだ〳〵。

迷ひ行《ゆ》けども松山に。似たる人なき浮世ぞと。泣いつ、エ、〳〵。ワハ〳〵。笑うつ、狂乱の。身の果て、なんと浅ましやと。芝をしとねに臥《ふ》しけるは、目もあて。られぬ風情《ふぜい》なまみだ、なまいだ。なまいだ〳〵。

えい〳〵〳〵〳〵、紺屋《こんや》の徳兵衛《とくべゑ》。ふさにもとよりこひそめこみの。内の身代灰汁《しんだいあく》でも剝《は》げず。なまみだ、なまいだ。なまいだ。なまいだ。なまいだ〳〵〳〵。

ア、これ坊様《ぼん》。なんぞ。エ、忌々《いまいま》しい。やう〳〵この頃《ごろ》、この里の心中沙汰《ざた》が鎮《しづま》つたに．それおいて、国性爺《こくせんや》の道行念仏《みちゆきねぶつ》が所望《しよまう》ぢやと．杉が袖《そで》から報謝《はうしや》の銭《ぜに》．たつた一銭《せん》、二銭《せん》で、三千余里を隔てたる．大明国《だいみんこく》への長旅は．あはぬだ仏《ぶつ》、あはぬだ．あはぬだ〳〵．ぶつ〳〵言うて行き過ぐる．

## 三 大言壮語する太兵衛《たへえ》

人ごみにまぎれてちょこちょこ走りで、大急ぎで河内屋《かわちや》に駆け込むと、「これはこれは、早いお越し。お名さえ長い間、口にしなかった。やれ珍しい小春《こはる》様、小春様、久々で小春様」と、主人のおかみが勇み立つ声。「これ外へ聞える。高い声で小春、小春言うてくださるな。表に、いやな李蹈天《りとうてん》（『国性爺合戦《こくせんやかつせん》』の敵役《かたき》）がいるわいな。小声で、小声で頼みます」と言うのも漏れたのか、ぬっとはいってきた三人連れ。「小春殿、李蹈天とは、無実の悪名をつけてくださった。まず礼から言いましょう。連れの衆《しゆ》、内々《ないない》話した、情愛が深く、心意気がよく、床《とこ》あしらいよしの小春殿だ。今にこのおれが女房に持つか、紙屋治兵衛《かみやじへえ》が請《う》け出すか、張り合っている女郎、近づきになっておきなされ」と、横柄な態度で近寄ると、「エイ聞きたくもない。根も葉もない悪評をたてて、と、さっと離れると、またすり寄り、「聞きたくなくても、小判の響きで聞かせてみせよう。そなたも結構な巡り合せの女だ。天満《てんま》（大阪市北区南東部）はもとより大阪中に男も多いのに、選んだ紙屋の治兵衛は、二人の子の親、女房はいとこ同士、舅《しゅうと》は叔母《おば》の夫。その上、六十日、六十日に、問屋の決算払いにさえ追われる商売の身。それなのに、十貫目近い金出して、請け出すの、身請《みう》けのとは、身の程知らずでござる。おれは女房や子もなければ、舅もなし、親もなし、叔父《おじ》持たず、身一つの太兵衛と評判の男。遊里で大口をたたくことは治兵衛めにはかなわないが、金のある点だけは太兵衛が勝った。金の力で押したなら、のう、連れの衆、何にでも勝てるだろう。今夜の客も治兵衛めだ。小春を貰《もら》おう貰おう。この身すがらが貰った。おかみ、酒出せ酒出せ」「エ何をおっしゃいます。今夜のお客はお侍《さむらい》様、まもなくお見えになりましょう。あなたはどこかよそで遊んでくださいな」と言っても、ふざけた顔つきで、「ハテ刀を差すか差さぬかの違いで、侍も町人も客は客。いくら差しても五本、六本は差すまいし、せいぜい差して刀と脇差《わきざし》のたった二本。侍ぐるみに小春殿を貰った。いくら逃げ隠れなさっても、縁あればこそ出会い申すのだ。これもなまいだ坊主のおかげ、アア念仏のご利益《りやく》は有難《ありがた》い。わしも念仏申そう。ヤ、鉦《かね》の代りの火入れ、煙管《きせる》の撞木《しゅもく》（鉦を打つ棒）とは面白い。ちゃんちゃん、ちゃちゃんちゃん、えいえいえいえいえい、紙屋の治兵衛、小春狂いが過ぎ（杉原紙《すぎはらがみ》）て、一分《いちぶ》小判（小半紙）はちりぢり（塵紙《ちりがみ》）になって、男の一分《いちぶん》もすたり、内の財産が透け破れ、そんな漉《す》き破れ紙では、鼻もかまれぬ紙屑《かみくず》の治兵衛、エなまみだ仏《ぶつ》、なまいだ、なまみだ仏、なまいだ、なまいだ、なまいだ」と、暴れわめく門口《かどぐち》に、人目を忍び近寄る、夜ながら編笠《あみがさ》をきた人。

「ハアア塵紙がおいでなすった。ハテ、大層な忍び方。なぜ入《はい》らぬ塵紙。太兵衛の念仏がこわいのなら、もう一度なむあみだ、それ編笠ともに貰った」と、引きずり入れた姿を見ると、大小の拵《こしら》えの地味な、謹厳な本物の武士。編笠越しにぐっと睨《にら》んだまん丸い目玉は叩《たた》き鉦《がね》そのもの。驚いて、念とも仏《ぶつ》ともまったく声が出ない。「ハアア」と言ったが、弱みを見せない顔付きで、「のう小春殿、わしは町人、刀差したことはないけれど、おれのところに沢山《たくさん》ある新銀《しんぎん》（享保《きょうほう》新銀。従来の四宝銀《よつほうぎん》の四倍の価値をもつ）の光では、少々の刀の威光もねじゆがめられようと思うよ。塵紙屋めが漆漉《うるしこ》し紙ほどな薄い元手《もとで》で、この身すがらと張り合うのは生意気至《し》極《ごく》。桜橋から中町《なかまち》辺を冷かして歩いたら、どこかでは出会おうから、紙屑めを痛めつけてやろう、皆おいで、おいで」と、身ぶりばかりは男だて風をして、町一杯に広がって大威張《おおいば》りで帰っていった。

人立《ひとだち》まぎれにちよこ〳〵走り、とつかはち屋に駆け込めば。これは〳〵早いお出《い》で。お名さへ久しう言はなんだ。やれ珍しい、小春様〳〵。はる〴〵で小春様と、主《あるじ》の花車《くわしや》が勇む声。これ門《かど》へ聞える。高い声して、小春〳〵言うてくだんすな。表にいやな李蹈天《りたうてん》がゐるわいの。ひそかに〳〵頼みやすと。言ふも漏れてや、ぬつと入《い》つたる三人づれ。小春殿、李蹈天とは。ない名をつけてくだされた。まづ礼から言ひましよ。連れ衆《しゆ》。内々《ないない》話した、心中よし、いきかたよし、床《とこ》よしの小春殿。やがてこの男が女房に持つか。紙屋《かみや》治兵衛《ぢへゑ》が請《う》け出すか。張り合ひの女郎《ぢよらう》、近付きに。なつておきやと、のさばり寄れば、エイ聞きともない。え知れぬ人のあだ名を立て。手柄にならば、精出して言はんせ。この小春は聞きともないと、ついと退《の》けば、またすり寄り。聞きともなくとも、小判の響きで聞かせてみせう。貴様もよい因果《いんぐわ》ぢや。天満《てんま》、大坂三郷《おほざかさんがう》に男も多いに。紙屋の治兵衛二人の子の親。女房はいとこ同士《どし》、舅《しうと》は叔母婿《をばむこ》。六十日〳〵に。問屋《とひや》の仕切りにさへ追はる、商売．十貫目近《ぢか》い銀《かね》出して．請け出すの、根引《ねびき》のとは．蟷螂《たうらう》が斧《をの》でござる．我《われ》ら、女房、子なければ．舅なし、親もなし、叔父持たず．身すがらの太兵衛と名を取つた男．色里《いろざと》で僣上《せんしやう》言ふことは治兵衛めにはかなはねども．銀《かね》持つたばかりは太兵衛が勝つた．銀の力で押したらば、なう連れ衆．何に勝たうもしれまい．今宵《こよひ》の客も治兵衛めぢや、貰《もら》ほ〱．この身ずがらが貰うた。花車、酒出しや〱．エ何おしやんす．今宵のお客はお侍衆《しゆ》．おつ、け見えましよ．お前はどこぞ脇《わき》で遊んでくださんせと．言へども、ほたえた顔付にて．ハテ刀差すか差さぬか．侍も町人も客は客．なんぼ差いても五本、六本は差すまいし．よう差いて刀、脇《わき》差《ざし》たつた二本．侍ぐるめに小春殿貰うた．抜けつ隠れつなされても．縁あればこそお出合ひ申す。なまいだ坊主のお蔭《かげ》．ア、念仏の功力有難《くりきありがた》い．こちも念仏申そ．ヤ．鉦《かね》の火入れ、煙管《きせる》撞木《しもく》、面白《おもしろ》い．ちやん〱．ちやちやん、ちやん．えい〱〱〱〱．紙屋の治兵衛．小春狂ひがすぎ原紙《はらがみ》で．一分《ぶ》こはんしちり〱紙《かみ》で．内の身代《しんだい》すき破《や》れ紙の．鼻もかまれぬ紙屑《かみくづ》治兵衛．エなまみだ仏《ぶつ》、なまいだ．なまみだ仏、なまいだ〱〱

と． 暴れわめく門《かど》の口． 人目を忍ぶ夜《よる》の編笠《あみがさ》． ハア、塵紙《ちりがみ》わせた． ハテ、きつい忍びやう． なぜ入《はひ》らぬ、塵紙． 太兵衛が念仏怖《こは》くば． なむあみ笠《がさ》も貰うたと． 引きずり入れたる姿を見れば． 大小くすんだ武士の正真《しやうじん》． 編笠越《ご》しにぐつと睨《ね》めたる． まん丸目玉は叩《たた》き鉦《がね》． 念とも仏《ぶつ》とも出《い》でばこそ． ハア、と言へども、怯《ひる》まぬ顔． なう小春殿． こちは町人、刀差いたことはなけれど． おれが所に沢山《たくさん》な新銀《しんぎん》の光には． 少々の刀も捩《ね》ぢゆがめうと思ふもの． 塵紙屋めが漆漉《うるしこ》しほどな薄元手《うすもとで》で． この身ずがらと張り合ふは慮外千万《りよぐわいせんばん》． 桜橋《さくらばし》から中町《なかまち》くだりぞめいたら． どこぞでは紙屑踏みにぢつてくりよ． 皆おぢや〳〵と． 身振りばかりは男をみがく、町一杯に． はゞかつてこそ帰りけれ．

## 四 不機嫌になる侍《さむらい》と、沈みこむ小春《こはる》

場所柄を考え、馬鹿者に構わず堪《こら》える武士の客。一方、紙屋《かみや》紙屋と善《よ》し悪《あ》しの評判は小春の身にこたえ、沈みきってぼんやりとし、客への挨拶《あいさつ》もせぬ折から、紀《き》の国屋《くにや》の内

から走ってきた杉《すぎ》が当惑した顔付で、「ただ今春様を送ってきましたとき、お客様（この侍のこと）はまだお見えにならず、そのまま帰りましたが、（治兵衛《じへえ》でないことを）なぜ見届けてこなかったと、ひどくお叱《しか》りです。失礼ながらちょっと」と、編笠《あみがさ》押し上げて顔を調べ、「ムム、そうでないそうでない、心配なし。明日の朝までしっぽりと小春様、甘ったるくしたたる樽《たる》の生醤油《きじょうゆ》。おかみさんさようなら、後で会おうな青菜のお浸《ひた》し」と、駄洒落《だじゃれ》たらだら言って帰った。

すごく堅物《かたぶつ》の侍は大いに不機嫌になり、「これは何事だ。人の面《つら》を調べるとは、拙者《せっしゃ》を茶入れ、茶碗《ちゃわん》扱いにするのか。なぶられにはやって来ぬ。拙者の屋敷は昼でさえ出入りがきびしく、一晩の外出も留守居役《るすいやく》へ届けて、帳面に記入という厄介な規則であるが、お名前を聞いて恋い慕ったお女郎、どうかして同席したいと、草履《ぞうり》取りも連れずに、先ほど参って揚屋《あげや》（河内屋）を頼み、ぜひとも一生の思い出に、お情けに預かろうと思ったのに、一向ににっこりと笑顔も見せず、一言の挨拶もなく、懐の中で銭勘定《ぜにかんじょう》するように、さてさて俯《うつむ》いてばっかり。首筋が痛みはせぬか。なんとおかみ、茶屋へ来て、一晩中お産の介抱をするようなことは、ついぞ例のない光景だ」と、ぶつぶつ言うとおかみは、「ご尤《もっと》もご尤も、事情をご存じないので、ご不審が起るはず。この女郎には紙治様《かみじ》という深い仲のお客がございまして、今日も紙治様、明日も紙治様と、そばからは手出しもできず、ほかのお客は嵐《あらし》にあった木の葉のように、ばらばらばら。のぼせあがっては、お客にも女郎にもとかくまちがいの起るもの。第一、勤めの妨げになると、逢《あ》わせないのはどこの親方も同じ。そのためのお客調べ、自然と小春様もお気が浮かないのは道理、お客の不機嫌も道理、道理と道理の中を取って、主人の身としては、両方のご機嫌よかれが道理の肝心要《かんじんかなめ》。サアぱっと飲み始めて、元気よく、うきうきと頼みます。小春様、春様」と言っても、小春はなんの返事もなく、涙をほろりと流した顔を振り上げ、「あの、お侍様、同じ死ぬにしても、十夜《じゅうや》（陰暦十月六日から十五日まで行われる浄土宗の念仏法要）のうちに死んだ者は成仏《じょうぶつ》するといいますが、本当ですか」「そんなことを拙者が知るものか、檀那寺《だんなでら》の坊主にお聞きなされ」「ほんにそうだ。そんなら聞きたいことがある。刃物で自害するのと、首括《くく》るのとでは、きっと、この喉《のど》を切るほうが、うんと痛いでしょうね」「痛むか痛まぬか、まだ切ってはみず、変なことを聞きなさるな。ア小気味《こきみ》の悪い女郎だ」と、さすがの武士もけげんな顔付。

「エエ春様、初対面のお客に、あんまりな挨拶。ちょっと気分を変えて、どれ、うちの人を探してきて、酒にしよう」とおかみが立ち出ると、外は宵《よい》の間の月が傾き、雲の往来も人足もまばらになってしまった。

所から、馬鹿者に構はず堪《こら》へる武士の客。紙屋〳〵と善《よ》し悪《あ》しの噂《うはさ》、小春が身にこたへ。思ひくづほれうつとりと。無挨拶《ぶあいさつ》なるをりふし。内から走つてきの国屋《くにや》の。杉が気疎《けうと》い顔付きにて。たゞ今春様送つて参りし時。お客様まだ見えず。なぜ見届けて来《こ》なんだと、ひどう叱《しか》られます。慮外ながらちよつとと、編笠押し上げ面体吟味《めんていぎんみ》。ム、、そでない〳〵、気遣ひなし。あと詰めてしつぽりと小春様。したゝるたるの生醤油《きじやうゆ》。花車《くわしや》様さらば、後《のち》にあをなの浸し物と。口合《くちあひ》たら〳〵立ち帰る。

至極堅手《しごくかたで》の侍《さむらひ》。大きに無興《ぶきよう》し、こりやなんぢや。人の面《つら》を目利《めきき》するは、身を茶入れ、茶碗《ちやわん》にするか。なぶられには来申さぬ。此方《このはう》の屋敷は昼さへ出入り堅く。一夜の他出《たしゆつ》も留守居《るすゐ》へ断り、帳《ちやう》につき。むつかしい掟《おきて》なれども。お名聞いて恋ひ慕うたお女郎。どうぞと一座を願ひ。小者《こもの》も連れず、先刻《せんこく》参つて宿《やど》を頼み。なんでも一生の思ひ出。お情けに預らうと存じたに。いかなにつこりと笑顔《ゑがほ》も見せず。一言《いちごん》の挨拶《あいさつ》もなく。懐《ふところ》で銭よむやうに、さて〳〵俯《うつぶ》いてばかり。首筋が痛みはいたさぬか。なんと花車《くわしや》殿。茶屋へ来て、産所《さんじよ》の夜伽《よとぎ》することは。つひにない図《づ》とぶつゝけば。お道理〳〵、曰《いは》くをご存《ぞん》じない故《ゆゑ》、ご不審の立つはず。この女郎には紙治《かみぢ》様と申す、深いお客がござんして。今日も紙治様。明日も紙治様と。脇《わき》から手ざしもならず。外《ほか》のお客は嵐の木《こ》の葉《は》でばら〳〵〳〵。上《のぼ》り詰めては、お客にも女郎にも、えて怪我《けが》のあるもの。第一、勤めの妨げと堰《せ》くはどこしも親方の習ひ。それ故のお客の吟味。おのづと小春様もお気の浮かぬは道理。お客も道理、道理〳〵の中取って。主《あるじ》の身なれば、ご機嫌よかれが道理の肝心《かんじん》肝文《かんもん》。サアはつと飲みかけ、わさ〳〵わつさり頼みます。小春様、春様と。言へどもなんの返答も、なみだほろりの顔振り上げ。あの、お侍様。同じ死ぬる道にも。十夜《じふや》のうちに死んだ者は。仏になると言ひますが、定《ぢやう》かいな。それを身が知ることか。旦那坊主《だんなばうず》にお問ひなされ。ほんにさうぢや。そんなら問ひたいことがある。自害すると、首括《くく》るとは。さだめし、この喉《のど》を切る方《かた》が。たんと痛いでござんしよの。痛むか痛まぬか、切ってはみず。大方《おほかた》なこと問はつしやれ。ア小気味《こきみ》の悪い女郎ぢやと。さすがの武士もうてぬ顔．
エ、春様．初対面のお客にあんまりな挨拶．ちっと気をかへ．どりや、こちの人尋ねて来て、酒にせうと．立ち出《い》づる門《かど》は宵月《よひづき》の．影傾《かたぶ》きて、雲のあし．人足うすくなりにけり．

## 五 治兵衛《じへえ》、二人の会話を盗み聞く

天満《てんま》の町に年を経た、神ならぬ紙様《かみ》と、世上の噂《うわさ》に上るばかりに、小春《こはる》に深くなじみ、離れがたい腐れ縁となった身は、今は結ぶの神もない神無月《かみなづき》（十月）、仲をさかれて逢《あ》われぬ身となりはて、ああ、逢瀬《おうせ》の機会があれば、それを二人の最期の日にしようと、最期のことを手紙で約束し合い、毎夜、毎夜の死に覚悟。魂も抜けて、とぼとぼ、うかうか、恋に胸を焦《こが》してさまよっている。

煮売り屋《にうりや》で小春の噂、「侍《さむらい》客で、河庄方《かわしょう》」と耳にいるや、「サア今夜こそ」と、覗《のぞ》く格子《こうし》の奥の部屋に、客は頭巾《ずきん》を深くかぶり、頤《あご》が動くだけで声は聞えない。「かわいそうに、小春の灯火《ともしび》に背を向けた顔の、あの痩《や》せたことよ。心の中はみなおれのことであろう。ここにいると知らせて、連れて飛ぶなら梅田か北野か（「吹く」「飛ぶ」「梅」「北野」は菅原道真の飛び梅伝説をふまえたもの。梅田には墓地、北野には綱敷天神があった）。エエ知らせたい、呼びたい」と、心で招き、気は小春の所へ行き、身は蟬《せみ》のぬけがらのように放心状態で、隙間《すきま》だらけの格子に抱きついて、あせり泣く。

格子の奥の客が大あくびして、「悩みのある女郎《じょろう》さんのお相手で気が滅入《めい》る。外も静かだ、往来に面した部屋へ出て、門行灯《かどあんどん》でも見て気を晴そう、サアおいで」と、小春と連れ立って出るので、治兵衛は「さあ大変」と、格子の小陰に体をすぼめ、隠れて聞くが、内ではそうとも知らず、「のう小春殿、宵《よい》からの様子、言葉の端々《はしばし》に気をつけてみると、おかみの話の紙治《かみじ》とやらと心中する覚悟とみた。違いあるまい。死神のついた者の耳には、意見も道理もはいるまいと思うが、さてさて心中するとは、愚《ぐ》の骨頂《こっちょう》だ。心中すれば、相手の男の無分別は恨まずに、男の親戚一族はお前を恨み憎むし、万人に死に顔さらす恥をかかねばならぬ。親はないかもしれないが、もしあれば不孝の罰《ばち》で、成仏はおろか、地獄へも易々《やすやす》と二人連れでは落ちられぬぞ。かわいそうとも、気の毒とも思われ、初対面ながら、武士の役目として、見殺しにはしがたい。きっと金次第のことであろう。五両や十両は用立てしてでも助けたい。絶対に侍の名誉にかけて、他言《たごん》すまい。心底をすっかり打ち明けよ」と囁《ささや》くと、小春は手を合せ、「アア、忝《かたじけな》い、有難《ありがた》い。馴《な》染《じみ》も、縁《ゆかり》もない私に、お誓いの上での情け深いお言葉、涙がこぼれて忝い。まことに思いが内にあると顔色に現れるものでございますね。いかにもいかにも、紙治様と死ぬ約束をしました。親方に仲をさかれて逢瀬も絶え、紙治様には差障《さしさわ》りがあって、今急に請《う》け出すこともできず、南の元の親方とここの親方とに、まだ五年ある年季のうちに、他の人に身請けされては、私はもとより、紙治さんはなお面目《めんぼく》が立たず、そこで『いっそ死んでくれぬか』『アア死にましょ』と、後へは引けない自然の成行きから、ふっと心中を言い交し、折を見合せ、合図を決め、その合図で『抜けて出ましょう』『抜け出せ』と約束して、いつなんどきを最期とも分らず、その日送りのはかない命。わたし一人を頼りの母様は、南の辺で手内職して裏屋住まい。わたしが死んだ後では、物乞《ものごい》、非《ひ》人《にん》となって飢死《うえじ》にでもなされるのではないかと、これだけが悲しい。私としても命は一つ、薄情な女と思われるのも恥ずかしいですが、恥知らずになっても、死にたくないのが一番。死なずに事がすむように、どうぞどうぞ頼みます」と話すと、武士はうなずき、思案顔。外では、はっと聞いて驚く男の思いがけない気持は、木から落ちた猿（途方に暮れるさま）同様で、気ものぼせ狂い、「さてはみな嘘《うそ》であったか、エエ腹が立つ。二年という間騙《だま》された。根性《こんじよう》の腐った狐《きつね》め、踏み込んで一刀のもとに切り捨てようか、赤恥かかせて、うっぷんを晴そうか」と、歯ぎしりきりきり口惜《くちお》し涙。内では、小春が嘆き泣き。「不都合な頼み事ですが、お侍様のお情けで、今年中、来春の二、三月のころまで、客となって私に逢《あ》ってくださって、あの男が死ぬために来るたびに、邪魔《じやま》して、死期を延ばし延ばして、自然と手を切れば、先方も殺さず、私も命が助かる。どういう悪縁で死ぬ約束をしたことか、思えば悔《くや》しゅうございます」と、膝《ひざ》にもたれて泣く有様。

---

天満《てんま》に年経《としふ》る．千早振《ちはやふ》る．神にはあらぬ紙《かみ》様と、世の鰐口《わにぐち》に乗るばかり．小春《こはる》に深くあふ幣《ぬさ》の、くさり合うたるみ注連縄《しめなは》．今は結ぶの神無月《かみなづき》．堰《せ》かれて逢《あ》はれぬ身となり果て．あはれ逢瀬《あふせ》の首尾あらば．それを二人が．最《さい》期日《ごび》と．名残《なごり》の文《ふみ》の言ひ交し．毎夜〳〵の死に覚悟．魂抜けてとぼ〳〵うか〳〵、身を焦《こが》す．

煮売り屋で小春《こはる》が沙汰《さた》．侍客で河庄方《かた》と耳に入《い》るより、サア今宵《こよひ》と．のぞく格子《かうし》の奥の間に、客は頭巾《づきん》を頤《おとがひ》の．動くばかりに声聞えず．かはいや、小春が灯《ともし》に．そむけた顔の、あの痩《や》せたことわい．心の中はみなおれがこと。こゝにゐると吹き込んで。連れて飛ぶなら梅田《むめだ》か北野《きたの》か。エ、知らせたい、呼びたいと。心で招く気は先へ、身は空蝉《うつせみ》の脱殻《ぬけがら》の。格子に抱きつき、あせり泣く。

奥の客が大あくび。思ひのある女郎衆《ぢよらうしゆ》のお伽《とぎ》で気が滅入《めい》る。門《かど》も静かな。端《はし》の間《ま》へ出て、行灯《あんどう》でも見て気を晴さう。サアござれと、連れ立ち出《い》づれば、南無三宝《なむさんぼう》と。格子の小陰《こかげ》に肩身をすぼめ、隠れて聞くとも内には知らず。なう小春殿。宵《よひ》からのそぶり。言葉の端に気をつくれば。花車《くわしや》が話の紙治《かみぢ》とやらと。心中する心と見た。違ふまい。死に神ついた耳へは。意見も道理も入《い》るまじとは思へども。さりとは愚痴《ぐち》の至り。先の男の無分別は恨みず。一家《いつけ》一門そなたを恨み憎しみ。万人に死に顔さらす身の恥。親はないかも知らねども。もしあれば不孝の罰《ばち》。仏はおろか地獄へも、あたゝかに。二人づれでは落ちられぬ。痛はしとも、笑止《せうし》とも、一見《いちげん》ながら武士の役。見殺しにはなりがたし。さだめて銀《かね》づく。五両、十両は用に立てても助けたし。神八幡《しんはちまん》、侍冥利《さむらひみやうり》、他言《たごん》せまじ。心底残さずうち明けやと。さゝやけば、手を合せ。ア、忝《かたじけな》い、有難《ありがた》い。馴染《なじみ》、よしみもない私《わたし》。ご誓言《せいごん》での情けのお言葉、涙がこぼれて忝い。ほんに色外《ほか》にあらはるでござんする。いかにも〳〵、紙治様と死ぬる約束。親方に堰《せ》かれて逢瀬《あふせ》も絶え差し合ひありて、今急に請《う》け出すこともかなはず。南の元《もと》の親方とこゝとに。まだ五年ある年《ねん》のうち。人手に取られては、私はもとより、主《ぬし》はなほ一分《いちぶん》立たず。いつそ死んでくれぬか。アヽ死にましよと、引くに引かれぬ義理詰《づ》めにふつと言ひ交し。首尾を見合せ、合図を定め。抜けて出よう。抜けて出よと。いつ何時《なんどき》を最期《さいご》とも、その日送りのあへない命。私一人を頼みの母様。南辺《みなみへん》に賃仕事して、裏屋住み。死んだ後《あと》では、袖乞《そでご》ひ、非人《ひにん》の飢ゑ死にもなされうかと。これのみ悲しさ。私とても命は一つ。水くさい女と思《おぼ》し召《め》すも恥づかしながら。その恥を捨てて、死にともないが第一。死なずに事の済むやうに、どうぞ〳〵頼みやすと。語ればうなづく思案顔。外《そと》には、はつと聞き驚く。思ひがけなき男心、木から落ちたるごとくにて。気もせき狂ひ、さてはみな嘘《うそ》か。エヽ腹の立つ。二年といふもの化かされた。根性腐りの狐《きつね》め。踏ん込んで一打ちか、面恥《つらはぢ》かゝせて、腹ゐよかと。歯切《はぎり》きり〳〵口惜《くちを》し涙。内に小春がかこち泣き。比興《ひきよう》な頼みごとながら。

お侍様のお情け。今年中《ことし》、来春二、三月の頃《ころ》まで。私《わたし》に逢うてくだんして。かの男の死にに来るたびごとに。邪魔になつて、期《ご》を延ばし〳〵。おのづから手を切らば。先も殺さず、私も命助かる。なんの因果に死ぬる契約したことぞ。思へば悔しうござんすと、膝《ひざ》に。もたれ泣く有様。

## 六 治兵衛《じへえ》、格子《こうし》に縛りつけられる

「ムム、承知した、考えがある。風も入るし、人も見るかもしれぬ」と、格子のそばの障子《しょうじ》をばたばたとしめると、立ち聞きしていた治兵衛は気も狂乱。「エエさすがは売女《ばいた》、安女郎《やすじょろう》め。根性を見違え、魂を奪われた。巾着切《きんちゃくきり》（私娼の「巾着」とスリの「巾着切」を掛ける）め。切ろうか、突こうか、どうしてやろう」と思う折、障子に映る二人の横顔、「エエぶん殴りたい、踏みつけたい。何をぬかすやら、うなずき合ったり、拝んだり、囁《ささや》いたり、泣きやがるざま。胸を押えさすっても、堪《こら》えられぬ、堪忍《かんにん》ならぬ」と、心もせきにせいて関《せき》の孫六《まごろく》（美濃の刀匠孫六兼元の鍛えた刀）一尺七寸の脇差《わきざし》を抜き放し、格子の隙間《すきま》から小春《こはる》の脇腹《わきばら》を、ここだと見定め、「えい」と突いたが、座っている場所は遠く、小春は「これは」と驚くだけで怪我《けが》もなく、すぐさま客が飛びかかり、両手をつかんでぐっと引き入れ、刀の下緒《さげお》（刀を帯に結びつける紐《ひも》）で手早く格子の柱にがんじがらめ、しっかりと締めつけ、「小春、騒ぐな、覗《のぞ》くなよ」と言うところへ、亭主夫婦が立ち帰り、「これは」と騒ぐと、「アア気にするな。障子越しに抜き身を突っ込む暴れ者、腕を障子越しに格子に括《くく》っておいた。考えがある、縄《なわ》解くな。人だかりがあると、近所の騒ぎになる。サア皆奥へ。小春おいで、行って寝よう」「あい」とは言ったが、見覚えのある脇差《わきざし》の柄《つか》の作りに、突かれなかったものの胸にはっとこたえ、「酔《すい》狂《きよう》の余りの乱暴、色里ではよくあること。表沙汰《おもてざた》にしないで帰してやられたら。ナア河《かわ》庄《しよう》さん、私はよさそうに思います」「どうしてどうして。拙者《せつしや》に任せて皆はいるがよい。小春こちらへ」と、奥の間へはいる、その奥の間の影は見えるが、括られている格子が手枷《てかせ》になり、もがけば締り、我が身は煩悩《ぼんのう》に取りつかれて、格子に繋《つな》がれ、繋がれた犬にも劣った生き恥をかき、これまでと覚悟をきめた悲嘆の涙を、絞るようにはらはらと流して泣くのはかわいそうであった。

そこへやって来た、ひやかし歩きから戻りの身すがらの太兵衛《たへえ》、「思ったとおり、河庄の格子に立っているのは治兵衛めだな。投げてやろう」と、襟《えり》ひっつかんで引き担ぐ。

「あ痛たた」「あ痛とは、臆病者《おくびょうもの》。ヤアこれは縛りつけられている。さては盗みをしやがったな。ヤ生掏摸《いきずり》（悪党）め、どう掏摸《ずり》め」と言っては、ばしっと殴り、「ヤ強盗《ごうとう》め、ヤ獄門者め」と言っては蹴飛《けと》ばし、「紙屋治兵衛が盗みをして縛られた」と叫びわめくと、往来の人や、あたり近所の人も駆け集る。内から侍が飛んで出て、「盗人呼ばわりをしたのはお前か。治兵衛が何を盗んだ、サアぬかせ」と、太兵衛をひっつかんで、地面にぎゃっとはいつくばわせ、起き上がると踏みつけ、踏み倒し踏み倒し、ひっ捕まえて、「サア治兵衛、踏んでうっぷん晴せ」と、足もとに突きつけたのを、治兵衛も縛られながら頬骨《ほおぼね》を踏みつけ、踏みつけする。太兵衛はさんざん踏みまくられて土まみれになり、立ち上がって睨《にら》みまわし、「あたりの奴《やつ》ら、よくも見物して踏ませたナア。一人一人面《つら》見覚えた。し返しする、覚えておれ」と、負けおしみを言って逃げ出す。集った人々はどっと笑い、「踏まれてもあの広言。橋からほうり投げて溺《おぼ》れさせてやれ、逃がすな逃がすな」と、追っかけていく。

　ム、、聞き届けた、思案あり．風も来る、人や見ると．格子《かうし》の障子ば
た〱と．たち聞く治兵衛《ぢへゑ》が気も狂乱．エ、さすが売り物、安物め．ど

性骨《しやうぼね》見違へ．魂を奪はれし。巾着切《きんちやくきり》め．切らうか、突かうか、どうしやう子《じ》に映る二人の横顔。エ、くらはせたい、踏みたい．何ぬかすやら、うなづき合ひ．拝む、さゝやく、ほえるざま．胸を押へさすつても、堪《こら》へられぬ、堪忍ならぬ．心もせきにせきの孫六《まごろく》、一尺七寸抜き放し．格子の狭間《さま》より小春が脇腹《わきばら》．こゝぞと見極《みきは》め、えいと突くに、座は遠く．これはとばかり、怪我《けが》もなく、すかさず客が飛びかゝり．両手をつかんでぐつと引き入れ．刀の下緒《さげを》手ばしかく格子の柱にがんじがらみ、しつかと締めつけ．小春騒ぐな．覗《のぞ》くまいぞと言ふところに、亭主夫婦立ち帰り．これはと騒げば．ア、苦しうない．障子越しに抜き身を突き込む暴れ者．腕を障子にくゝりおく．思案あり、縄解《と》くな．人立《ひとだち》あれば、所の騒ぎ．サア皆奥へ．小春おぢや、行《い》て寝よう．あいとは言へど、見知りある脇差《わきざし》の．つかれぬ胸にはつと貫き．酔狂のあまり色里《いろざと》にはある習ひ．沙汰《さた》なしに往《い》なしてやらんしたら．ナア河庄《かはしやう》さん．わしやよささうに思ひやす．いかな〳〵、身次第《みしだい》にして、皆入《はひ》りや．小春こちへと、奥の間《ま》の影は見ゆれど、括られて．格子手枷《てがせ》にもがけば締り．身は煩悩《ぼんなう》に繋《つな》がる、犬に劣つた生き恥を．かく悟極《ごきは》めし血の涙、絞り．泣くこそ不便《ふびん》なれ．

ぞめき戻りの身すがら太兵衛．さてこそ、河庄が格子に立つたは治兵衛めな．投げてくれんと．襟《えり》かい摑《つか》んで引きかづく。あ痛《いた》たゝ．あ痛とは、卑怯者《ひけふもの》．ヤアこりや縛りつけられた．さては盗みほざいたな．ヤ生掏摸《いきずり》め、どう掏摸《ずり》めとては、はたとくらはせ．ヤ強盗《がんだう》め、ヤ獄門《ごくもん》めとては、蹴飛《けと》ばかし．紙屋《かみや》治兵衛盗みして縛られたと．呼ばゝりわめけば、行《ゆ》き交《か》ふ人、あたり近所も駆け集る．内より侍飛んで出《い》で．盗人呼ばりはおのれか．治兵衛が何盗んだ、サアぬかせと．太兵衛をかい摑み、土にぎやつとのめらせ．起きれば踏みつけ、踏みのめし〳〵．引つ捕らへて、サア治兵衛．踏んで腹ゐよと、足もとに突きつくるを．縛られながら頬《ほほ》がまち．踏みつけ〳〵。踏みさがされて土まぶれ．立ち上がつて睨《ね》め回《まは》し．あたりの奴《やつ》ばら、よう見物して踏ませたナア．一々に面《つら》見覚えた．返報する、覚えてをれと．減らず口にて逃げ出《いだ》す．立ち寄る人々どつと笑ひ．踏まれてもあの頤《おとがひ》．橋から投げて水食《く》らはせ、やるな〳〵と、追つかけ行く．

## 七 兄の孫右衛門《まごえもん》、治兵衛《じへえ》を諫《いさ》める

人だかりが散ると、侍《さむらい》が立ち寄って、治兵衛の縛り目を解き、頭巾《ずきん》を取る。その顔を見て、「ヤア孫右衛門殿《まごえもん》、兄さん。アッア面目《めんぼく》ない」と、どっと座り、土に平伏《ひれふ》して泣いていた。

「さては兄御様ですか」と、走り出る小春《こはる》の胸ぐらをとって地面に引きすえ、「畜生め、狐《きつね》め。太兵衛より先に、てめえを踏みたい」と、足を上げると、孫右衛門は、「ヤイヤイヤイ、その愚かな心から事が起る。人を騙《だま》すのは女郎《じょろう》の商売、いま気がついたか。この孫右衛門はたった今、一目で女の心の底を見抜いた。二年余りの馴染《なじみ》の女、その心底《しんてい》を見きわめられぬ粗忽者《そこつもの》。小春を踏む足で、うろたえた自分の根性をなぜ踏まぬ。エエ情けない。弟とはいいながら、やがて三十にもなる身で、勘太郎《かんたろう》、お末《すえ》という六つと四つの子の親、六間間口《まぐち》の家を治めながら、遊女狂いで破産するとの分別もなく、兄の意見を受けるとは何事だ。舅《しゅうと》は叔母《おば》の婿、姑《しゅうとめ》は叔母上で、親同様の人。女房おさんは、わしにとってもいとこという結び合い結び合った縁者、親類の間柄。一族の寄合いにも、お前の曾根崎《そねざき》通いの悔みごとのほかは何の話も出ぬ。気の毒なのは叔母上。夫の五左衛《ござえ》門《もん》殿はそっけない昔気質《むかしかたぎ》の人、女房の甥子《おいご》に一杯くわされ、娘を台なしにした。おさんを取り返し、天満《てんま》中に恥かかせてやろうとの腹立ち。叔母一人が気遣いして、敵になり味方になって、病気になるほど心を苦しめ、貴様の恥を隠しておられる。その恩を弁《わきま》えぬ、恩知らずめ。この罰《ばち》たった一つでもいつかは必ず天罰《てんばつ》を受けるぞ。これでは家も立ちゆくまいと、小春の本心を見届け、その上で一思案し、叔母の心も休めたくて、ここの主人に相談して、貴様の病気の根源である小春の心を見届けにきた。女房や子にも見かえたのはもっとも。真心のある女郎だ。アアお手柄。結構な弟を持ち、人にも知られた粉屋《こや》の孫右衛門が、祭りの練《ね》り衆《しゅ》か気違いかのように、いまだかつて差したことのない大小を腰にぶちこんで、蔵屋敷《くらやしき》の役人と称し、下っぱ役者の真似《まね》をして、馬鹿の限りを尽したこの刀、捨て所がないわい。腹《はら》が立つやらおかしいやら、胸が痛い」と、歯ぎしりりし、泣き顔隠すしかめづらに、小春は始終涙にむせ返り、「ご意見は、みなごもっとも」と言うだけで、後は言葉もなく、涙にくれていた。

――人立《ひとだち》すけば、侍立ち寄って、縛り目解《と》き、頭巾《づきん》取ったる面体《めんてい》、ヤア孫《まご》右衛門殿《ゑもんどの》、兄ぢや人。アツア面目《めんぼく》なやと、どうと座し。土にひれ伏し泣きゐたる。

さては兄御《あにご》様《さま》かいのと。走り出《い》づる小春が胸倉《ぐら》取つて引つ据ゑ。畜生め。狐《きつね》め。太兵衛より先、うぬを踏みたいと、足を上ぐれば、孫右衛門。ヤイ〳〵。そのたはけから事起る。人をたらすは遊女の商売。今目に見えたか。この孫右衛門は、たつた今、一見《いちげん》にて女の心の底を見る。二年余りの馴染《なじみ》の女。心底見つけぬうろたへ者。小春を踏む足で。うろたへたおのれが根性をなぜ踏まぬ。エヽ是非もなや。弟とはいひながら、三十におつかゝり。勘太郎《かんたらう》、お末《すゑ》といふ、六つと四つの子の親。六間口《けんぐち》の家踏みしめ。身代《しんだい》つぶるゝ弁《わきま》へなく。兄の意見を受くることか。舅《しうと》は叔母《をば》婿《むこ》。姑《しうとめ》は叔母《をば》ぢや人、親同然。女房おさんは我《わ》がためにも従兄弟《いとこ》。結び合ひ〳〵、重々《ぢゆうぢゆう》の縁者《えんじや》、親子中《おやこなか》。一家一門参会《さんくわい》にも。おのれが曾根崎《そねざき》通ひの。悔みよりほか余《よ》のことは何もない。いとしいは叔母ぢや人。連合《つれあ》ひ、五左衛門《ござゑもん》殿はにべもない昔人《むかしびと》。嬶《かか》の甥子《をひご》に倒され、娘を捨てた。おさんを取り返し。天満中《てんまぢゆう》に恥かゝせんとの腹立ち。叔母一人の気扱《きあつか》ひ、敵《てき》になり味方になり。

病《やまひ》になるほど心を苦しめ．おのれが恥を包まるゝ、恩知らず．この罰《ばち》たった一つでも行く先に的《まと》が立つ．かくては家も立つまじ。小春が心底見届け．その上の一思案《ひとしあん》、叔母の心も休めたく．この亭主に工面《ぐめん》し．おのれが病の根元《こんげん》見届くる．女房、子にも見かへしはもつとも．心中《しんぢゆう》よしの女郎．ア、お手がら．結構な弟を持ち．人にも知られし粉屋《こや》の孫右衛門．祭の練り衆《ねしゆ》か気違ひか．つひにさ、ぬ大小ぼつこみ．蔵屋敷《くらやしき》の役人と．小詰役者《こづめやくしや》の真似《まね》をして．馬鹿を尽したこの刀．捨て所がないわいやい．小腹《こばら》が立つやら、をかしいやら．胸が痛いと、歯ぎしみし．泣き顔隠す十面《じふめん》に、小春は始終むせ返り．みなお道理とばかりにて、言葉も．なみだにくれにけり．

---

## 八 起請《きしよう》返して二人の縁切り

大地を叩《たた》いて治兵衛《じへえ》は、「悪かった、悪かった、兄さん。三年前からあの古狸《ふるだぬき》にとりつかれ、親類、一族、妻子まで疎略にし、身代《しんだい》の破綻《はたん》を招いたのも、小春《こはる》という盗人に騙《だま》されたため、後悔千万。まったく未練がないので、けっして足も踏み入れまい。ヤイ狸め、狐《きつね》め、盗人め、思い切った証拠、これを見よ」と、肌にかけた守袋《まもりぶくろ》から、「月初めに一枚ずつ取り交した起請《きしょう》（互いの愛を誓った証文）、合せて二十九枚、戻せば恋も情けもない。こりゃ受け取れ」と、はったと小春に打ちつけ、「兄さん、あいつの方の私の起請、数を確かめて受け取って、あなたの方で火にくべてください。サア兄貴へ渡せ」「承知しました」と、涙ながら小春の投げ出す守袋を、孫右衛門《まごえもん》が押し開き、「一《ひい》、二《ふう》、三《みい》、四《よ》、十、二十、二十九枚、数は揃《そろ》う。ほかに一通、女の手紙、これは何だ」と、開くところを、小春が「アアそれは見せられぬ大切な手紙」と、取りつくのを孫右衛門は押しのけて、行灯《あんどん》の光で上書きを見ると、「小春様参る、紙屋《かみや》妻さんより」、読みも終らず、何くわぬ顔で懐に入れ、「これ小春、さっきは侍《さむらい》の名誉にかけて、今は粉屋《こや》の孫右衛門、商人の面目に誓って、女房にさえもこの手紙は見せず、私一人開いて見て、起請と一緒に火に入れる。誓いどおりにする」「アア忝《かたじけな》い、それで私の面目が立ちます」と、また小春が伏し沈むと、治兵衛は、「ハア、ハア、ハア。お前が立つの立たぬのとは、まともな人間の言うこと。これ兄さん、ちょっとの間もあいつの面《つら》が見たくもない。さあ帰りましょう。しかしながら、この無念、悔しさ、どうも我慢できぬ。この世の思い出に、女の面を一つ踏む、兄さんお許しください」と、ついと寄って地団駄《じだんだ》踏み、

「エエ、エエしくじった。足かけ三年の、恋しいゆかしいも、いとしいかわいいも、今日という今日、たったこの足一本の一蹴《ひとけ》りで縁切りだ」と、小春の額際《ひたいぎわ》をはっしと蹴って、わっと泣き出し、兄弟連れで帰る姿も痛々しく、また、後を見送り声をあげ、嘆く小春の姿も酷《むご》たらしい。小春が不誠実なのか、誠実なのか、本当の心は、女房のその一筆の手紙の奥深く秘められていて、誰《だれ》もその文を見ていないので分らないが、誰も経験したことのない辛《つら》い恋の道であろうに、小春と別れて兄弟は帰っていった。

---

大地をたゝいて治兵衛《ぢへゑ》。あやまつた。あやまつた、兄ぢや人。三年先よりあの古狸《ふるだぬき》に見入られ。親子、一門、妻子《さいし》まで袖《そで》になし。身代《しんだい》の手纏《てもつ》れも。小春《こはる》といふ家《や》尻切《じりき》りにたらされ、後悔千万《こうくわいせんばん》。ふつゝり心残らねば、もつとも足も踏み込むまじ。ヤイ狸め。狐《きつね》め。家尻切りめ。思ひ切つた証拠、これ見よと。肌にかけたる守袋。月頭《つきがしら》に一枚づゝ取り交したる起請《きしやう》。合せて二十九枚、戻せば恋も情けもない。こりや受け取れと、はたと打ちつけ。兄ぢや人。あいつが方の我らが起請、数改め受け取つて。こなたの方で火にくべてくだされ。サア兄貴へ渡せ。心得やしたと、涙ながら投げ出す守

袋、孫右衛門《まごゑもん》押し開き、一《ひい》、二《ふう》、三《みい》、四《よ》、十、二十九枚、数揃《そろ》ふ、ほかに一通女の文《ふみ》、こりやなんぢやと、開くところを、ア、そりや見せられぬ大事の文と、取りつくを押し退《の》け、行灯《あんどう》にて上書《うはがき》見れば、小春様参る、紙屋《かみや》内《うち》さんより、読みも果てず、さあらぬ顔にて懐中し、これ小春、さいぜんは侍冥利《みやうり》、今は粉屋《こや》の孫右衛門、商ひ冥利、女房限ってこの文《ふみ》見せず、我一人披見《ひけん》して、起請《きしやう》ともに火に入る、、誓文《せいもん》に違ひはない、ア、忝《かたじけな》い、それで私《わたし》が立ちますと、また伏し沈めば、ハアハア〳〵、うぬが立つの立たぬとは、人がましい、これ兄ぢや人、片時《かたとき》もきやつが面《つら》が見ともなし、いざござれ。さりながら、この無念、口惜《くちを》しさ、どうもたまらぬ。今生《こんじやう》の思ひ出、女が面《つら》一つ踏む、ご免あれと、つ、と寄って地団駄《ぢだんだ》踏み、エ、〳〵しなしたり、足かけ三年、恋しゆかしも、いとしかはいも、今日といふ今日、たつたこの足一本の暇乞《いとまご》ひと、額際《ひたひぎは》をはつたと蹴《け》て、わつと泣き出し、兄弟づれ、帰る姿もいた〳〵しく、後《あと》を見送り声をあげ、嘆く小春も酷《むご》らしき、不心中《ぶしんぢゆう》か、心中か、まことの心は女房の、その一筆《ひとふで》の奥深く、誰《た》がふみも見ぬ恋の道、別れて、こそは帰りけれ、

# 中之巻《ちゅうのまき》　天満紙屋内《てんまかみやうち》の場

## 一　兄と叔母、治兵衛《じへえ》を訪ねる

福徳円満の天満《てんま》天神の名をそのまま取った、天神橋《てんじんばし》（大川にかかる橋）と一直線に行き通う所、神のお前町《まえまち》（北区天神橋一、二丁目にあった宮前町）に、商う職業も所の名も神に縁ある紙店で、紙屋《かみや》治兵衛と名をつけて、大勢の客が買いにくる。繁盛するのは、「神は正直」の諺《ことわざ》どおり、正直に商い、場所柄もよく、老舗《しにせ》だからである。

夫が火燵《こたつ》でうたた寝するのを、枕屏風《まくらびょうぶ》（枕元に立てる丈の低い屏風）で風を防ぐ。外は十夜《じゅうや》（二二九頁参照）詣《まい》りの人通りが絶えず、店と内とを一手にとりしきって、女房おさんの気配りは絶えない。「日は短いし、夕飯時なのに、市の側《いちのかわ》（天神橋北詰の川岸にあった商店街）まで使いに行って、玉《たま》（下女の名）は何をしているのか。このまあ三《さん》五郎《ごろう》め（下男の名）が戻らぬことよ。風が冷たい、二人の子供が寒がっていよう。お末《すえ》が乳を飲みたい時分も気づかない、あの阿呆《あほう》には困ったもの、じれったいやつじゃ」と独り言。「母様《かかさま》一人で戻った」と、走り帰る兄息子。「オオ勘太郎《かんたろう》戻ったか、お末や三五郎はどうした」「お宮で遊んで、乳飲みたいとお末がひどく泣きました」「そうだろう、そうだろう。これはまあ、手も足も冷えて釘《くぎ》になった。父様《ととさま》の寝てなさる火燵《こたつ》へあたって、暖まりなさい。この阿呆め、どうしてやろう」と、待ちかね、店に駆け出ると、

三五郎がただ一人で、のろのろと帰ってくる。「こりゃ阿呆、お末はどこに置いてきた」「アアほんにどこでやら落してしまった。だれかが拾ったかなあ。どこか捜してきましょうか」「こいつ、まあまあ大事の子を、怪我《けが》でもあったらぶち殺すぞ」と、おさんがわめくところへ、下女の玉がお末を背中に負いながら、「おうおうかわいそうに。町角で泣いていられました。三五郎、お守《も》りをするならちゃんとしなされ」と、わめきながら帰ると、おさんは「オオかわいそうに、かわいそうに。乳が飲みたかろうな」と、兄と同様に火燵に入れ、添《そ》え乳《ぢ》して、「これ玉、その阿呆めを、身にしみるほど拳骨《げんこつ》をくらわしておやり、くらわしておやり」と言う。すると、三五郎は頭を振って、「いや

いやたった今、お宮で蜜柑《みかん》を二つずつ食らわせ、わしも五つ食ろうたから、もう結構」と、阿呆のくせに駄洒落《だじやれ》をいうので、二人とも苦笑いするばかりである。

「ヤ阿呆に気を取られて忘れるところだった。もしもし、おさん様、西の方から粉屋《こや》の孫右衛門《まごえもん》様と叔母御《おばご》様が、連れ立っておいでなされます」「これはこれは、そんなら治兵衛殿を起そう。のう旦那《だんな》殿、お起きなされ。母様と伯父様が連れ立って来られるそうな。この日の短い時に、商人が明るいうちに寝ている様子を見せては、また機嫌が悪かろう」「よしきた」と治兵衛はむっくと起き、算盤《そろばん》片手に帳簿を引き寄せ、「二一天作《てんさく》の五（十を二で割ると五）、九進《くつちん》が三《さつ》ちん（九を三で割ると三）、六進が二《につ》ちん、七八五十六……」、そこへ五十六になる叔母と連れ立って、孫右衛門が内にはいると、

「ヤ、兄さん、叔母様、これはようこそようこそ、まずこちらへ。私は只今《ただいま》急ぎの計算をしかけていいます。四九三十六匁、三六が一匁八分《ふん》で二分《ふん》の不足。勘太郎よお末よ、祖母《ば》様、伯父様がおいでだ、煙草盆《たばこぼん》持っておいで。一三が三、それおさん、お茶をあげもうせ」と、早口に言う。

―― 福徳に、天満《あまみ》つ神《かみ》の名をすぐに、天神橋《てんじんばし》と行き通ふ、所も神のお前町《まへまち》。

営む業《わざ》も紙見世《かみみせ》に．紙屋治兵衛と名をつけて、千早《ちはや》ふるほど買ひに来る．かみは正直、商売は所がらなり、老舗《しにせ》なり．

夫が火燵《こたつ》にうたゝ寝を、枕屏風《まくらびやうぶ》で風防ぐ．外は十夜《じふや》の人通り。見世と内とを一締《ひとし》めに．女房おさんの心配《こころくば》り．日は短し夕飯時《ゆふめしどき》、市《いち》の側《かは》まで使ひに行《い》て．玉《たま》は何してゐることぞ．この三五郎《さんごらう》めが戻らぬこと。風が冷たい、二人の子供が寒からう．お末《すゑ》が乳《ち》の飲みたい時分も知らぬ．阿呆《あはう》には何がなる、辛気《しんき》なやつぢやと、独り言．母様《かかさま》一人戻つたと、走り帰る兄息子《あにむすこ》．オ、勘太郎《かんたらう》戻りやつたか、お末や三五郎はなんとした．宮に遊んで、乳飲《ちち》みたいと、お末のたんと泣きやりました．さうこそ〳〵．こりや手も足も釘《くぎ》になつた．父様《ととさま》の寝てござる火燵《こたつ》へあたつて、暖まりや．この阿呆め、どうせうと、待ちかね、見世に駆け出《い》づれば．

三五郎たゞ一人のら〳〵として立ち帰る．こりやたはけ、お末はどこに置いてきた．ア、ほんに、どこでやら落してのけた．誰《たれ》ぞ拾《ひろ》たか知らんまで．どこぞ尋ねて来ませうか．おのれまあ〳〵大事の子を、怪我《けが》でもあつたらぶち殺すと．わめくところへ下女《げぢよ》の玉《たま》、お末を背中におう〳〵いとしや．辻《つじ》に泣いてござんした．三五郎、守《もり》するならろくにしやと、わめき帰れば．オ、かはいや〳〵．乳《ちち》飲みたからうのと、同じく火燵に添乳《そへぢ》して．これ玉．その阿呆め、覚えるほどくらはしや〳〵と．言へば、三五郎頭《かぶり》振り．いや〳〵たつた今、お宮で蜜柑《みかん》を二つづゝ食《く》らはせ．わしも五つ食《く》らうたと．阿呆のくせに軽口立《かるくちだて》。苦笑ひするばかりなり．

ヤ阿呆にかゝつて忘りよとした。申し〳〵おさん様．西の方から粉屋《こや》の孫《まご》右衛門様《ゑもんさま》と叔母《をば》御《ご》様．連れ立つてお出《い》でなされます．これは〳〵、そんなら治兵衛殿起《おこ》そ．なう旦那《だんな》殿《どの》、起きさしやんせ．母様《ははさま》と伯父様《をぢさま》が連れ立つてござるげな．この短い日に商人《あきんど》が．昼中《ひるなか》に寝たふりを見せては、また機嫌が悪からう．おつとまかせと、むつくと起き、算盤《そろばん》片手に帳引き寄せ．二一天作五《にいちてんさくのご》、九進《くつちん》が三《さつ》ちん、六進《ろくちん》が二《につ》ちん．七八《しちは》五十六になる叔母うち連れて、孫右衛門内に入れば．ヤ、兄ぢや人、叔母様、これはようこそ〳〵。まづこれへ．私《わたくし》はたゞ今、急な算用いたしかゝる．四九三十六匁《もんめ》、三六が一匁八分《ふん》で、二分《ふん》のかん太郎よ、お末よ．祖母様《ばばさま》、伯父様お出《い》でぢや。煙草盆《たばこぼん》持つておぢや。一三が三、それおさん、お茶上げましやと、口早《くちばや》なり．

「いやいや、茶も煙草《たばこ》も飲みには来ぬ。これおさん、いくら若いといっても、二人の子の親でないか。お人よしであるばかりが名誉ではない。男の放蕩《ほうとう》はみな女房の油断から。破産、離婚をするときは、男だけの恥ではない。もう少し目を配って、心を引き締めなさいな」と叔母が言うと孫右衛門《まごえもん》は、「叔母様、それは無理ですよ。この兄をさえ騙《だま》す不心得者、女房の意見など素直に聞くものか。ヤイ治兵衛《じへえ》、この孫右衛門をまんまと騙し、起請《きしょう》まで返してみせ、十日もたたないのに、なんだ、請《う》け出すだって。エエ貴様という奴《やつ》はなあ。算盤《そろばん》も小春《こはる》の借金の計算か、やめやがれ」と、算盤ひったくり、土間へがらりと投げ捨てた。「これはなはだ迷惑千万。先の事件以後は、今橋の問屋へ二度、天神様へ一度以外は、敷居《しきい》より外へ出ぬ私。請け出すどころか、思い出すことすらしません」「お黙り、お黙り。昨夜、十夜《じゅうや》の念仏講で、講の仲間の話に、『曾根崎《そねざき》の茶屋、紀《き》の国屋《くにや》の小春という遊女に、天満《てんま》の馴染《なじみ》の大尽《だいじん》が、ほかの客を追いのけ、すぐにその大尽が、今日明日にも請け出すとのもっぱらの噂《うわさ》。物価が高くて暮しにくい世の中でも、金と馬鹿は沢山《たくさん》あるものだ』と、いろいろの評判。うちの親仁《おやじ》五左衛門《ござえもん》殿（叔母の夫。治兵衛の舅《しゅうと》）が日ごろ名前をよく聞いていて、『紀の国屋の小春に天満の大尽とは治兵衛めに違いない。嬶《かか》にとっては甥《おい》であるが、わしは他人、娘（おさん）が大事だ。茶屋者を請け出して、女房は茶屋へ売りやがろう。着物いっさいに疵《きず》つけられぬうちに、取り返してやろう』と、沓脱《くつぬぎ》を半分おりられた（家を出かかった）のを、『のう騒々《そうぞう》しい、隠やかにも済ませられることを。事の黒白を聞きただした上でのことに』と、押しなだめ、この孫右衛門と一緒にきた。孫右衛門の話では、『今日は昨日までの治兵衛でない。曾根崎の女との手も切れ、真人間《まにんげん》の上々《じようじよう》』と聞いたのに、すぐ後から病がぶり返すとは、いったいどういう病気なのか。お前の父御《ててご》は、叔母の兄、気の毒に、光誉道清《こうよどうせい》（治兵衛の父の法名）が臨終の枕《まくら》から頭をあげ、『婿でもあり甥《おい》でもある、治兵衛のことを頼む』との一言は忘れていないが、お前の心がけ一つのために、頼まれた甲斐《かい》もないことになったわいな」と、かっぱと伏して恨み泣き。

いや〳〵、茶も煙草《たばこ》も飲みには来《こ》ぬ。これおさん、いかに若いとて、二人の子の親。結構なばかりみめではない。男の性《しやう》の悪いはみな女房の油断から。身代《しんだい》破り、女夫《めをと》別れする時は、男ばかりの恥ぢやない。ちと目を明いて、気に張りを持ちやいのと言へば。叔母様、愚かなこと。この兄をさへ騙《だま》す不覚悟者《ふかくごもの》。女房の意見などあた、かに。ヤイ治兵衛《ぢへゑ》。この孫右衛門《まごゑもん》をぬく〳〵と騙し．起請《きしやう》まで返《かや》して見せ、十日もたゝぬに、なんぢや請け出す．エ、うぬはなあ．小春《こはる》が借銭《しやくせん》の算用か．おきをれと、算盤《そろばん》おつ取り、庭へぐわらりと投げ捨てたり．これはちかごろ迷惑千万《めいわくせんばん》．先度《せんど》より後《のち》、今《いま》橋《ばし》の問屋へ二度．天神様へ一度ならでは敷居《しきゐ》より外《そと》出ぬ私《わたくし》．請け出すことはさておき、思ひ出しも出すにこそ．言やんな〳〵、昨夜《ゆふべ》十夜《じふや》の念仏に、講中《こうぢゆう》の物語．曾根崎《そねざき》の茶屋、紀《き》の国屋《くにや》の小春といふ白人《はくじん》に．天満《てんま》の深い大《だい》尽《じん》が外《ほか》の客を追ひ退《の》け．すぐにその大尽が、今日明日に、請け出すとのこれ沙汰《ざた》．売り買ひ高い世の中でも、銀《かね》とたはけは沢山なと．いろ〳〵の評判．この親仁《おやぢ》五左衛門《ござゑもん》殿、つね〴〵名を聞き抜いて．紀の国屋の小春に天満の大尽とは治兵衛めに極《きは》まつた．嬶《かか》のためには甥《をひ》なれど、こちは他人、娘が大事．茶屋者請け出し、女房は茶屋へ売りをらう．着類《きるい》きそげに疵《きず》つけられぬ間に、取り返してくれうと．沓脱《くつぬぎ》半分下《お》りられしを、なう騒々《さうざう》しい、神妙《しんべう》にもなることを．明《あか》さ暗さ聞き届けて上のことと、おし宥《なだ》め．この孫右衛門同道した．孫右衛門の話には、今日は昨日《きのふ》の治兵衛でない．曾根崎の手も切れ、本人間《ほんにんげん》の上々と．聞けば後《あと》からはみ返る、そもいかなる病ぞや．そなたの父御《ててご》は叔母が兄．いとしや、光誉道清往生《くわうよだうせい》の枕を上げ．婿なり甥なり、治兵衛がこと頼むとの一言《いちごん》は忘れねど．そなたの心一つにて、頼まれし甲斐《かひ》もないわいのと、かつぱと伏して恨み泣き．

## 二 縁切りの誓紙《せいし》

治兵衛《じへえ》は手を打ち、「ハアア分った、分った。噂《うわさ》になっている小春《こはる》は同じ小春であるが、請《う》け出す大尽《だいじん》は大違い。それは兄貴もご存じ、先日暴れて踏まれた身すがらの太兵衛。あいつは妻子親類を持たぬ奴《やつ》。金は故郷の伊丹《いたみ》から取り寄せる。とっくにあいつめが請け出すのを、私に妨げられていたが、このたび時節到来と、請け出すのに違いない。私は思いもよらぬこと」と言うと、おさんも顔色を柔らげ、「たとえ私が仏でも、夫が茶屋者を請け出す、その贔屓《ひいき》をするはずがない。これだけはうちの人に少しも嘘《うそ》はない。母様《かかさま》、証人に私が立ちます」と、夫婦の言葉もぴったり合い、「さてはそうだったか」と手を打って、叔母《おば》、甥《おい》（孫右衛門《まごえもん》）とも安堵《あんど》したが、「ムム、ものには念を入れるのが大切。まずまず嬉《うれ》しい。ついでに、心落ち着けるため、また頑固一徹な親仁殿《おやじ》の疑念を晴すため、誓紙《せいし》を書かせるが、承知か」「もちろん、千枚でも書きましょう」「ますます満足した。実は途中で買い求めた」と、孫右衛門が懐中から出す熊野牛王《くまのごおう》の群烏《むらがらす》の札（熊野権現の厄除け護符。この裏に誓詞を書いた）に、小春と交した永遠の愛の誓いの誓紙とはうって変り、今は縁切りの誓詞、「天罰起請文《てんばつきしょうもん》の事、小春と縁を切り、思い切る。偽り申すにおいては、上《かみ》は梵天《ぼんてん》、帝釈天《たいしゃくてん》、下《しも》は四大天王」の文句に、神や仏の名を書き連ね、「紙屋《かみや》治兵衛」と、名を明記して、しっかりと血判を押して差し出す。おさんは「アア母様、伯父様のお蔭《かげ》で、私も心が落ち着くし、子まである仲でも、ついぞ見たことのない約束ごと。皆さん喜んでください」「オ、尤《もっと》も、尤も。治兵衛がこの気になれば身持ちも固まる、商売も繁盛しよう。親類中が世話やくのも、みな、治兵衛のためよかれを思い、兄弟の孫たちのかわいさから。孫右衛門おいで、早う帰って、親仁に安心させたい。あたりが冷える、子供に風邪《かぜ》ひかすなよ。これも十夜《じゅうや》の阿弥陀《あみだ》のお蔭。ここからでもお礼の念仏、南無阿弥陀仏《なむあみだぶつ》」と唱えて、立ち帰る叔母の心は真《ま》っ直《すぐ》で、そのまま仏のようである。

──治兵衛《ぢへゑ》手を打ち．ハア、読めた〳〵．取沙汰《とりざた》のある小春《こはる》は小春なれど．

請《う》け出す大尽《だいじん》大きに相違．兄貴もご存じ、先日暴れて踏まれた身すがらの太兵衛《たへゑ》．妻子眷族《さいしけんぞく》持たぬやつ．銀《かね》は在所伊丹《いたみ》から取り寄する．とつくにきやつめが請け出すを、私《わたくし》に押へられ．この度《たび》時節到来と、請け出すに極まつた．我ら存じもよらぬことと言へば、おさんも色を直し．たとへ私《わたし》が仏でも、男が茶屋者請け出す．その贔屓《ひいき》せうはずがない．これぱかりはこちの人に微塵《みぢん》も嘘《うそ》はない。母様《かかさま》．証拠にわしが立ちますと．夫婦の言葉割符《わりふ》も合ひ、さてはさうかと手を打つて、叔母《をば》、甥《をひ》、心を休めしが．ム、物には念を入れうこと．まづ／＼嬉《うれ》しい。とてもに心落ち着くため．かたむくろの親仁《おやぢ》殿、疑ひの念《ねん》なきやうに誓紙《せいし》書かすが合点《がつてん》か．何がさて、千枚でもつかまつらう．いよ／＼満足。すなはち道にて求めしと、孫右衛門《まごゑもん》懐中より．熊野《くまの》の牛王《ごわう》の群烏《むらがらす》、比翼《ひよく》の誓紙引きかへ．今は天罰起請文《てんばつきしやうもん》。小春に縁切り、思ひ切る．偽り申すにおいては、上《かみ》は梵天《ぼんでん》、帝釈《たいしやく》、下は四大《しだい》の文《もん》言《ごん》に．仏揃《ほとけぞろ》へ、神揃《かみぞろ》へ、紙屋治兵衛名をしつかり．血判《ちばん》を据ゑて差し出《いだ》す．ア、母様《ははさま》、伯父様のお蔭《かげ》で、私《わたし》も心落ち着き．子中《こなか》なしてもつひに見ぬかためごと。皆喜んでくださんせ．オ、もつとも／＼。この気になればかたまる、商《あきな》ひ事《ごと》も繁昌《はんじやう》しよ．一門中が世話かくも、みな、治兵衛ためよかれ．兄弟の孫どもかはいさ．孫右衛門おぢや、早う帰つて、親仁《おやぢ》に安堵《あんど》させたい．世間が冷《ひ》える、子供に風邪《かぜ》ひかしやんな．これも十夜の如来《にょらい》のお蔭、これからなりともお礼念仏．南無阿弥陀仏《なむあみだぶつ》と、立ち帰る、心ぞすぐに仏なる．

## 三 女同士の義理

門口《かどぐち》での見送りさえそこそこにし、敷居を越すか越さぬうちに、火燵《こたつ》に治兵衛《じへえ》はまた寝ころび、かぶる格子縞《こうしじま》の布団《ふとん》。「まだ曾根崎《そねざき》を忘れないのか」と、おさんがあきれながら立ち寄って、布団を取って引きのけると、治兵衛は、枕《まくら》に伝う滝のような涙に、身も浮くほどになって泣いていた。

引き起し、引き立て、火燵の櫓《やぐら》に押し倒すように座らせ、顔をつくづくと眺め、「あんまりじゃ、治兵衛殿。それほど名残《なごり》が惜しいのなら、誓紙《せいし》を書かなければよかったのに。一昨年の十月の中の亥《い》の子《こ》の日（三度あるうちの中間の亥の日。火燵開きの日）に、火燵を開いた祝儀《しゅうぎ》といって、まあこれ、ここで枕を並べて以来、女房の懐には鬼が住むか、蛇《じや》が住むか。二年というもの独り寝させておいて、ようやく母様、伯父様のお蔭《かげ》で、睦《むつ》まじい夫婦らしい寝物語もしようものと、楽しみに思う間もなく、本当にひどい、つれない。それほど心が残るなら、泣きなされ、泣きなされ。その涙が蜆川《しじみがわ》へ流れて、小《こ》春《はる》が汲《く》んで飲むでしょうよ。エエつれない、恨めしい」と、膝《ひざ》に抱きつき、身を投げ伏し、口説《くど》きたてて嘆いた。

治兵衛は眼をおしぬぐって、「悲しい涙は目から出て、無念の涙は耳からでも出るならば、何も言わずに心の中を見せられようが、同じ目からこぼれる涙の色が変らないので、心の中の見えぬのは、尤《もつと》も尤も。人の皮を着た畜生女がどうなろうと、名残《なごり》おしくもなんともない。恨みの残るのは身すがらの太兵衛《たへえ》。金は自由になるし、妻子はなし、請《う》け出す算段《さんだん》をしていたけれど、その時までは、小春めが太兵衛の心に従わず、『少しも心配なさるな、たとえあなたと縁が切れ、添われぬ身になったとしても、太兵衛には請け出されぬ。もし金ずくで親方から太兵衛に渡すなら、ものの見事に死んでみせよう』と、たびたび言い放っていたが、これ見ろ、縁を切って十日もたたぬうちに、太兵衛めに請け出される、こんな根性の腐った畜生女めに、心はさらさら残らないが、太兵衛めが大口をたたき、治兵衛は身代《しんだい》の終りだの、金に窮してなどと、大阪中を触《ふ》れまわり、問屋中のつきあいでも、面《つら》をじろじろ見られ、生き恥をかくと思うと、胸が裂ける、身が燃える。エエ口惜《くちお》しい、残念な。熱い涙、血の涙、ねばっこい涙をとび越え、熱鉄の涙がこぼれる」と、どうと伏して泣くと、

はっとおさんが当惑顔。「ヤアーホーそんならかわいそうに小春は死なれるぞよ」「ハテサテいくら利口でも、さすがは町家の女房だな。あの不実者が、なんの死のう。灸《きゆう》をすえ薬を飲んで、命の養生をするわいな」「いやそうではない。私としては一生言うまいとは思ったが、隠し包んでみすみす殺すその罪も恐ろしく、大事なことを打ち明ける。小春殿に不誠実はほんの少しもないけれど、二人の手を切らせたのは、このさんの企《たくら》み。あなたが放心状態で、死ぬ気配も見えたので、あまりの悲しさに、『女は互いに助け合うべきだというから、思い切られぬところを思い切り、夫の命を頼む頼む』と、書いてかき口説いた手紙の言葉に感じ入り、『身にも命にもかえられない大事な殿御《とのご》だけれど、引くに引かれぬ義理合いを思い、思い切る』との返事。私は、これ、守袋に入れ肌身を離さぬ。これほどの賢女が、あなたとの約束を違え、のめのめと太兵衛に添うものか。女はだれしも一途《いちず》に思いつめると、気持を変えないもの。死なれるわいな、死なれるわいな。アア、アアとんでもないことになった。サアサア、サどうぞ助けて助けて」と騒

ぐと、夫もうろたえて、「取り返した起請《きしよう》の中に、誰《だれ》か分らぬ女の手紙一通、兄貴の手へ渡ったのは、お前が送った手紙だったのだな。それなら、この小春は死ぬぞ」「アア悲しい、この人を殺しては、女同士の義理が立たぬ。まずあなたは早く行って、どうか殺してくださるな」と、夫にすがり、泣き沈む。

---

門送《かどおく》りさへそこ〳〵に、敷居《しきゐ》も越すや越さぬうち．火燵《こたつ》に治兵衛《ぢへゑ》またころり、かぶる布団《ふとん》の格子縞《かうしじま》．まだ曾根崎《そねざき》を忘れずかと、あきれながら立ち寄つて．布団を取つて引き退《の》くれば、枕《まくら》に伝ふ涙の滝、身も浮くばかり泣きゐたる．

引き起し、引き立て、火燵の櫓《やぐら》に突き据ゑ．顔つく〴〵とうち眺め．あんまりぢや、治兵衛殿．それほど名残《なごり》惜しくば、誓紙書かぬがよいわいの．一昨年《をととし》の十月、中《なか》の亥《ゐ》の子《こ》に、火燵あけた祝儀《しうぎ》とて．まあこれこゝで枕ならべて此方《このかた》．女房の懐《ふところ》には鬼が住むか、蛇《じや》が住むか．二年といふもの巣守《すもり》にして、やう〳〵母様、伯父様のお蔭で．むつまじい女夫《めをと》らしい寝物語もせうものと．楽しむ間もなく、酷《むご》いつれない。さほど心残らば、泣かしやんせ〳〵。その涙が蜆川《しじみがは》へ流れて、小春《こはる》の汲《く》んで飲みやらうぞ。エ、曲《きよく》もない、恨めしやと。膝《ひざ》に抱きつき、身を投げ伏し、口説《くど》き。立ててぞ嘆きける。

治兵衛、眼《まなこ》おし拭《のご》ひ。悲しい涙は目より出《い》で。無念涙は耳からなりとも出るならば。言はずと心を見すべきに。同じ目よりこぼるゝ、涙の色の変らねば。心の見えぬは、もつとも〳〵。人の皮着た畜生女《ちくしやうをんな》が。名残も糸瓜《へちま》もなんともない。遺恨《ゐこん》ある身すがらの太兵衛。銀《かね》は自由、妻子はなし、請け出す工面《ぐめん》しつれども。その時までは小春めが、太兵衛が心に従はず。少しも気遣《きづか》ひなされな。たとへこなさんと縁切れ。添はれぬ身になつたりとも。太兵衛には請け出されぬ。もし銀堰《かねぜ》きで親方からやるならば。物の見事に死んでみしよと。たび〳〵言葉を放ちしが、これ見や、退《の》いて十日もたゝぬうち。太兵衛めに請け出さるゝ、腐り女の四つ足めに。心はゆめ〳〵残らねども。太兵衛めがいんげんこき。治兵衛身代《しんだい》いきついての、銀《かね》に詰つてなんどと。大坂中を触れ回り、問屋中《とひやぢゆう》の付合ひにも。面《つら》をまぶられ生き恥かく。胸が裂ける身が燃える。エ、口惜《くちを》しい、無念な。熱い涙、血の涙。

ねばい涙をうち越え、熱鉄《ねつてつ》の涙がこぼるゝと、どうと伏して泣きければ．

はつとおさんが興さめ顔《がほ》．ヤアウハウ、それなれば、いとしや小春は死にやるぞや．ハテサテなんぼ利発《りはつ》でも、さすが町の女房ぢやの．あの不心中者《ぶしんぢゆうもの》、なんの死なう．灸《きう》をする薬飲んで、命の養生《やうじやう》するわいの．いやさうでない。わしが一生言ふまいとは思へども．隠し包んでむざ〳〵殺す、その罪も恐ろしく．大事のことをうち明ける．小春殿に不心中芥子《けし》ほどもなけれども．二人の手を切らせしは、このさんがからくり．こなさんがうか〳〵と、死ぬる気色《けしき》も見えし故．あまり悲しさ、女は相身《あひみ》互《たが》ひごと．切られぬところを思ひ切り、夫の命を頼む〳〵と．かき口説《くど》いた文《ふみ》を感じ．身にも命にもかへぬ大事の殿《との》なれど．引かれぬ義理合ひ、思ひ切るとの返事．わしやこれ、守《まもり》に身を離さぬ．これほどの賢女が、こなさんとの契約違へ．おめ〳〵太兵衛に添ふものか．女子《をなご》は我人《われひと》、一向《ひとむき》に思ひ返しのないもの．死にやるわいの〳〵．ア、ア、ひよんなこと。サアサアサ、どうぞ助けて〳〵と．騒げば夫も敗亡《はいまう》し．取り返した起請《きしやう》のうち、知らぬ女の文《ふみ》一通．兄貴の手へ渡りしは、おぬしから行《い》た文な．それなれば、この小春死ぬるぞ。ア、悲しや、この人を殺しては、女同士《どし》の義理立たぬ。まづこなさん早う行《い》て。どうぞ殺してくださるなと、夫に縋《すが》り、泣き沈む。

## 四 おさん、身請《みう》けの金を工面する

「そうは言ってもどうしようもない。半金（身請《みう》け金の半額）でも手付けを打ち、暫《しばら》く繋《つな》ぎ止めるしかないが、小春《こはる》の命は新銀（享保銀《きょうほうぎん》）七百五十匁《め》つぎ込まねば、この世にとどめることはできない。今の治兵衛に四宝銀《よつほうぎん》三貫匁（享保銀は四宝銀の四倍の価値をもつので、享保銀七百五十匁は四宝銀三貫〈一貫は千〉匁に相当する）の算段は、身を打ち砕いてもどこからも出ぬ」「のう大げさな。それで済むなら、お安いこと」と、立って箪笥《たんす》の小引出しをあけ、惜しげもなく、ないまぜの紐《ひも》のついた袋をおし開き、投げ出す一包み。治兵衛は取り上げ、「ヤ金か、しかも新銀四百匁、これはどうして」と、自分がしまった覚えのない金に驚くばかりである。

おさんは「この金の出所も後で話せば分ること。この十七日に、岩国の紙（山口県岩国産の良質の半紙）の支払金にとやりくりしたが、そちらは兄御と相談して、商売のぼろは出さぬ。小春の方は急なこと。そこに四四の（享保銀四百匁に四をかけて）一貫六百匁、もう一貫四百匁は」と、大引出しの鍵《かぎ》あけて、簞笥をひらりとあけて取り出す、鳶八丈《とびはちじょう》（八丈島産の鳶色と黄の縞絹）、今日散って明日はない夫の命と知らずに、京縮緬《きょうちりめん》の白茶裏《しらちゃうら》（淡茶色の裏地）、娘のお末《すえ》の表裏とも紅絹《もみ》の小袖《こそで》（綿入れ）までもと思うと、身を焼く思い。これを質に入れては、勘太郎がどうしようもなくなる、袷《あわせ》の袖《そで》無しの羽織もまぜて、郡内縞《ぐんないじま》（山梨県東部産の厚手の縞絹）の大事にして着ない浅葱裏《あさぎうら》（淡青色の裏地）の着物。さらに、黒羽二重《くろはぶたえ》（「羽二重」は、柔らかく光沢のある最上の絹布）の一張羅《いっちょうら》の、定紋《じょうもん》丸に蔦《つた》の葉《は》付き。その蔦の葉の歌（落ちよ落ちよと落しておいて、壁に蔦の葉のき心）とは違い、去りも去られもせぬ仲は、内は裸でも構わぬが、外では錦を飾る必要があるのに、男を飾る小袖まで、かき集めて物数十五種。「控え目に見積っても新銀三百五十匁、よもや貸さぬということはなかろう」と、後には何もないのに、まだあるような顔をして、夫の恥を包む気持と、自分の義理を果す気持を、着物を一つに包む風呂敷《ふろしき》の中にこめたのであった。

「私や子供は、何も着なくても、男は世間体が大事。請け出して小春も助け、太兵衛《たへえ》とやらに、男の面目《めんぼく》を立てて見せてくださいな」とおさんが言っても、治兵衛は終始さし

うつむいて、しくしく泣いていたが、
その治兵衛に「手付けを渡して引きとめ、請け出したそのあと、よそへ囲っておくか、内へ入れるにしても、お前はどうなるのだ」と言われて、はっと答えに窮し、「アッアそうだ。ハテどうしよう、子供の乳母《うば》か飯炊《めした》きか、隠居《いんきょ》でもしましょう」と、わっと泣き叫び、伏し沈む。
「あまりに結構すぎて天罰が恐ろしい。この治兵衛には親の罰《ばち》、天の罰、仏神の罰は当らなくても、女房の罰一つだけでも未来はよくないはず。許しておくれ」と治兵衛が手を合せ、口説《くど》き嘆くと、「勿体《もったい》ない。そんな事ぐらいで拝むことがありますか。手足の爪《つめ》をはがしても、みな夫への奉仕が第一。紙問屋の支払金は、いつからか着物を質に入れてやりくりし、私の箪笥《たんす》はみな空《から》っぽ。それを惜しいとは思いもしない。何を言っても手遅れになっては取り返しがつかぬ。サアサア早く小袖も着替えて、にっこり笑ってお行きなさい」と、下着に郡内《ぐんない》、上着に黒羽二重《くろはぶたえ》、縞《しま》の羽織、紗綾《さや》(稲妻、菱垣《ひしがき》などを織り出した綾織物)の帯、金拵《きんごしら》えの(金具を金でこしらえた)中脇差《ちゅうわきざし》の支度をさせたが、今夜、この脇差が小春の血に染まるとは、仏はご存じなのであろうか。

それとてもなんとせん。半銀《はんがね》も手付《てづけ》を打ち．繋《つな》ぎとめてみるばかり．小《こ》春《はる》が命は新銀《しんぎん》七百五十匁《め》飲まさねば、この世に止《とど》むることならず．今の治《ぢ》兵衛《へゑ》が四つ三貫匁《め》の才覚《さいかく》．打ちみしやいでもどこから出る．なう仰山《ぎやうさん》な、それで済まばいとやすしと．立つて箪笥《たんす》の小《こ》引出し、開《あ》けて惜しげもなひまぜの．紐《ひぼ》付く袋押し開《ひら》き、投げ出す一包み．治兵衛取り上げ、ヤ銀《かね》か．しかも新銀四百匁《め》．こりやどうしてと、我《わ》が置かぬ銀《かね》に目覚《さ》むるばかりなり．

その銀《かね》の出所《でどころ》も、後《あと》で語れば知れること．この十七日、岩国《いはくに》の紙の仕切《しきり》銀《がね》に才覚はしたれども．それは兄御《あにご》と談合《だんかふ》して、商売の尾は見せぬ．小春の方《はう》は急なこと、そこに四々の一貫六百匁《め》．ま一貫四百匁《め》と．大引出しの錠開《あ》けて、箪笥《たんす》をひらりととび八丈《はちぢやう》．けふちり緬《めん》の明日はない、夫の命しら茶裏《ちやうら》．娘のお末が両面の紅絹《もみ》の小袖《こそで》に身をこがす．これを曲《ま》げては、勘太郎が手も綿もない袖無《そでな》しの．羽織もまぜて、郡内《ぐんない》のしまつして着ぬ浅葱《あさぎ》裏《うら》．黒羽《くろは》二重《ぶたへ》の一張羅《いつちやうら》、定紋《ぢやうもん》丸に蔦《つた》の葉の．のきものかれもせぬ仲は、内《うち》裸《はだか》でも外錦《そとにしき》．男飾りの小袖まで、さらへて物数《ものかず》十五色《いろ》．内ばに取つて新銀三百五十匁《め》．よもや貸さぬといふことはない物までもある顔に．夫の恥と我《わ》が義理を、一つに包む風呂敷の中に．情けをこめにける．

私《わたし》や子供は何着《き》いでも、男は世間が大事．請け出して小春も助け．太兵《たへ》衛《ゑ》とやらに一分《いちぶん》立てて見せてくださんせと．言へども始終さし俯《うつむ》き、しく〳〵泣いてゐたりしが．

手付《てづけ》渡して取り止《と》め、請け出してその後《のち》．囲《かこ》うておくか、内へ入る、にしてから．そなたはなんとなることぞと、言はれてはつと行《ゆ》きあたり．アツアさうぢや．ハテなんとせう、子供の乳母《うば》か．飯炊《ままたき》か．隠居なりともしませうと、わつと叫び、伏し沈む．

あまりに冥加《みやうが》恐ろしい。この治兵衛には親の罰《ばち》、天の罰．仏神《ぶつじん》の罰は当らずとも、女房の罰一つでも将来はようないはず．許してたもれと、手を合せ、口説《くど》き嘆けば、勿体《もつたい》ない．それを拝むことかいの。手足の爪を放しても．みな夫への奉公。紙問屋《かみどひや》の仕切銀《しきりがね》．いつからか、着類《きるい》を質に間《ま》を渡し．私が簞笥はみな空殻《あきがら》。それ惜しいとも思ふにこそ．何言うても跡偏《あとへん》では返らぬ．サア〳〵早う小袖も着替へて．にっこり笑うて行かしやんせと．下に郡内、黒羽二重、縞《しま》の羽織に、紗綾《さや》の帯．金拵《きんごしら》への中脇差《ちゆうわきざし》、今宵《こよひ》小春

——が血に染むとは、仏や知ろしめさるらん.

## 五　五左衛門《ござえもん》にすべてが露顕

「三五郎《さんごろう》ここへ」と呼び、風呂敷《ふろしき》包みを肩に背負わせて供に連れ、金も肌身にしっかとつけ、立ち出る門口《かどぐち》、「治兵衛《じへえ》は在宅なさるか」と、毛頭巾《けずきん》を取ってはいるのを見ると、さあ大変、舅《しゅうと》の五左衛門。「これはまあ、おりもおり、ようお帰りなさいました」と、夫婦は度を失い、うろたえる。

三五郎が背負った風呂敷をもぎ取ってどっかと座り、とげとげしい声で、「女め、座っていやがれ。婿殿、これは珍しい。上下着飾って、脇差《わきざし》、羽織姿はおみごと金持衆の散財姿、とても紙屋とは見えぬ。新地《しんち》へのお出かけか、ご精《せい》が出ますな。内の女房はいらぬはず、おさんを離縁しなされ。連れ戻しにきた」と、言葉にとげのある苦い顔。治兵衛はとかくの言葉も出ず、おさんは「父様《とつさま》、今日は寒いのによう歩かれますね。まずお茶一つ」と、茶碗《ちゃわん》を出すのをきっかけに立ち寄って、「主人の新地通いも、先ほど母様、孫右衛門《まごえもん》様がおいでになって、重々《じゅうじゅう》のご意見に、熱い涙を流し、誓紙《せいし》を書いての改心。母様に渡されたが、まだご覧にならぬか」「オオ誓紙とはこのことか」と、五左衛門は懐中から取り出し、「遊女狂いする者の起請誓紙《きしょうせいし》は、行く先々で、請求書ほど書き散らす。納得いかぬと思いながら来たら、案の定《じょう》このざまだ。これでも梵天帝釈《ぼんてんたいしゃく》に誓ったと言えるのか。誓紙を書く暇《ひま》があれば離縁状書け」と、ずたずたに引き裂いて投げ捨てた。夫婦はあっと顔見合せ、呆《あき》れて言葉もなかったが、

治兵衛は手をつき頭を下げ、「お腹立ちの点は尤《もつと》もと、口先でお詫《わ》び申すのは以前の放蕩《ほうとう》時代のこと。今日の只今《ただいま》より何事も慈悲とおぼしめして、おさんに添わせてくださいませ。たとえ治兵衛が、乞食《こつじき》、非人《ひにん》の身となり、人々の食べ残しで命を繋《つな》ぐようになっても、おさんはきっと上座にすえ、憂き目を見せず、辛《つら》い目させず、添わねばならぬ大恩がある。その訳は今は申しませんが、月日もたち、私の働きぶりを改め、経済状態を持ち直してお目にかければ分ること。それまでは目をつぶっておさんに添わせてくださいませ」と、はらはらと血の涙を畳《たたみ》に流し、畳に頭をつけて詫びると、

五左衛門は「非人の女房にはなおさらできぬ。離縁状を書け。おさんの持参の道具、衣類、数を改めて封《ふう》をしよう」と、簞笥《たんす》に立ち寄るので、女房はあわて

て、「着物の数はそろっている、改めるに及ばぬ」と、駆け寄って立ち塞《ふさ》がると、突き退《の》けて、引出しをぐっと引き出し、「コリャどうじゃ」。また別のを引き出してもすっからかん。ありったけ引き出しても、継切《つぎぎれ》の一尺もありはしない。葛籠《つづら》、長持《ながもち》、衣装櫃《いしょうびつ》も空《から》っぽ。「これほど空になったか」と、舅は怒りで目玉もすわり、夫婦の心は、いまさらながら、空になった様子を開けて見られてくやしく、玉手箱を開けてしまって悔いた浦島の子のような思いで縞の火燵布団《こたつぶとん》に体を寄せて、穴ならぬ火燵の火にもはいりたそうな様子である。

---

三五郎《さんごらう》こゝへと、風呂敷包《ふろしきづつみ》肩に負《お》ほせて供に連れ．銀《かね》も肌身《はだみ》にしつかとつけ、立ち出《い》づる門《かど》の口．治兵衛《ぢへゑ》は内におゐやるかと、毛頭巾《けづきん》取って入《い》るを見れば．南無三宝《なむさんぼう》、舅五左衛門《しうとござゑもん》。これはさて．をりもをり、ようお帰りなされたと、夫婦は転倒《てんだう》、うろたゆる．

三五郎が負うたる風呂敷もぎ取って、どつかと座り、とがり声．女郎《めらう》下にけつからう．婿殿これは珍しい、上下《うへした》着飾り．脇差《わきざし》、羽織、あつぱれ能《よ》い衆《しゅ》の銀遣《かねづか》ひ．紙屋《かみや》とは見えぬ．新地《しんち》へのお出《い》でか、ご精が出まする．内の女房いらぬもの、おさんに暇《ひま》やりや．連れに来たと、口に針ある苦い顔．治兵衛はとかうの言句《ごんく》も出ず．父様《とつさま》今日は寒いによう歩かしやんす．まづお茶一つと、茶碗《ちやわん》をしほに立ち寄つて．主《ぬし》の新地通ひも．さいぜん母様、孫《まご》右衛門《ゑもん》様お出《い》でなされて．だん〳〵のご意見、熱い涙を流し．誓紙《せいし》を書いての発起心《ほつきしん》．母様に渡されしが、まだご覧なされぬか．オ、誓紙とはこのことかと、懐中より取り出《い》だし．阿呆狂《あはうぐる》ひする者の起請誓紙《きしやうせいし》は方々先々《はうばうさきざき》．書き出しほど書き散らす．合点《がてん》いかぬと思ひ〳〵来れば案のごとく．このざまでも梵天帝釈《ぼんでんたいしやく》か．この手間で去り状書けと、ずん〳〵に引き裂いて投げ捨てたり．夫婦はあつと顔見合せ、あきれて．言葉もなかりしが．

治兵衛手をつき頭《かうべ》を下げ．ご立腹《りつぷく》の段もつともとも、お詫《わ》び申すは以前のこと．今日のたゞ今より、何事も慈悲と思《おぼ》し召《め》し．おさんに添はせてくだされかし．たとへば治兵衛、乞食《こつじき》、非人《ひにん》の身となり．諸人の箸《はし》の余りにて身命《しんみやう》はつなぐとも．おさんはきつと上《かみ》に据ゑ、憂《う》い目《め》見せずつらい目させず．添はねばならぬ大恩あり．その訳は月日もたち、私《わたくし》の勤め方、身上《しんしやう》に持ち直し．お目にかくれば知る、こと。それまでは目を塞《ふさ》いで．おさんに添はせて給《たま》はれと、はら〳〵．こぼす血の涙、畳に．食ひつき詫《わ》びければ．非人の女房にはなほならぬ。去り状書け〳〵．おさんが持参の道具、衣類、数改めて封《ふう》つけんと．立ち寄れば、女房あわて、着《き》る物《もの》の数は揃《そろ》うてあり．改むるにおよばぬと、駆けふさがれば突き退《の》け、ぐつと引き出し．コリヤどうぢや．また引き出してもちんからり。ありたけこたけ引き出してても．継切《つぎぎれ》一尺あらばこそ。葛籠《つづら》、長持《ながもち》、衣装櫃《いしやうびつ》．これほど空《から》になつたかと、舅《しうと》は怒《いか》りの目玉もすわり．夫婦が心はいまさらに、あけてくやしき浦しまの．こ燵《たつ》布団《ぶとん》に身を寄せて、火にも入《い》りたき風情《ふぜい》なり．

## 六　おさんと治《じ》兵《へ》衛《え》、涙の離縁

「この風呂敷《ふろしき》も気がかり」と引きほどいて取り散らし、「案の定、案の定。これも質屋へ入れるのか。ヤイ治兵衛《じへえ》、女房、子供の着ている物まで売り尽くし、その金で女郎狂いするとは、悪党め。女房は叔母、甥《おい》の間柄であるが、この五左衛門《ござえもん》とはあかの他人、損をする縁《ゆかり》がない。孫右衛門《まごえもん》に話して、兄のほうから損を取り返す。サア離縁状、離縁状」と、七重の扉《とびら》、八重の鎖《くさり》、百重《ももえ》の囲《かこ》みは逃れられても、逃れられそうにない手厳しい責めの事態。「オオ治兵衛の離縁状は、筆では書かぬ、これご覧。おさん、さらば」と、脇差《わきざし》に手をかける。すがりついて、「のう悲しや。父様《とつさま》、自身に誤りがあるからこそ、夫も重々の詫言《わびごと》。それなのにあんまり勝手気ままがすぎました。治兵衛殿こそ他人だが、子供は実の孫、かわいくはございませんか。私は離縁状は受け取らぬ」と、夫に抱きつき声をあげ、泣き叫ぶのはもっともである。

五左衛門は、「よいよい、離縁状はいらぬ。女め来い」と引き立てる。おさんが「いや、私は行かぬ。飽きも飽かれもせぬ仲を、なんの恨みで昼日中《ひるひなか》に夫婦の恥となる離縁をさせるのですか。私は別れません」と、嘆き泣いても聞き入れず、「この上になんの恥がある、町内いっぱい離縁のことをわめいていく」と、引っ立てれば振り放し、ついに腕先をとられてよろよろと、よろめく足の爪先《つまさき》に、かわいそうに、はたとつまずいたのは二人の子。その子供が目をさまし、「大事な母様《かかさま》をなぜ連れていく、祖父《じい》様め。今から誰《だれ》と寝たらよいの」と慕い嘆くとおさんは、「オオかわいそうに、生れて一夜も、母《かか》の肌を放さないのに。今晩からは父様《ととさま》とねんねしなさいよ。二人の子供のおめざ前に、忘れずに、かならず桑山《くわやま》(小児万病に効くとされた丸薬)を飲ませてください。のう悲しや」と言い捨てて、あとに身を捨てる夫や子供を見捨てて行く。子を捨てる藪《やぶ》に生える夫婦一体の二股竹《ふたまただけ》とは異なり、夫婦は二つに引裂かれ、長の別れと（なって恋い焦《こが》れることであった。）

---

この風呂敷も気遣ひと引きほどき、取り散らし．さればこそ〳〵、これも質屋へ飛ばすのか．ヤイ治兵衛《ぢへゑ》、女房、子供の身の皮剝《は》ぎ．その銀《かね》でお山狂《ぐる》ひ．いけどう掏摸《ずり》め。女房どもは、叔母《をば》、甥《をひ》なれど、この五左衛門《ござゑもん》とはあかの他人．損をせうよしみがない．孫右衛門《まごゑもん》に断り、兄が方から取り返す．サア去り状〳〵と、七重《ななへ》の扉《とびら》八重《やへ》の鎖《くさり》．百重《ももへ》の囲《かご》みは逃《のが》るゝとも、逃れがたなき手詰めの段．オ、治兵衛が去り状筆では書かぬ、これご覧ぜ．おさんさらばと、脇差《わきざし》に手をかくる。縋《すが》りついて、なう悲しや．父様《とつさま》、身にあやまりあればこそ、だん〳〵の詫言《わびこと》．あんまり利運《りうん》過ぎました．治兵衛殿こそ他人なれ、子供は孫、かはゆうはござらぬか．わしや去り状は受け取らぬと．夫に抱きつき声をあげ、泣き叫．ぶこそ道理なれ．

よい〳〵去り状いらぬ。女郎《めらう》め来いと引つ立つる．いや、わしや行かぬ。

飽《あ》きも飽かれもせぬ仲を．なんの恨みに昼日中《ひるひなか》、女夫《めをと》の恥はさらさぬと、泣き侘《わ》ぶれども聞き入れず．この上になんの恥。町内《ちやうない》一ぱいわめいて行くと．引つ立つれば振り放し、小腕《こがひな》取られよろ〳〵と．よろめく足の爪先《つまさき》に、かはいや、はたと行《ゆ》きあたる．二人の子供が目を覚し．大事の母様《かかさま》なぜ連《つ》れて行《ゆ》く、祖父様《ぢいさま》め．今から誰《たれ》と寝ようぞと、慕ひ嘆けば、オヽいとしや．生れて一夜も母《かか》が肌を離さぬもの．晩からは父様《ととさま》とねゝしやや．二人の子供が朝ぶさ前、忘れず．かならず桑山《くはやま》飲ませてくだされ．なう悲しやと言ひ捨つる、後《あと》にみ捨つる、子を捨つる．藪《やぶ》に夫婦《ふうふ》の二股竹《ふたまただけ》、長き．わかれと

# 下之巻《げのまき》（一）蜆川大和屋《しじみがわやまとや》の場

## 一　治兵衛《じへえ》と小春《こはる》、最後の夜

恋や情けは、ここを最適の所とする蜆川《しじみがわ》の新地《しんち》、蜆川の流れる水音も、行きかう人の足音も静まる、丑《うし》三つ時（午前三時ごろ）の空に十五夜の月がさえて、暗い門行灯《かどあんどん》の大和屋《やまとや》伝兵衛《でんべえ》の一字書きを明るく照している。眠たそうに力なく打つ拍子木《ひょうしぎ》に加え、番太《ばんた》（夜警）の足取りも千鳥足《ちどりあし》で、「ご用心、ご用心」の声も、夜更けが感じられる。

「駕籠《かご》の衆《しゅ》、たいそう更けたね」と、上《かみ》の町（曾根崎新地《そねざきしんち》）から下女が、迎えの駕籠を伴いやってきて、大和屋の潜戸《くぐりど》をがらがらとあけ、ついとはいり、「紀伊国屋《きいのくにや》の小春《こはる》さんを借りましょう、お迎え」とだけかすかに聞え、あとは三つ四つ挨拶《あいさつ》のうち、まもなく潜戸をにゅっと出て、「小春様はお泊りじゃ。駕籠の衆、すぐに帰って休みなさい。アア言い残した、これおかみさん、小春様に気をつけてくださいな。太兵衛《たへえ》様への身請《みう》けがすんで、金を受け取ったからは預り物、酒を過させてくださるな」と、門口《かどぐち》から、明日を待たずに、治兵衛と小春が死ぬことになる種を蒔《ま》き散らして帰っていった。

茶屋の茶釜《ちゃがま》も、夜一時休むのは午前二時から四時の間、その間にもちらつく燭台《しょくだい》の光も細く、更けた夜の川風は寒く、霜が一面に降りている。「まだ夜が深い、送らせましょう。治兵衛様のお帰りじゃ、小春様を起しもうせ、それ、呼びもうせ」は、亭主の声。治兵衛は潜戸をがらっとあけ、「コレコレ伝兵衛、小春には内緒《ないしょ》。耳にはいれば、夜明けまで引き止められる。だから、よく寝させておいて抜けて帰る。日が出てから起して帰らせなさい。私は今から帰るとすぐに、買物のために京へ上る。沢山《たくさん》の用があるので、中払い（十月末にする支払い）の日に間にあうように帰るかどうか分らない。さっきの金で、お前の方の勘定《かんじょう》もすませ、河庄《かわしょう》の所へも、後《のち》の月見《つきみ》（九月十三夜。紋日《もんぴ》に当る）の払いといって、四宝銀《よつほうぎん》百五十匁《め》渡して領収書を取っておいてほしいし、それからっと、福島（大阪市福島区）の西悦坊《さいえつぼう》が仏壇買った寄進に、銀一枚（銀貨四十三匁《もんめ》）を先祖の回向《えこう》をせよといってやっておくれ。そのほかに未払い金は、ハアそれそれ、磯都《いそいち》（幇間《ほうかん》の名か）の祝儀《しゅうぎ》に小粒銀（目方不定の小銀貨）五つ、これだけだ。店じまいしてお休み。さらばさらば。戻ったらまた会おう」と、二、三歩行くやいなやすぐ引き返し、「脇差《わきざし》忘れた、早く早く。どうだな伝兵衛、町人はここが気楽だ。侍《さむらい》なら、すぐに切腹《せっぷく》ものであろうな」「私も預っておいて、すっかり忘れていました。小刀もそろっています」と、渡すと、受け取って、しっかりと差し、「これさえあれば千人力、もう休んでくれ」と帰る。「お早く京からお戻りなさいませ、よういらっしゃいました」の挨拶もそこそこに、あとは戸の桟《さん》をことりと落し、物音一つなく静かになった。

治兵衛はすっと帰るふりをして、また引き返す忍び足。大和屋の戸にすがって内を覗《のぞ》いて見るうちに、間近く来る人影、驚いて向かいの家の物陰に、人影の通り過ぎる間、しばらく身を隠す。

---

恋、情け．こゝを瀬にせん．蜆川《しじみがは》、流るゝ水も．行き通ふ．人も音せぬ、丑三《うしみつ》の．空十五夜の月冴《さ》えて．光は暗き門行灯《かどあんどう》、大和屋《やまとや》伝兵衛《でんべゑ》を一字《いちじ》書《が》き．眠りがちなる拍子木《ひやうしぎ》に、番太《ばんた》が足取り、千鳥足．ごよざ〱も、声更《ふ》けたり．駕籠《かご》の衆《しゅ》、いかう更けたのと．上《かみ》の町から下女子《しもをなご》．迎ひの駕籠も大和屋

の．潜《くぐ》りぐわら〳〵、つゝと入《い》り．紀伊国屋《きいのくにや》の小春《こはる》さん借りやんしよ．迎ひとばかりほの聞え．後《あと》は三つ四つ挨拶《あいさつ》の．ほどなく潜りによつと出《い》で．これ小春様はお泊りぢや．駕籠の衆すぐに休ましやれ．ア、言ひ残した、これ花車《くわしや》さん．小春様に気をつけてくださんせ．太兵衛様への身請《みう》けが済んで．銀《かね》受け取つたりや預り物．酒過《すご》させてくだんすなと．門《かど》の口から、明日《あす》待たぬ．治兵衛《ぢへゑ》、小春が土になる、種蒔《ま》き散らして帰りける．

茶屋の茶釜《ちやがま》も．夜一時《よるひととき》休むは八つと七つとの、間《あひ》にちらつく短檠《たんけい》の．光も細く更くる夜《よ》の．川風寒く、霜満《み》てり．まだ夜《よ》が深い、送らせましよ．治兵衛様のお帰りぢや、小春様起しませ．それ、呼びませは亭主が声．治兵衛、潜りをぐわさと開《あ》け．コレ〳〵伝兵衛．小春に沙汰《さた》なし。耳へ入《い》れば．夜明けまでくゝられる．それ故《ゆえ》、よう寝させて、抜けて往《い》ぬる．日が出てから起して往なしや．我《われ》ら今から帰るとすぐに．買物のため京へ上《のぼ》る．大分《だいぶん》の用なれば．中払《なかばら》ひの間《ま》に合ふやうに帰るは不定《ふぢやう》．さいぜんの銀《かね》で．そなたの算用合ひもしまひ．河庄《かはしやう》が所へも、後《のち》の月見の払ひというて．四つ百五十匁《め》、請取《うけとり》取つてたもらうしと．福島の西悦坊《さいえつばう》が仏壇買うた奉加《ほうが》．

銀《ぎん》一枚、回向《ゑかう》しやれとやつてたも。その外《ほか》にかゝり合ひは、ハアそれよ〳〵。磯都《いそいち》が花《はな》、銀《ぎん》五つ。こればかりぢや。しまうて寝やれ。さらば〳〵、戻つて会はうと。二足《ふたあし》、三足《みあし》行くより早く立ち帰り。脇差《わきざし》忘れた、ちやつと〳〵。なんと伝兵衛。町人はこゝが心やすい。侍なれば、そのまゝ、切腹《せつぷく》するであろの。我ら預つておいて、とんと失念《しつねん》。小刀《こがたな》も揃《そろ》うたと。渡せば、取つて、しつかと差し。これさへあれば千人力《りき》。もう休みやれと立ち帰る。おつゝけお下《くだ》りなされませ。ようござりまもそこ〳〵に、後《あと》は枢《くろろ》をこつとりと。物音もなく静まれり。

治兵衛はつゝと往《い》ぬる顔。また引き返す忍び足。大和屋の戸に縋《すが》り。内を覗《のぞ》いて見るうちに。間近《まぢか》き人影、びつくりして。向ひの家の物陰に、過ぐる間《ま》しばし身を忍ぶ。

## 二　二人の駆け落ち

弟ゆえに気をもむ粉屋孫右衛門《こやまごえもん》は先に立ち、後に丁稚《でっち》の三五郎《さんごろう》が背中におぶった、甥《おい》の勘太郎《かんたろう》を連れ、行灯《あんどん》を目当てに駆けてきて、大和屋《やまとや》の戸をたたき、「少々お尋ねします、紙屋治兵衛《かみやじへえ》はいませんか、ちょっと会わせてください」と呼び立てるので、「さては兄貴」と、治兵衛は身動きもせずなお隠れている。

家の中から男の寝ぼけ声で、「治兵衛様は、もう少し前に、京へ上るといってお帰りなさった。ここにはおられぬ」と言うあとはなんの物音もしない。涙をはらはらと流して、孫右衛門、「帰ったのなら、途中で会いそうなもの。京へ上るとは納得がいかない。アア心配で体が震える。小春《こはる》を連れては行かなかったろうか」と、胸にぎくっとこたえ、胸にわだかまる不安にたえかね、また戸を叩《たた》くと、「夜更けにだれだ、もう寝ました」「無理なお願いながら、もう一度お尋ね申したい。紀伊国屋《きいのくにや》の小春殿はお帰りなされたか、もしや治兵衛と連れ立って行きはなされないか。ヤ。ヤ。なんですって、小春殿は二階に寝ているだって。アまず心が落ち着いた。心中の心配はない。が、どこに隠れて、この苦労をかけるのだ。親戚一族、親兄弟が、息をこらして、ひどく気をもんでいるとはよもや知るまい。舅《しゅうと》への恨みから我を忘れて、無分別なことでもしでかしはしないかと、意見の種に勘太郎を連れて捜すかいもなく、今まで会わないのはどうしたこと」と、取り乱して涙を流しての独り言《ひとりごと》。

隠れている場所との間が離れていないので、すっかり聞え、治兵衛も息を殺して、涙をのみこむばかりである。

「ヤイ三五郎、阿呆《あほう》めが夜毎《よごと》行きおる所を、ほかには知らぬか」と孫右衛門が言うと、三五郎は阿呆は自分の名と心得て、「知っているが、ここでは恥ずかしくて言われぬ」「知っているとは、サアどこじゃ、言って聞かせよ」「聞いた後で叱《しか》りなさんなよ。毎晩ちょこちょこ行く所は、市《いち》の側《かわ》の納屋《なや》の下（川岸の物置小屋の下。売春の場）」「大馬鹿め、そんなことを誰《だれ》も詮索《せんさく》せぬわ。サア来い、裏町を捜してみよう。勘太郎に風邪ひかすな。役にもたたぬ父《とと》めを持って、かわいそうに、冷たい目にあうなあ。この冷たさですめばよいが、ひょっとして、悲しい目を見せはすまいか。憎い憎い」と言うのも、心の底で不憫《ふびん》に思う気持が裏にあるからで、「裏町を、さあ捜そう」と、行き過ぎる。

兄の姿が遠のくと走り出て、後を懐かしそうに伸び上がって見、心の中でつぶやくには、「極悪人《ごくあくにん》のこの治兵衛を、死ぬなら勝手に死ねと捨ててもおかれず、後々までご厄介《やっかい》をかけ、勿体《もったい》ないこと」と手を合せ、伏し拝み伏し拝み、「なおこの上のお慈悲には、子供のことを」とだけ言って、暫《しばら》く、涙にむせんでいたが、

「どうせ覚悟をきめた上だ、小春が待っていようか」と、大和屋の潜戸《くぐりど》の隙間《すきま》から覗《のぞ》く

と、内にちらつく人影、「小春ではないか」と思い、待っているとの知らせの合図の咳《せき》払《ばら》いを、「エヘン、エヘン」とすると、かっちかっちの拍子木《ひょうしぎ》に「えへん」の咳をまぜながら、上《かみ》の町から番太郎《ばんたろう》が来る。歩きながら咳をする風邪《かぜ》ぎみの風の夜は、咳き込みながら急いで回る、「火の用心、ご用心、ご用心、ご用心」の声も、人目を忍ぶ身には辛《つら》くて、葛城《かずらき》の神（一八六頁参照）のように姿を隠してやり過し、隙《すき》を窺《うかが》って立ち寄ると、潜戸が中からそっと開く。「小春か」「お待ちになってか。治兵衛様、早う出たい」と気をせくと、せくほど回る車戸の音がして、開ける音を人が聞きつけはしないかと、持ち上げゆすって開けると、つれて音が響き、耳に轟《とどろ》いて胸の内はどきどき。治兵衛が外から手を添えても、心の震えに手先も震え、三分（一分は約三《ミ》《リ》）、四分、五分、一寸（約三・〇三《セン》《チ》）の少しずつ。一寸先は地獄へおちる苦しみが控えていても、それよりも恐ろしい鬼の見ぬ間に逃げ出そうと、ようやく戸をあけて出た嬉《うれ》しさは、明けてめでたい新年の朝の心地である。小春は内を抜け出し、互いに手に手を取り交し、「北へ行こうか南へか、西か、東か」と、行先も定らず、心は早瀬のように高鳴り、蜆川《しじみがわ》の早瀬の流れや、月の傾く西（西方浄土）とは逆の方向に、足の続く限りに（走り行く。）

弟ゆゑに気を砕く、粉屋孫右衛門《こやまごゑもん》は先に立ち．後《あと》に丁稚《でっち》の三五郎《さんごらう》が．背中にをひの勘太郎《かんたらう》連れ．行灯《あんどう》目当てに駆け来《きた》り．大和屋《やまとや》の戸を打ちた丶き．ちと物問ひませう．紙屋治兵衛《かみやじへゑ》はゐませぬか．ちよつと会はせてくだされと、呼ば丶れば．さては兄貴と、治兵衛は．身動きもせずなほ忍ぶ．

内から男の寝ほれ声．治兵衛様はまちつと先に．京へ上《のぼ》るとてお帰りなされた．こ丶にではござらぬと．重ねてなんの音なひも．なみだはら〳〵孫右衛門．帰らば道で会ひそなもの．京へとは合点《がてん》がゆかぬ．ア丶気遣ひで身が震ふ．小春を連れては行《ゆ》かぬかと、胸にぎつくり横たはる．心苦しさ堪《こた》へかね．また戸をた丶けば．夜更《よふ》けて誰《たれ》ぢや、もう寝ました．ご無心《むしん》ながら、ま一度お尋ね申したい．紀伊国屋《きいのくにや》の小春殿はお帰りなされたか．もし治兵衛と連れ立つて行きはなされぬか．ヤ．ヤ．なんぢや、小春殿は二階に寝てぢや．アまづ心が落ち着いた．心中《しんぢゆう》の念はない、どこにか丶んで、この苦をかける．一門一家《いつけ》、親兄弟が．固唾《かたづ》をのんで、臓腑《ざうふ》をもむとはよも知るまい．舅《しうと》の恨みに我《わ》が身を忘れ．無分別《むふんべつ》も出やうかと．意見の種に勘太郎を．連れて尋ぬる甲斐《かひ》もなく．今まで会はぬは何事と．おろ〳〵涙の独《ひと》り言《ごと》．

隠る、間《あひだ》の隔てねば．聞えて治兵衛も息を詰め、涙のみ込むばかりなり．ヤイ三五郎．阿呆《あはう》めが、夜々《よるよる》うせる所、外《ほか》には知らぬかと．言へば、阿呆は我《わ》が名ぞと心得て．知つてゐれど、こゝでは恥づかしうて言はれぬ．知つてゐるとは、サアどこぢや、言うて聞かせ．聞いた後《あと》で叱《しか》らしやんな．毎晩ちよこ〳〵行《ゆ》く所は．市《いち》の側《かは》の納屋《なや》の下．大だはけめ、それを誰《たれ》が吟味する．サア来い、裏町を尋ねてみん．勘太郎に風邪《かぜ》ひかすな．ごくにもたゝぬ父《とと》めを持つて．かはいや、冷たい目をするな．この冷たさでしまへばよいが．ひよつと憂《う》い目は見せまいか．憎《にく》や〳〵の底心《そこしん》は．不便《ふびん》〳〵の裏町を．いざ尋ねんと、行き過ぐる．

影隔たれば駆け出《い》でて．後《あと》なつかしげに伸び上がり．心に物を言はせては．十悪人《じふあくにん》のこの治兵衛．死に次第とも捨ておかれず．後《あと》から後までご厄《やつ》介《かい》．勿体《もつたい》なやと手を合せ．伏し拝み〳〵、なほこの上のお慈悲には．子供がことをとばかりにて、しばし．涙に咽《むせ》びしが．

とても覚悟を極《きは》めし上．小春や待たんと、大和屋の．潜《くぐ》りの隙間《すきま》、さし覗《のぞ》けば．内にちらつく人影は、小春ぢやないか．待つと知らせの合図のしはぶき．エヘン．エヘン。かつち〳〵、えへんに拍子木《ひやうしぎ》打ち交ぜて．上《かみ》の町から番太郎《ばんたらう》が．くる〳〵、たぐるかぜの夜《よ》は．せき〳〵回る。火用心．ごよざ．ごよざ．ごよざも人忍ぶ．我にはつらき葛城《かづらき》の．神隠《かみがく》れしてやり過《すご》し．隙《すき》をうかゞひ立ち寄れば．潜り内からそつと開《あ》く．小春か．待つてか．治兵衛様、早う出たいと気をせけば．せくほど回る車戸《くるまど》の．開《あ》くるを人や聞きつけんと．

しやくつて開《あ》くれば、しやくつて響き．耳に轟《とどろ》く胸の内．治兵衛が外《そと》から手を添へても．心震《ふる》ひに手先も震ひ．三分《ぶ》、四分《ぶ》、五分《ぶ》、一寸の．先の地獄の苦しみより．鬼の見ぬ間《ま》と、やう〳〵にあけて．嬉《うれ》しきとしの朝．小春は内を脱け出《い》でて．互ひに手を取り交し．北へ行かうか、南へか．に．し．か、東か、行《ゆ》く末も．心のはや瀬、蜆川《しじみがは》、流るゝ月に逆らひて足を．はかりに

# 下之巻《げのまき》（二）　道行　名残《なごり》の橋尽《はしづく》し

走り書きの謡《うたい》の本は近衛流《このえりゅう》、野郎帽子《やろうぼうし》は若紫色がお定まりだが、遊女狂いの身の果ては、こうなるものときまった釈迦《しやか》の教えでもあることなのか、憂き身の因果応報を説いた因果経《いんがきょう》を見たいものだ。明日は、世間の噂《うわさ》になり、紙屋治兵衛《かみやじへえ》の心中と、浮名が散らばり、桜木《さくらぎ》（版木《はんぎ》）に一部始終を彫って、絵草紙にされるだろうが、その版を摺《す》る紙の中に、あるとも知らぬ死に神に、誘われて死ににゆくのも、紙商売に精を出さなかった報いと諦めはするものの、ともするとあとに心ひかれ、歩み悩むのは道理である。

ころは十月、十五夜の月の光にも見通せない身の上は、心が闇《やみ》の証拠であろうか。今おりている霜は明日は消えるが、そのはかないたとえの霜よりも先へ消えて行く閨《ねや》の内で契った二人の命。閨の内で、いとしいかわいいと抱きしめて寝た折の移り香も、今はなんとなろう。流れの里（遊里）の蜆川《しじみがわ》を西に見て、朝夕渡ったこの橋を天神橋というのは、その昔、天神様が菅丞相《かんしょうじょう》と申しあげたとき、筑紫《つくし》へ流されなさった折の滞在の縁による名で、その後主君を慕って太宰府へたった一飛びに飛んだ梅に縁ある梅田橋（蜆川には西から順に、梅田橋、緑橋、桜橋がかかる）、後を追った松にちなんだ緑橋、別れを嘆き悲しんで、後に残って焦《こが》れて枯れた桜による桜橋と、今に話を聞き伝える一首の和歌のご威徳による命名である。このように尊い荒神《あらがみ》（天神）の氏子《うじこ》に生れた身でありながら、そなたも殺し自分も死ぬ、そのもとはと尋ねると、分別があの小さな蜆の貝《かい》殻《がら》に一杯分もなかったからで、その蜆に因《ちな》む蜆橋《しじみばし》。短いものは、我々がこの世の生活と秋の日であるよ。十九と二十八歳の、今日の今夜を限りとして、二人の命の捨て所を求めるとは。爺《じい》と婆《ばば》の後までも、達者で添おうと約束したのに、丸三年も馴染《なじ》まないで、この災難にあう、その大江橋（堂島川にかかる）。「あれご覧、難波小橋《なにわこばし》（蜆川筋の堂島川からの入口にかかる）から舟入橋《ふないりばし》（堂島川の水を引き入れた鍋島藩蔵屋敷の掘割にかかる）の川岸伝いに、ここまで来たが、来れば来るほど冥途《めいど》の道が近づく」と嘆くと、女もすがり寄って、「もうこの道が冥途への道か」と、見交す顔も見えぬほど、流す涙で水嵩《みずかさ》が増し、堀川にかかる橋も水に浸るであろうか。北へ歩くとわが家を一目に見られるのに見返らず、子供の行く末、女房の哀れさも胸に押し包んで、南へ渡る。その橋柱と同じく、数限りもない家々を、どうして八軒屋《はちけんや》（天満橋《てんまばし》南詰から天神橋までの間にあった、京の伏見へ往還する船の発着場）と名づけたのか。誰《だれ》と添《そ》い臥《ぶ》して人が来るのか分らぬので、伏見からの下り船の着かぬうちにと道を急ぐ。この世を捨てて行く身にとっては、聞くのも恐ろしい天魔の名を持つ天満橋（大川にかかる）。淀川《よどがわ》と大和川の二つの川を一つに合せた大川、そこでは水と魚とが、連れだって行く。「自分も小春と二人連れ、一つ刃《やいば》で死んで三途《さんず》の川《かわ》を渡る折に、大川の水を手向《たむ》けの水に受けたいものよ」「何を嘆くことがありましょう、この世でこそ添わなくても、来世は言うに及ばず、次の、次の、ずっと先の、その先の世までも夫婦ですよ。一蓮托生《いちれんたくしょう》の叶《かな》う頼みに、一夏《いちげ》（陰暦四月十六日からの九十日間、僧が籠《こも》って修行すること。この間、写経や名号を書くのを「夏書《げがき》」という）に一部を夏書しました」その大慈大悲《だいじだいひ》の普門品《ふもんぼん》、妙法蓮華経《みょうほうれんげきょう》の功徳を信じ、京橋（大和川が大川へと注ぐ口にかかる）を越えると、対岸は行き着く彼《ひ》岸《がん》の浄土《じょうど》。蓮の台《うてな》に乗ることができ、悟りを開き、仏の姿に身を成すに縁のある御成橋《おなりばし》（片町と網島《あみじま》をつなぐ）。「衆生済度《しゅじょうさいど》が思うままにできるならば、遊女が今後は、決して心中せぬように、守りたいものよ」と、及びもつかぬ願いをするのも、俗世の愚痴《ぐち》だが、その心が思いやられて哀れである。野田（大阪市都島区東野田町か）の入江の朝もやが立ち、山の端《は》が白くほのぼのと見える。「あれ、寺々の鐘の音がこうこうと響く。こうしていつまでいられようか。どうせ長らえおおせぬ身だから、最期を急ごう、こちらへ」と、手にした百八の数珠《じゆず》の珠《たま》を、落した涙の玉と一緒につまぐって、南無阿弥陀と唱えながら、網島の大長寺《だいちようじ》の藪《やぶ》の外の小さな川の流れがみなぎる水門の上方の堤を、最期の場所として到着した。

---

走り書き・謡《うたひ》の本は近衛流《このゑりう》・野郎帽子《やらうぼうし》は若紫《わかむらさき》・悪所狂《あくしよぐる》ひの・身の果ては・かくなり行くと定まりし・釈迦《しやか》の教へもあることか、見たし憂き身の因果《いんぐわ》きやう・明日《あす》は世上《せじやう》の言種《ことぐさ》に・紙屋《かみや》治兵衛《ぢへゑ》が心中と・あだ名散り行く桜木《さくらぎ》に・根ほり葉ほりを絵草紙《ゑざうし》の・版摺《はんす》る紙のその中に、あるともしらぬ死にがみに・誘《さそ》はれ行くも商売に・うとき報いと観念も・とすれば心ひかされて、歩《あゆ》み・悩むぞ道理なる・

頃《ころ》は十月・十五夜の、月にも見えぬ・身の上は・心の闇のしるしかや・今置く霜は明日消ゆる、はかなき譬《たと》へのそれよりも、先へ消え行く、閨《ねや》の内．いとしかはいと締めて寝し．移り香《が》も、なんと．ながれの．蜆川《しじみがは》．西に見て．朝夕《あさゆふ》渡る．この橋の天神橋《てんじんばし》はその昔．菅丞相《くわんしようじやう》と申せし時、筑紫《つくし》へ流され給ひしに．君を慕ひて太宰府《だざいふ》へ、たつた一飛《ひとと》び梅田橋．あと追ひ松の緑橋《みどりばし》．別れを嘆き．悲しみて、後《あと》にこがるゝ．桜橋《さくらばし》．今に話を聞き渡る．一首の歌の御威《おんゐ》徳《とく》．かゝる尊《たつと》きあら神の．氏子《うぢこ》と生れし身を持ちて．そなたも殺し我も死ぬ．元はと．問へば、分別《ふんべつ》の、あのいたいけな貝殻《かひがら》に．一杯《いつぱい》もなき蜆橋《しじみばし》．短きものは、我々が．この世の住まひ．秋の日よ。十九と．二十八年の．今日の今宵《こよひ》を限りにて．二人いの．ちの捨て所．爺《ぢい》と婆《ばば》との末までも、まめで添はんと契りしに．丸三年も．馴染《なじ》まいで．この災難におほ江橋《えばし》。あれ見や、難波小橋《なにはこばし》から．舟入橋《ふないりばし》の浜伝ひ．これまで来れば、来るほどは、冥途《めいど》の道が近づくと．嘆けば女も縋《すが》り寄り．もうこの道が冥途かと、見交す顔も見えぬほど．落つる涙に堀川の、橋も水にや浸るらん．北へあゆめば．我《わ》が宿を一目に見るも見返らず．子供の行方《ゆくへ》、女房の．あはれも胸に押し包み．南へ渡る橋柱《はしばしら》、数も限らぬ家々を．いかに名づけて八軒屋《はちけんや》．誰《たれ》とふし見《み》の下《くだ》り船《ぶね》。着かぬうちにと道急ぐ．この世を捨てて．行く身には．聞くも恐ろし．天ま橋．淀《よど》と大和《やまと》の二ァ《ふた》川《かは》を．一つ流れの大川《おほかは》や、水と魚とは連れて行く．我も小春と二人づれ、一《ひと》つ刃《やいば》の三瀬《みつせ》川《がは》．手向《たむ》けの水に受けたやな．何か嘆かん．この世でこそは添はずとも．未来は．言ふにおよばず、今度の〳〵．つゝと今度のその．先の世までも夫婦ぞや．一《ひと》つ蓮《はちす》の頼みには．一夏《いちげ》に一部．夏書《げがき》せし．大慈《だいじ》大悲《だいひ》の普門品《ふもんぼん》、妙法蓮華《めうほふれんげ》きやう橋《ばし》を．越ゆれば至る彼《か》の岸の、玉の台《うてな》にのりをへて．仏の姿に身をなり橋《ばし》．衆生済度《しゆじやうさいど》がまゝならば、流れの人のこの後《のち》は．絶えて心中せぬやうに．守りたいぞと．及びなき．願ひも世上《せじやう》のよまひごと．思ひやられてあはれなり。野田《のだ》の入江の．水煙《みづけむり》．山の端《は》白くほの〴〵と．あれ寺々の．鐘の声こう〳〵．かうしていつまでか．とてもながらへ果てぬ身を、最期《さいご》急がんこなたへと、手に百八の玉の緒を．涙の玉にくりまぜて、南無《なむ》あみ島《じま》の大長寺《だいちやうじ》．藪《やぶ》の外面《そとも》のいさら川．流れみなぎる樋《ひ》の上《うへ》を、最期《さいご》．所《どころ》と着きにける．

# 下《げ》之《の》巻《まき》（三）　網島《あみじま》の場

## 一　義理に苦しむ小春《こはる》と治兵衛《じへえ》

「のう、いつまでうかうか歩いても、ここぞ人の死に場所といって決った所もない。さあ、ここを死に場所に」と、治兵衛が小春の手を取り、地面に座ったところ、「そこなのです。死に場所はどこも同じこととはいいながら、私が道々思うに、二人が死に顔を並べて、小春と紙屋《かみや》治兵衛とが心中と噂《うわさ》がたつと、おさん様からの頼みで、『殺してくれるな』『殺すまい、縁を切る』と、取り交したその手紙の約束を無にして、大切な男をそそのかしての心中は、やはりその場限りの遊女、義理知らず、偽り者と、世間の千人、万人から思われるよりも、おさん様一人からの軽蔑《けいべつ》が恥ずかしい。その恨み妬《ねた》みもさぞかしと思いやると、あの世までの迷いは、このこと一つ。私をここで殺して、あなたはどこか場所を変え、ちょっと離れた別の場所で」と、小春がうちもたれて口説《くど》くと、治兵衛も一緒に口説き泣き、「アア愚かなことばっかり。おさんは舅《しゅうと》に取り返され、離縁をしたので他人と他人。離別した女になんの義理立て。道々言うとおり、次の、次の、ずっと先の、その先の世までも夫婦と約束した我々二人、枕《まくら》を並べて死ぬのに、誰《だれ》が悪口を言おう、誰が妬もう」「サアその離別は誰のせいなの。私よりあなたの方がよっぽど愚かですよ。体があの世へ連れ立って行けますか。別々の所で死んで、たとえこの体は鳶《とび》や烏《からす》につつかれても、二人の魂だけは離れずに、地獄へも極楽へも、一緒に行ってくださいな」と、また伏し沈み、泣くと、

「オオそうだそうだ。この体は、地水火風（万物を構成する四大元素）からなり、死ねば空《くう》に帰る。この後何度生れ変っても、朽ちることのない夫婦の魂が離れぬ証拠が欲しいか、承知した」と、脇差《わきざし》をずばっと抜き放し、元結《もとゆい》（髪の髻《もとどり》を結ぶ糸の類）ぎわから、自らの黒髪をぷっつりと切って、「これ見よ、小春。この髪のあるうちは、紙屋治兵衛というおさんの夫、髪を切ったからは出家《しゅつけ》の身。迷いの多い現世を脱け出て、妻子珍宝《ちんぼう》など一切の係累のない法師となった。今はおさんという女房がないので、お前が立てる

義理もない」と、涙ながら投げ出す。「アア嬉《うれ》しゅうございます」と、小春も脇差を取り上げ、洗ったり梳《す》いたりして、撫《な》でつけた投げ島田（遊女に多い髪形）をむざんにも、惜しげもなく、はらりと切って投げ捨てる。夜半《よわ》の霜置く枯野の薄《すすき》とともに髪の乱れる様の哀れさよ。

---

なう、いつまでうか〳〵歩《あゆ》みても．こゝぞ人の死に場とて、定りし所もなし．いざ、こゝを往生場《わうじやうば》と、手を取り、土に座《ざ》しければ．

さればこそ、死に場はいづくも同じことと言ひながら．私《わたし》が道々思ふにも、二人が死に顔並べて．小春と紙屋治兵衛と心中と沙汰《さた》あらば．おさん様より頼みにて、殺してくれるな。殺すまい．挨拶《あいさつ》切ると取り交せし、その文《ふみ》を反古《ほうぐ》にし．大事の男をそゝのかしての心中は．さすが一座流れの勤めの者．義理知らず、偽り者と、世の人千人、万人より．おさん様一人のさげしみ．恨み妬《ねた》みもさぞと思ひやり．未来の迷ひはこれ一つ．私をこゝで殺して、こなさんどこぞ所を変へ．ついと脇《わき》でとうちもたれ、口説《くど》けば、ともに口説き泣き．ア、愚痴《ぐち》なことばかり。おさんは舅《しうと》に取り返《かや》され．暇《いとま》をやれば他人と他人。離別の女になんの義理。道すがら言ふとほり、今度の〳〵、ずんど今度の先の世までも、女夫《めをと》と契るこの二人。枕《まくら》を並べ死ぬるに、誰《たれ》が譏《そし》る、誰《た》が妬む。サアその離別は誰が業《わざ》。私よりこなさんなほ愚痴な。体があの世へ連れ立つか。所々の死にをして、たとへこの体は、鳶《とび》、烏《からす》につゝかれても。二人の魂つきまつはり。地獄へも、極楽《ごくらく》へも、連れ立つてくださんせと、また伏し沈み、泣きければ。

オヽそれよ〳〵、この体は。地《ち》水火風《すいくわふう》、死ぬれば空《くう》に帰る。ご生七生《しやうしちしやう》朽《く》ちせぬ。夫婦の魂離れぬしるし、合点《がつてん》と。脇差《わきざし》ずはと抜き放し、元結際《もとひぎは》より我《わ》が黒髪。ふつゝと切つて、これ見や小春。この髪のあるうちは、紙屋治兵衛といふおさんが夫。髪切つたれば出家の身、三界《さんがい》の家を出《い》で。妻《さい》子《し》珍宝不《ちんぼうふ》随者《ずいしや》の法師。おさんといふ女房なければ。おぬしが立つる義理もなしと、涙ながら投げ出《いだ》す。アヽ嬉《うれ》しうござんすと、小春も脇差取り上げ、洗ひつ、梳《す》いつ、撫《な》でつけし。酷《むご》や、惜し気もなげ島田《しまだ》、はらりと切つて投げ捨つる。枯野の薄《すすき》、夜半《よは》の霜《しも》、ともに乱るゝあはれさよ。

## 二　心乱れる死支度《しにじたく》

「もはや浮世を逃れた尼《あま》と法師ゆえ、生死を共にする夫婦の義理とは、俗人であった昔のこと。いっそのこと、さっぱりと死に場所も変え、山と川に別れよう。この水門の上の堤を山になぞらえ、お前の最期場とし、私はまたこの流れの所で首を括《くく》り、最期は同じ時ではあっても、自害の方法も場所も変えて、おさんに立て通す義理を示そう。その腰帯こちらへ」と、色も香もある小春《こはる》は無常の風に散ろうとしているが、その小春の薄紫の縮緬《ちりめん》の腰帯を受け取り、この世とあの世を一つにつなぐために、二重《ふたえ》回りの腰帯を、水門の横木にしっかりと括りつけ、先を結んで、狩場の雉《きじ》が妻を求めようとして、罠《わな》にかかって、自らも首を絞《し》める、その罠結び（端を引くと締まる結び方）を作り、治兵衛《じへえ》は自分で自分の死支度。小春は見るにつけ目も暗み、心も乱れ、「あなたはそれで死になさるか。別々の場所で死ぬのであれば、そばにいられるのも少しの間、ここへ、ここへ」と、手を取り合い、「刃《やいば》で死ぬのはひと思い、首を括るあなたはさぞ苦しみなさるだろうと思うと、いとしい、いとしい」と、とどめかねての忍び泣き。

「首を括るのも喉《のど》を突くのも、死ぬ苦しみに差があるものか。つまらぬことに気を取られ、最期の一念を乱さないで、西へ西へと行く月を如来様《にょらいさま》と拝んで目を離さず、ただ西《さい》方浄土《ほうじょうど》を忘れなさんな。心残りの事があれば、言うて死ぬがよい」「なんにもない、なんにもない。あなたはきっとお二人の子たちのことが気にかかろう」「アレ変なこと言い出して、また泣かせるなあ。父親《てておや》がいま死ぬとも知らず、無心にすやすやと、かわいや、その寝顔を見るようだ。忘れぬのはこればっかり」と、がばと伏して泣き沈む。

その泣声と争うかのように、群烏《むらがらす》が、ねぐらを離れて鳴く声は、「今の哀れをとむらうのか」と思われて、いっそう涙の種を添えるのであった。

「のう、あれをお聞き。二人を冥途《めいど》へ迎えの烏《からす》だ。牛王《ごおう》(熊野《くまの》権現《ごんげん》の厄除けの護符。烏を図案化した文字を記してある)の裏に誓紙《せいし》一枚書くたびに、熊野の烏がお山で三羽ずつ死ぬと、昔から言い伝えたが、私とお前が年の初めに起請《きしょう》の書き初めをし、月の初めごとに書いた誓紙の数々、そのたびごとに三羽ずつ殺した烏はどれほどの数になろうか。いつもは、かわいかわいと聞いたが、今夜の耳には、その殺した恨みの罪の、報い報いと聞えるぞよ。報いとは誰《だれ》のせいか、私のせいでお前は辛《つら》い死を遂げる。許してくれ」と、抱き寄せると、「いや、私ゆえ」と、抱きしめ合って、顔と顔とを重ね合せ、涙に濡《ぬ》れて固まった鬢《びん》の髪は、野を吹く嵐《あらし》に凍ってしまった。

---

浮世をのがれし．尼法師．夫婦の義理とは俗の昔．とてものことに、さつぱりと死に場も変へて、山と川．この樋《ひ》の上《うへ》を山になぞらへ、そなたが最期場《さいごば》。我《われ》はまた．この流れにて首くゝり、最期は同じ時ながら．捨身《しやしん》の品も所も変へて、おさんに立て抜く心の道．その抱《かか》へ帯《おび》こなたへと、若《わか》紫《むらさき》の色も香も．無常の風にちり緬《めん》の、この世あの世の二重《ふたへ》回り．樋《ひ》の俎《まないた》木《ぎ》にしつかとくゝり、先を結んで狩場《かりば》の雉《きじ》の．妻ゆゑ我も首締めくゝる罠《わな》結《むす》び．我と我《わ》が身の死に拵《ごしら》へ。見るに目もくれ心くれ．こなさんそれで死なしやんする．所を隔て死ぬれば、そばにゐるも少しの間．こゝへ〳〵と手を取り合ひ、刃《やいば》で死ぬるは一思ひ．さぞ苦痛なされうと．思へばいとしい〳〵と、とゞめ．かねたる忍び泣き．

首《くび》くゝるも喉《のど》突くも、死ぬるにおろかのあるものか．よしないことに気を触《ふ》れ、最期の念を乱さずとも．西へ〳〵と行《ゆ》く月を、如来《にょらい》と拝み目を離さず．たゞ西方《さいはう》を忘りやるな．心残りのことあらば、言うて死にや．なんにもない〳〵．こなさん、さだめてお二人の子たちのことが気にかゝろ．アレひよんなこと言ひ出して、また泣かしやる．父親《てておや》が今死ぬるとも、何《なに》心《ごころ》なくすや〳〵と．かはいや寝顔見るやうな．忘れぬはこればつかりと、かつぱと伏して泣き沈む．

声も争ふ群烏《むらがらす》、ねぐら離れて鳴く声は．今のあはれを問ふやとて、いとゞ涙を添へにける．

なう、あれを聞きや。二人を冥途《めいど》へ迎ひの烏《からす》．牛王《ごわう》の裏に誓紙《せいし》一枚書くたびに．熊野《くまの》の烏がお山にて三羽づゝ死ぬると．昔より言ひ伝へしが．我とそなたが新玉《あらたま》の、年の初めに起請《きしやう》の書き初《ぞ》め．月の初《はじ》め月がしら、書きし誓紙の数々．そのたびごとに、三羽づゝ殺せし烏はいくばくぞや．常にはかはい〳〵と聞く、今宵《こよひ》の耳へは．その殺生の恨みの罪．報い〳〵と聞ゆるぞや．報いとは誰故《たれゆゑ》ぞ、我故つらき死を遂ぐる．許してくれと、抱き寄すれば．いや、わし故と、締め寄せて、顔と顔とをうち重ね．涙に閉づる鬢《びん》の髪、野辺《のべ》の．嵐に凍りけり．

## 三 心中

後ろに響く大長寺《だいちょうじ》の鐘の音、「さあ大変、長い夜も、夫婦の命にとっては短い夜だ」と言ううち、早くも明けわたる。

晨朝《じんじょう》（午前六時頃《ごろ》行う勤行）の鐘に、「立派な最期《さいご》は今だ」と引き寄せて、「後まで残る死に顔に、泣き顔を残すな」「残すまい」と、にっこと笑う笑顔が白々と浮かび、白々と置く霜に凍《こご》えた手も震え、自分から先に目がくらんで、刃の立て所も分らず、泣いて涙を流す。「アア慌《あわ》てまい、慌てまい。早く殺して殺して」と、女が勇気づけるのを力にして、風に誘われて聞えてくる念仏は、自分に念仏を勧めるものと思い、「南無阿弥《なむあみ》陀仏《だぶつ》」これぞ弥陀の利剣《りけん》（あらゆる罪障を断ち切る剣）と脇差《わきざし》をぐっと刺す。刺された小春《こはる》は、押えつけてものけぞり返って、七転八倒《しってんばっとう》。これはどうしたこと、切っ先は急所の喉笛《のどぶえ》をはずれて、死にきれずの最期の業苦。治兵衛《じへえ》も一緒に心乱れて苦しみの極致。

気を取り直し引き寄せて、鍔元《つばもと》まで刺し通した一刀を、えぐれば苦しみながら、明けがたの見終らぬ夢のように、はかなくも息は絶え果ててしまった。

頭北面西右脇臥《ずほくめんさいうきようが》（釈迦入滅時の姿）にし、羽織をかけ、死骸を整え、いくら泣いても尽きることのない名残《なご》惜《り》しい小春の遺体を後に残して、腰帯をたぐり寄せ、首に罠《わな》を引っかける。寺の念仏も切回向《きりえこう》の文句、「有縁無縁《うえんむえん》、乃至法界《ないしほうかい》、平等利益《びようどうりやく》」の声を聞き納めに、水門の上の堤から、「一蓮托生《いちれんたくしよう》、南無阿弥陀仏《なむあみだぶつ》」と踏み外し、暫《しばら》く苦しむ。瓢簞《ひようたん》が風に揺られているような様子で、しだいに呼吸の道も絶え、水をせきとめる水門の所で息をとめ、この世との縁は切れ果てた。

朝出の漁夫が網を打ちに来て見つけて、「死んだぞ、ヤレ死んだぞ、みな出てこい、出てこい」と、口々に言いたて言い広めた物語の二人は、直ちに成仏得脱《じようぶつとくだつ》（すべての煩悩《ぼんのう》を解脱《げだつ》して仏となること）の仏の誓願に救われ、その物語はすぐに網島の心中として人形浄瑠璃《じようるり》になり、見る人ごとに涙を流したのであった。

---

後ろに響く大長寺《だいちやうじ》の鐘の声．南無三宝《なむさんぼう》、長き夜《よ》も．夫婦が命短夜《みじかよ》と、はや明けわたる．

じんでうに最期は今ぞと引き寄せて．後《あと》まで残る死に顔に、泣き顔残すな。残さじと．につと笑顔《ゑがほ》の白々《しろじろ》と、霜に凍《こご》えて手も震ひ．我から先に目もくらみ、刃《やいば》の立てどもなく涙．ア、せくまい〳〵、早う〳〵と、女が勇むを力草《ちからぐさ》．風誘ひ来る念仏は、我に勧むる南無阿弥陀仏《なむあみだぶつ》．弥陀の利剣《りけん》と、ぐつと刺され、引《ひ》き据ゑてものりかへり．七転八倒《しつてんばつたう》、こはいかに、切つ先喉《のど》の吭《ふえ》をはづれ．死にもやらざる最期の業苦《ごふく》。ともに乱れて．苦しみの．

気を取り直し引き寄せて．鍔元《つばもと》まで刺し通したる一刀《ひとかたな》．ゑぐる苦しき暁の、見果てぬ夢と消え果てたり．

頭北面西右脇臥《づほくめんさいうけふぐわ》に羽織うちきせ、死骸をつくろひ．泣いてつきせぬ名残《なごり》の袂《たもと》、見捨てて抱《かか》へをたぐり寄せ．首に罠《わな》を引つ掛くる。寺の念仏《ねぶつ》も切回《きりゑ》向《かう》．有縁無縁乃至法界《うえんむえんないしほふかい》．平等《びやうどう》の声を限りに、樋《ひ》の上《うへ》より．一蓮托生《いちれんたくしやう》、南無《なむ》阿弥陀仏《あみだぶつ》と、踏みはづし、しばし苦しむ．

生瓢《なりひさご》、風に揺らるゝごとくにて．次第に絶ゆる呼吸の道、息堰《せ》き止むる樋《ひ》の口《くち》に．この世の縁は切れ果てたり．

朝出《あさで》の漁夫《ぎよふ》が、網の目に、見つけて、死んだ、ヤレ死んだ．出合へ〳〵と声々に、言ひ広めたる物語．すぐに成仏得脱《じやうぶつとくだつ》の、誓ひの網島心中と、目ごとに．涙をかけにける。

## 浄瑠璃の風景 ◇2

# 国立文楽劇場

人形浄瑠璃《じょうるり》が大阪の人々に愛される理由は、竹本義太夫《たけもとぎだゆう》が道頓堀《どうとんぼり》に竹本座を開いたことがまず挙げられよう。語り物「浄瑠璃」を集大成した義太夫節と太棹《ふとざお》の三味線《しゃみせん》にのせて、当時一人遣《ひとりづか》いであった人形が立ち回る芝居は、近松門左衛門《ちかまつもんざえもん》の描く叙情《じょじょう》と人情味あふれる物語と出会い、大坂においては歌舞伎《かぶき》を凌《しの》ぐ人気となった。

竹本座以前にも関西には人形を操る芸能の素地があった。古代の傀儡子《くぐつ》の流れを受ける人形づかい「夷昇《えびすかき》」は安土桃山時代から文献に見られ、摂津《せっつ》西宮《にしのみや》の戎《えびす》社（兵庫県西宮市の西宮神社）を本拠地として、毎年春になると夷人形を首にかけて村々を祝福して歩いたという。この夷昇から現在に続く淡路《あわじ》人形が生まれ、寛文《かんぶん》二年（一六六二）には竹田近江《おうみ》が道頓堀にからくり人形芝居を開く。貞享《じょうきょう》元年（一六八四）に開かれた竹本座は近松作『曾根崎心中《そねざきしんじゅう》』によって人形浄瑠璃の人気を一気に高めた。竹本座から豊竹座が独立すると、両座は道頓堀の西と東に分かれて対抗し、竹本座からは空前の大当たり『国性爺合戦《こくせんやかっせん》』（近松作）が生まれる。しかし十八世紀後半には両座とも没落し、明治に入って「文楽座」が建てられると、再び黄金期を迎える。一九八四年には大阪の日本橋に国立文楽劇場（写真）が開かれ、二〇〇三年に「人形浄瑠璃文楽」としてユネスコの世界無形遺産に指定された。しかし不変の情愛を描く文楽は過去の遺物ではなく、生きた芸能として今も人々の心を熱くゆさぶる。

# 解説

上田《うえだ》秋成《あきなり》の『雨月《うげつ》物語』からの四話と、近松門左衛門《ちかまつもんざえもん》の二作品を、本巻ではあわせて収録した。ここでは先行研究にも導かれつつ、いくつかの観点から両者をあわせ述べてみる。

## 収録話・収録作品以外について

『雨月物語』の構成をあらためて紹介すると――〔巻之一〕「白峯《しらみね》」（讃岐国《さぬきのくに》の山中で、西《さい》行《ぎょう》が朝廷を怨《うら》む崇徳院《すとくいん》の霊と対話する）、「菊花《きくか》の約《ちぎり》」（収録）、〔巻之二〕「浅茅《あさじ》が宿《やど》」（収録）、「夢応《むおう》の鯉魚《りぎょ》」（平安時代の僧興義《こうぎ》が病を得るなか、鯉《こい》となって水に遊ぶが生還する）、〔巻之三〕「仏法僧《ぶっぽうそう》」（伊勢《いせ》の人夢然《むぜん》が、高野山《こうやさん》で豊臣秀次《とよとみひでつぐ》一行の霊に出遭い、辛《から》くも助かる）、「吉備津《きびつ》の釜《かま》」（収録）、〔巻之四〕「蛇性《じゃせい》の婬《いん》」（紀伊国《きいのくに》の網元の息子豊雄《とよお》が蛇《へび》の化身である女に魅入《みい》られるが、ついにはそれを克服する）、〔巻之五〕「青頭巾《あおずきん》」（収録）、「貧福論《ひんぷくろん》」（陸《む》奥国《つのくに》の武士岡左内《おかさない》を黄金の精霊が訪れ、金銀と人間の善悪とは無関係などと主張をした後、詩句を与えて徳川の世の到来を予言する）――となる。それぞれ独立した話ではあるが、生者と死者の対話、約束、水への投身（後述）、生還、怨霊との遭遇、性、愛欲、詩句の提示、そして非人間との対話といったキーワードによって、第一話から第九話へ、さらに第一話へと、円環構造を形成している。前後の話が、微妙なつながりを持って響き合っているのである。ぜひ全話を通読され、この点を味わっていただきたい。

秋成の執筆活動は、国学・古典研究・国語研究、随筆、歌文など多岐にわたるのだが、『雨月物語』の系列に連なる小説としては、文化《ぶんか》五、六年（一八〇八〜九）に成った『春雨《はるさめ》物語』がある。これは、ごく短い歌論である「歌のほまれ」から中編の「樊噲《はんかい》」までの十話からなり、晩年の秋成の思想が強く打ち出されたものとなっている。

近松は、世話物《せわもの》を二十四作執筆している。第一作の元禄《げんろく》十六年（一七〇三）『曾根崎心中《そねざきしんじゅう》』は、友人の裏切りで面目をつぶされた男が死を決意し、恋人の遊女がそれに連れだって、二人が心中する、という直截《ちょくせつ》的なものであった。しかし、彼の描く心中物のドラマは深まりを見せ、『心中天の網島《しんじゅうてんのあみじま》』のように、残された周囲の人々の悲劇にまで、作者の視線は及んでいく。『冥途の飛脚《めいどのひきゃく》』と同様に犯罪物に分類されるものとしては、享保《きょうほう》六年（一七二一）の『女殺 油 地獄《おんなころしあぶらのじごく》』がよく知られる。複雑な家庭環境で育った放蕩《ほうとう》青年が、親しい主婦に対して強盗殺人を働くという異色作で、近代になってからの評価が高い。姦《かん》通《つう》をめぐる悲劇を扱った宝永《ほうえい》四年（一七〇七）の『堀川 波 鼓《ほりかわなみのつづみ》』、享保二年（一七一七）

『鑓《やり》の権三重帷子《ごんざかさねかたびら》』などもある。

語り物の本領である時代物は、約九十作執筆している。平家の武将に等身大の人間像を与えて画期的とされた貞享《じようきよう》二年（一六八五）『出世景清《しゆつせかげきよ》』、中国を舞台とし、十七か月の長期興行となった正徳《しようとく》五年（一七一五）『国性爺合戦《こくせんやかつせん》』などがあり、享保四年（一七一九）『平家女護島《へいけにょごのしま》』は「鬼界が島《きかいしま》」の場が現在でも人気演目となっている。

## テーマと人物設定

秋成は国学を熱心に学び、後に国学者本居宣長《もとおりのりなが》と思想や国語学において激しい論争を展開したほどであった。その学問から醸成《じようせい》された秋成の基本テーマは、善悪の枠組みをひとまず措《お》いた、人間の「直《なほ》くたくましき性《さが》」（「青頭巾」）を提示することであり、作品においては、人間の持つ強い執念、執着が描かれることとなった。秋成が追求した人間のあるべき姿を描くためには、彼の眼前にある、閉塞《へいそく》した享保以降の社会とそこに生きる人間は題材としてふさわしくない。過去の時代、人間ならざるもの、その極端な行動など、非現実的設定をとらざるをえなかったのである。

たとえば、「菊花の約」は一見美談のようであるが、約束をめぐっての赤穴《あかな》・左門《さもん》二人の行動は、度を超えたものを感じさせる。「吉備津の釜」の磯良《いそら》も、貞女が怨霊《おんりよう》へと「変身」したのではない。彼女がもともと内包し、現実社会の中で抑えこまれていた力が、肉体の死によって一気に発露した、ということなのである。「青頭巾」の「心放《ゆる》せば妖魔《えうま》となり、収《をさ》むる則《とき》は仏果《ぶつくわ》を得る」というメッセージは、『春雨物語』の「樊噲《はんかい》」の末尾でも繰り返され、さらに研ぎ澄まされた感がある。「浅茅が宿」の宮木《みやぎ》は、ひたすら待つ女であった。円環構造のキーワードとして示した「水への投身」というのは、本話の末尾に漆《うる》間《ま》の翁《おきな》によって語られる古代の「真間《まま》の手児女《てごな》」伝説に拠《よ》る。多くの男の求愛を受けかねて投身した伝説上の女性のひたむきさを、秋成は重ね合わせたのである。なお、現実の人間が持つどうしようもない性《さが》というかたちでも提示はなされる。「吉備津の釜」の正太郎《しようたろう》の「奸《たはけ》たる性《さが》」がそれであり、「蛇性の婬」の真女児《まなご》（設定としては人間ではないが）が豊雄を慕ってやまないのも、「性は婬《みだり》」で「奸たる」者として描かれているのである。

　近松の世話物に描かれる人物像の多くに共通する特徴としては、男の側に欠点、落ち度が設定されている。悪辣《あくらつ》な男を友人と信じて疑わなかった徳兵衛《とくべえ》（『曾根崎心中』）、短気のあまり公金に手をつける忠兵衛《ちゆうべえ》（『冥途の飛脚』）、妻子がありながら遊女と深い仲となる治兵衛《じへえ》（『心中天の網島』）、徳兵衛（宝永《ほうえい》四年〈一七〇七〉『心中重井筒《しんじゆうかさねいづつ》』）、不如意《ふによい》な状況からすぐに逃避を図る与兵衛《よへえ》（宝永三年『卯月《うづき》の紅葉《もみじ》』）などである。

　それに対する女性たちは、遊女か否か、妻か恋人かといった位相に関わらず、男に対してきわめて献身的に描かれる。おはつ（『曾根崎心中』）、梅川《うめがわ》（『冥途の飛脚』）、小春《こはる》・おさん（『心中天の網島』）、妻おたつ（『心中重井筒』）、そして十五歳の幼妻おかめ（『卯月の紅葉』）などである。これは、女性の美化、理想像の追求というよりも、そのように女性側が必死に支えなければ持ちこたえられない危うい状況を提示しているのであろう。

なお、近松最後の世話物、享保七年（一七二二）『心中宵庚申《しんじゆうよいごうしん》』は例外的で、しっかりしたところのない妻お千世《ちよ》を抱えて、夫の半兵衛《はんべえ》がもっぱら葛藤《かつとう》を背負い込むかたちとなっている。晩年に至って、近松は新機軸を狙《ねら》ったのであろうか。また、姦通物の諸作は、女性の側の隙《すき》やもろさ、不可解さを描いており、姦通という異常な状況を通して、女性の別の面を描こうとしたかと考えられる。

「理想」を追う秋成に対し、近松の世話物の場合は、あくまで当時の「現実」の人間像を直視、描出することに専念しているのである。

## 文章表現と情景描写

秋成が修めた学問の成果は、『雨月物語』の文章表現に如実に反映されている。文体については、和漢のそれが巧みに混淆《こんこう》され、綴《つづ》られている。また、題材や文章の典拠となる和漢の書物は百数十種にのぼる。さらに、「浅茅が宿」「吉備津の釜」などにおける女性に関わる描写に『源氏物語』の文章をしばしば用いる、などと、その使用の意図が明確であったことが看取される。

建部《たけべ》綾足《あやたり》は、後の曲亭馬琴《きょくていばきん》によって「江戸読本《よみほん》の祖」とされる人物であるが、その著書、明和《めいわ》五年（一七六八）『西山物語《にしやま》』は、古語を用いるごとに割注で出典を示すという衒学《げんがく》的態度を見せており、秋成とは対照的である。秋成にとって、古典を用いての文章表現は目的ではなく、自らの思想を帯した作品世界を現出するための手段だったのである。

秋成は情景描写に力を注ぎ、それが絶妙の演出を見せている。そもそも序文において、「雨は霽《は》れて月は朦朧《もうろう》の夜」にこの作品を編んだというのだが（これが題名の由来となる）、この雨と月は、各話において怪異の起こる前兆として描写される。詳しくは本文にて確認されたい。

近松の執筆した浄瑠璃《じょうるり》は、三味線《しゃみせん》の伴奏に乗せて太夫《たゆう》によって語られるものであるから、その詞章は一般の散文と性質が異なる。韻《いん》、リズム、掛詞《かけことば》、古典の援用などに工夫が凝らされ、一方で口語がそのまま用いられるなど、変化に富んでいる。

特に、主人公たちが死に場所を求めに出たり、逃避行を図ったりする「道行《みちゆき》」の場面では、技巧を凝らし、かつ情景を鮮やかに描写するかたちで、近松の文才が発揮されている。その代表的な例である『曾根崎心中』の道行の詞章については、儒学者荻生徂徠《おぎゅうそらい》が賞賛したという逸話が、大田南畝《おおたなんぽ》の随筆『俗耳鼓吹《ぞくじくすい》』に伝えられている（ただし、明治の歌人正岡子規《まさおかしき》は、随筆『松蘿玉液《しょうらぎょくえき》』においてこの詞章を「阿保陀羅調《あほだらちょう》」と酷評している）。

近松の文学的素養については、武家という出自、公家の雑掌《ざっしょう》を務めた経験が前提となろう。また没後の元文《げんぶん》三年（一七三八）に出た『難波土産《なにわみやげ》』という書物によれば、無生物である人形に魂を吹き込むための手本として、『源氏物語』のなかの描写を手がかりとしたことが記されており、古典文学の文章表現が近松の原点といえるのである。

なお、本巻所収の二作については、キーワードを散りばめる手法がとられたとの指摘がなされている。それに拠れば、『冥途の飛脚』は「鳥」に関わる語やイメージが諸処に示され、さらに下之巻《げのまき》の孫右衛門《まごえもん》のくだりは、場面自体が謡曲『善知鳥《うとう》』を踏まえたものという。一方の『心中天の網島』は、「紙《かみ》（および同音の神、髪）」がキーワードとされる。作劇法にまでつながる近松の文章技巧がうかがわれるのである。

## 文学史上の位置

秋成の文芸は一つの到達点を示したのだが、それが直接継承されることはなかった。むしろ前述の綾足が著した安永《あんえい》三年（一七七四）『本朝水滸伝《ほんちょうすいこでん》』の系統下に、山東京伝《さんとうきょうでん》によって寛政《かんせい》十一年（一七九九）『忠臣水滸伝《ちゅうしんすいこでん》』が書かれ、後期読本という新しい流れが発生していく。これが、文化十一年（一八一四）から天保《てんぽう》十三年（一八四二）にわたって馬琴が世に出した『南総里見八犬伝《なんそうさとみはっけんでん》』という、もう一つの到達点へと向かうのである。

後期読本は、一般読者に向けて娯楽性の強い作品を提供したが、秋成の場合は、作品を通して自らの思想を表明することが最重要であり、必然的にそれに理解を示す読者を「選ぶ」こととなった。後期読本は秋成の生存中に芽吹いたものであったが、秋成はこの点でそれらと一線を画すのであった。

近松は享保十二年（一七二七）『今昔 操年代記《いまむかしあやつりねんだいき》』という書物に「作者の氏神《うじかみ》」と記され、没後三年で早くも文字通りの神格化が生じている。ところが一方で、前掲の『難波土産』には、実際の上演を見るなら今の作品、本で読むなら近松作品、という趣旨の発言が紹介されている。ここには、近松の没後に人形の改良が急速に進んだという事情が介在すると思われる。口、指、眼などに工夫が加えられ、一体の人形を三人で操ることが一般化していく（逆に、近松現役当時は一人遣《ひとりづか》いの素朴な人形であったことを、作品を読む際にイメージしておく必要がある）。人形自体の表現力に委《ゆだ》ねることのできる部分が増え、近松が力点を置いた「詞章によって人形に魂を込める」という行き方との間に、微妙な溝が生じたのではないか。

演劇作品の場合、改作という問題もある。近松作品も、筋立てや人物像に改変を加えられていく事例がある。典型的なのが『冥途の飛脚』の八右衛門《はちえもん》像で、近松原作では忠兵衛の味方とも敵ともなる人物だが、菅専助《すがせんすけ》による安永二年（一七七三）『けいせい恋飛脚《こいびきやく》』では単なる悪役となっている（原作の方が複雑のようだが、歌舞伎役者三代目中村鴈治郎《がんじろう》〈現坂田藤十郎《さかたとうじゅうろう》〉はこれを「普通の人」と表現しており、含蓄がある）。原作の再評価、原作への回帰は、近代以降のこととなるのである。

## おわりに

佐藤春夫の小文「あさましや漫筆」に、作家たちが『雨月物語』を論ずる様子が描かれている。春夫が「蛇性の婬」を「くどい」と批判しつつ第一に推《お》した「菊花の約」に対し、芥川龍之介《あくたがわりゅうのすけ》は「翻案味が抜けきらな」いと言う。谷崎潤一郎は「蛇性の婬」や「青頭巾」を推したが、一年以上たって、やはり「菊花の約」だと言ったとある。

その谷崎は『蓼喰《たでく》ふ虫』において、仲の冷えた主人公夫婦に『心中天の網島』を観させている。そこにも登場する「女房の懐《ふところ》には鬼《おに》が住むか蛇《じゃ》が住むか」のフレーズを主題にすえて、夫に心中された妻の立場から描いたのが、太宰治の短編『おさん』である。

江戸中期の「人間」を見つめ、思索した秋成と近松の作品は、そのメッセージの強さ、普遍性、芸術性ゆえに、近代の作家たちの心にも影を確実に投じたのである。（池山 晃）

私たちの先人の計り知られぬ努力によって、今日まで読み継がれ、守り伝えられてきた貴重な文化的財産、日本の古典の中には、現在では当然配慮の必要がある語句や表現が、当時の社会的背景を反映して使用されている場合があります。そうした古典が生まれ、育まれてきた時代の意識をそのまま読者に伝え、歴史的事実とその古典を取りまく社会的状況への認識を深めていただくのが、古典を正しく理解することにつながると考え、本シリーズでは原文のままを収録することといたしました。

（編集部）

校訂・訳者紹介

**高田 衛**——たかだ・まもる
一九三〇年、富山県生れ。早稲田大学卒。近世文学専攻。東京都立大学名誉教授。主著『上田秋成研究序説』『江戸幻想文学誌』『完本 八犬伝の世界』ほか。

**阪口弘之**——さかぐち・ひろゆき
一九四三年、滋賀県生れ。金沢大学卒。近世文学専攻。大阪市立大学名誉教授、神戸女子大学教授。主著『古浄瑠璃正本集』（共著）『浄瑠璃の世界』（編著）『古浄瑠璃 説経集』（共著）ほか。

**山根為雄**——やまね・ためお
一九三四年、兵庫県生れ。京都大学卒。近世文学専攻。主著『近松正本考』『続近松正本考』『「近松全集」文字譜索引』『近松全集』（共編）ほか。

日本の古典をよむ⑲

# 雨月物語・冥途の飛脚
# 心中天の網島

二〇〇八年七月三〇日 第一版第一刷発行

校訂・訳者 高田衛・阪口弘之・山根為雄
発行者 八巻孝夫
発行所 株式会社 小学館
〒一〇一-八〇〇一
東京都千代田区一ツ橋二-三-一
電話 編集 〇三-三二三〇-五一一八
販売 〇三-五二八一-三五五五
印刷所 大日本印刷株式会社
製本所 牧製本印刷株式会社

 ISBN978-4-09-362189-2